Angela Thirkell

Tea Time bei Mrs. Morland

GOLDMANN
Lesen erleben

Buch

England in den 1930er-Jahren. Weihnachten steht vor der Tür, und die erfolgreiche Autorin Laura Morland, Anfang vierzig und Witwe, verbringt die Feiertage gemeinsam mit Tony, dem jüngsten ihrer vier Söhne, auf ihrem Landsitz im pittoresken Örtchen High Rising. Doch die verschneite Idylle wird empfindlich gestört. Lauras wohlhabender Nachbar und guter Freund George Knox – seines Zeichens ebenfalls Schriftsteller und Witwer – hat eine neue Sekretärin. Und die scheint es auf George oder zumindest auf dessen Vermögen abgesehen zu haben. Da sie zugegebenermaßen höchst attraktiv ist, könnten ihre Bemühungen womöglich Erfolg haben. Bei Laura klingeln alle Alarmglocken. Doch kann die couragierte Lady ihren Freund aus den Fängen seiner Sekretärin befreien? Und am Ende vielleicht sogar noch ein paar anderen Einwohnern von High Rising zu einem Happy End verhelfen?

Autorin

Angela Thirkell (1890–1961) hat zahlreiche Romane und Sachbücher geschrieben, unter anderem neunundzwanzig »Barsetshire-Romane«, die von den Lesern begeistert aufgenommen wurden. Das erste Buch aus dieser Reihe, »Tea Time bei Mrs. Morland«, erschien 1933. Angela Thirkell war zwei Mal verheiratet und hatte vier Kinder.

ANGELA THIRKELL

Tea Time bei Mrs. Morland

Roman

Aus dem Englischen
von Thomas Stegers

GOLDMANN

Die Originalausgabe erschien 1933 unter dem Titel
»High Rising« bei Hamish Hamilton Ltd.,
wiederveröffentlicht 2012 bei Virago Press, London

Dieses Buch ist auch als E-Book erhältlich.

FSC
www.fsc.org
MIX
Papier aus verantwortungsvollen Quellen
FSC® C014496

Verlagsgruppe Random House FSC® N001967

1. Auflage
Taschenbuchausgabe Dezember 2019

Umschlaggestaltung und Konzeption: Buxdesign, München
Illustration: Natascha Römer / die KLEINERT
unter Verwendung der Originalgestaltung
Redaktion: Regina Carstensen
AB · Herstellung: kw
Satz: Uhl + Massopust, Aalen
Druck und Bindung: GGP Media GmbH, Pößneck
Printed in Germany
ISBN: 978-3-442-48989-3
www.goldmann-verlag.de

Besuchen Sie den Goldmann Verlag im Netz

1

Die Preisverleihung

Die Frau des Rektors drehte sich zu Mrs. Morland in der Reihe hinter ihr um.

»Warum sammeln sich auf unseren Schulen die großen Jungen anscheinend immer in den unteren Klassen und die kleinen in den höheren?«, sagte sie nachdenklich. »Alle Preisträger aus der Unterstufe sind hoch aufgeschossen und normal entwickelt, die aus der Oberstufe dagegen sehen aus wie Siebenjährige, und zu kurz geraten sind sie auch. Schau dir nur den Jungen aus der achten Klasse an, der die Stufen zum Podest emporsteigt.«

Mrs. Morland sah nach vorne zum Podest, auf dem der Rektor, flankiert von zwei Hilfslehrern in notdürftigen Talaren, hinter einem Tisch mit rasch schwindenden Büchertürmen stand. Ein bebrillter Wicht nahm gerade seine Preise entgegen.

»Den da meine ich. Wesendonck«, sagte die Frau des Rektors. »Wie kann man einen Jungen nur mit diesem Namen zur Schule schicken? Dabei ist er so ein liebes Kind. Hoffentlich bekommt er all seine Preise allein weggetragen. Ich sage immer zu Bill, warum schnürt ihr die Bücher nicht praktischerweise zu einem Paket zusammen. Dem armen Bill ist wegen einer schweren Erkältung und dem vielen Reden heute fast die Stimme weggeblieben. Hoffentlich steht er diese Prozedur durch.«

Im selben Moment glitten Master Wesendonck die überreichten Bücher aus den Händen. Erst noch wild mit ihnen jonglierend, fielen sie gleich darauf zur unbändigen Freude der etwa zweihundert Schüler in alle Richtungen polternd zu Boden. Ein Schwarm Klassenlehrer eilte zu Hilfe und sammelte, auf allen vieren kriechend, die Bücher ein. Master Wesendonck, in sagenhafter Geistesgegenwart, erkannte, dass seine natürlichen Feinde ausnahmsweise einmal am richtigen Platz waren, im Staub vor ihm. Also blieb er gelassen stehen und reagierte auch nicht auf das Gejohle und die Flut von Beschimpfungen seiner jungen Freunde, die sich von der Empore aus über ihn ergoss. Selten waren Zeit und Raum und dieser unselige Name in einem so günstigen Augenblick aufeinandergetroffen. Nur wenige Witze waren lustig, keiner besonders originell, doch sorgten sie für Erheiterung, und es herrschte ein Heidenlärm.

»Warum bellt dein Mann sie nicht an?«, fragte besorgt Mrs. Morland, da der Rektor dem Tumult regungslos zuschaute und keine Anstalten machte, ihn zu bändigen.

»Nur Geduld«, sagte die Frau des Rektors. »Wie ich sehe, lutscht er gerade eine Halspastille. Sobald er sie heruntergeschluckt hat, wird er die Meute niederbrüllen. Und ganz nebenbei«, fügte sie, abschätzig das Gedränge der Lehrer auf dem Boden verfolgend, hinzu, »warum bloß verlieben sich in den Romanen die Frauen von Rektoren immer gern in einen Hilfslehrer, von mir aus auch umgekehrt, die Hilfslehrer in die Frau des Rektors? Wenn man sich unsere so ansieht!«

»Welch ein Trubel, welch ein Regen«, murmelte Mrs. Morland. Gewiss fand sich, angefangen von M. Dubois, dem Französischlehrer, der schon so lange an der Schule unterrichtete, dass die Jungen ihn eher aus Tradition denn Überzeugung verachteten, bis hin zu Mr. Ferris, dem jüngsten Neuzugang im Kollegium, den die Frau des Rektors beständig für einen älteren, in den Ferien in die Höhe geschossenen Schüler hielt, kein Gesicht in dieser Ansammlung von ausgezeichneten, hochgebildeten (oder auch nur sportlichen), fleißigen, pflichtbewussten Männern, dessen Anblick bei einer Frau ein Flattern in der Brust ausgelöst hätte.

»Trotzdem sind die meisten verheiratet«, fuhr die Frau des Rektors fort, »und die Unverheirateten sind verlobt. Scheint ein Naturgesetz zu sein. Wenn die Natur wenigstens ihrer vornehmsten Aufgabe nachkäme, natürliche Auslese. Die Lehrer, sich selbst überlassen, betreiben sie nämlich nicht. Was für Lehrergattinnen ich zum Tee bei mir ertragen muss – ich kann dir sagen …«

In diesem Moment schluckte der Rektor die Halspastille hinunter und sagte mit der Stimme eines von Seelöwen ausgebildeten Feldwebels knapp: »Ruhe!«

Stille. Umgehend.

»Hat Bill nicht schön gebellt?«, sagte seine stolze Frau zu Mrs. Morland. »Hör zu, Laura. Warte, bis diese schrecklichen Eltern gegangen sind, und komm danach zum Tee. Bring Tony mit, wenn du möchtest.«

»Also gut, Amy. Aber ich kann nicht lange bleiben. Ich fahre nachher raus zum Cottage.«

Die Zeremonie verlief ohne weitere Malheurs, und danach strömten Schüler und Eltern aus der Aula. Laura wartete am Eingang, um ihren Sohn, den sie in seinem Hemd mit dem hässlichen Eton-Kragen kaum wiedererkannte, in Empfang zu nehmen. Vor Schulantritt hatte sie die Frau des Direktors, eine alte Freundin, angerufen und gefragt, ob die reguläre Eton-Uniform, die sie Tony nie im Leben zwingen würde, zu Hause zu tragen, wirklich Pflicht an den Sonntagen sei. Amy hatte sich nach Tonys Statur erkundigt, und nachdem sie erfahren hatte, dass er ein kräftiger, untersetzter kleiner Junge war, geantwortet: »Selbstverständlich nicht. Er sähe grässlich aus in der Eton-Uniform. Kauf ihm am besten einen blauen Serge-Anzug.« Der Eton-Kragen war daher das einzig notwendige Zugeständnis an den guten Ruf der Schule, was beweist, was für eine anständige Frau Amy Birkett war. Doch da kleine Jungen alle gleich aussehen, mit Haarwirbeln, die am Hinterkopf ansetzen, Pausbäckchen und Nacken, die sich noch den kindlichen Charme bewahrt haben, war es gar nicht so einfach, Tony auszumachen, schon weil die ganze Schülerschaft auf Grund der widernatürlichen, wegen der Abschlussfeier aufgezwungenen Sauberkeit wie auf einen gemeinsamen Nenner reduziert schien. Schließlich gab sich ein Zupfen an ihrem Ärmel als Tony zu erkennen.

»Hast du das Geschrei gehört, das die Jungen gemacht haben, als Donkey seine Bücher fallen gelassen hat? Hast du mich gehört, Mutter? Ich habe gerufen:

Donki, Esel, Marsch
Der Klassenarsch

Hast du das gehört, Mutter?«

Laura fragte sich, wie schon zuvor bei ihren drei älteren Söhnen, warum sich ihre Sprösslinge bei jedem Wiedersehen mit ihrer Mutter durch ihren Egoismus, ihre Arroganz und Selbstgefälligkeit alle spontane Zuneigung geradezu zwanghaft verscherzten. Doch fügte sie sich in das Unvermeidliche: Ja, sie habe es gehört, und er möge seine Sachen packen und zum Tee ins Arbeitszimmer von Mr. Birkett kommen.

»Tee mit Mrs. Birky? Bitte nicht, Mutter! Die hat doch nur wieder was an meinen ungekämmten Haaren auszusetzen. Immer das Theater, wenn man mal nicht sauber ist.«

Laura, die sich erneut fragte, warum die eigenen, wohlgeratenen und wohlgenährten Kinder einen so unrühmlichen Hang zum Gewöhnlichen in sich verspürten, wiederholte ihren Befehl. Tonys weiches Gesicht verzog sich zu einem Schmollen, hellte sich aber sogleich wieder auf, als er Master Wesendonck, umringt von seiner ihn anhimmelnden Mutter und seinen Schwestern, erblickte. Er schlenderte an der kleinen Gruppe vorbei, tat geistesabwesend, wiederholte mit lauter Stimme seinen berüchtigten Zweizeiler:

Donki, Esel, Marsch
Der Klassenarsch

und wurde mit einer freundschaftlichen Attacke durch das Opfer der Beleidigung belohnt. Die beiden Jungen, ein Knäuel aus Armen und Beinen, verschwanden in den Unterkünften der Internatsschüler. Laura, mit ihrem schlechten Gewissen gegenüber der Familie Wesendonck, schlüpfte in das zum Tearoom umfunktionierte große Klassenzimmer, wo das gemeine Elternvolk abgespeist wurde. Vor der Tür hatte der School Sergeant, ein mächtiger sanftmütiger Hüne, Posten bezogen, damit die Schüler ihren Eltern nicht das Teegebäck stahlen.

»Guten Abend, Sergeant«, begrüßte Laura ihn. »Wie macht sich Tony?«

»Ganz gut, Mrs. Morland. Ich würde sagen, fast so gut wie der junge Dave seinerzeit. Redet nur wie ein Wasserfall. Seltsam, seine älteren Brüder waren eher schweigsam; Tony dagegen ist nicht auf den Mund gefallen. Trotzdem, er entwickelt sich ganz gut. Sie kommen doch zu unserem Boxkampf nächstes Schuljahr, oder, Mrs. Morland?«

Ohne ihre Antwort abzuwarten, stürzte er in den Tearoom und führte zwei Jungen am Schlafittchen hinaus.

»Mir egal, ob deine Mutter da drin ist oder nicht«, sagte er streng. »Befehl ist Befehl. Ihr habt nichts im Tearoom verloren. Macht, dass ihr wegkommt.«

Wie Apollyon, der Engel des Abgrunds, versperrte er den beiden Jungen den Zugang und ließ nur Laura passieren.

Laura schlenderte durch den Raum, konnte Amy aber nirgendwo entdecken, stattdessen trat ihr großer Freund Edward an sie heran. Edward hatte sich mit sechzehn freiwillig zum Kriegsdienst gemeldet, »um Gesellschaft zu haben«, und nach dem Krieg seine ideale Beschäftigung als Faktotum und Menschenfreund der Schule gefunden, wo die Gesellschaft, die er so liebte, sich fortwährend erneuerte. Er konnte Schuhe putzen wie ein Offiziersbursche und sie flicken wie ein echter Schuster; Messer reinigen und schärfen; die Mützen, Schlittschuhe, Spielschläger und Kameras der Jungen reparieren; Haare schneiden; jedes populäre Lied singen, das jemals komponiert worden war; das Radio des Rektors wieder instand setzen und Auto fahren. Als das gesamte Küchenpersonal mit Grippe darniederlag, war es Edward, der zwei Tage lang die Stellung hielt und in der Waschschüssel Suppenfleisch mit Klößen kochte. Als die Krankenstube während der Epidemie überquoll, war es Edward, der als Nachtschwester in dem hastig eingerichteten Notlazarett Dienst tat und die Rekonvaleszenten mit höchst unangemessenen Liedern aus Flandern in den Schlaf sang. Als einmal das örtliche Kraftwerk versagte und das Licht in der gesamten Schule ausfiel, die Birketts gerade außer Haus waren und Johnson und Butters auf einem Korridor, wo sie nichts verloren hatten, zusammenstießen, Johnson eine blutige Lippe und Butters eine aufgeplatzte Augenbraue davontrug, war es Edward, der so geistesgegenwärtig war, die beiden im Auto eines Lehrers zum Arzt zu kutschieren und so geschwind mit ihnen zurückkehrte, dass es niemandem auffiel. Sogar war es Sitte geworden, dass in Krisenzeiten Edward in Mrs. Birketts Haushalt die Rolle des Kindermädchens übernahm und ihre beiden jüngsten Töchter in einem Kinderwagen spazieren fuhr. Das jedoch wurde als zu weit gehend erachtet und von der Schule missbilligt. Man wollte Edward in keiner Weise mit den beiden großen, unbeholfenen Mädchen, Rose und Geraldine, in Verbindung bringen. Jedenfalls war die junge Oberschicht Englands dieser Meinung.

»Falls Sie Mrs. Birkett suchen, Madam«, sagte der allgegenwärtige Edward, »die ist schon ins Haus gegangen und hofft, dass Sie nachkommen. Sie sagte, sie könne keine Eltern mehr um sich herum ertragen, unter gar keinen Umständen, wenn Sie verstehen …«

Laura dankte und bahnte sich einen Weg durch die Elternschar zum Haus des Rektors, wo sie Amy im Arbeitszimmer vorfand.

»Bills Stimme hat sich nun endgültig verabschiedet. Er ist so erschöpft, dass ich ihn zu Bett geschickt habe«, sagte Amy. »Ich vermute, da ist eine Grippe im Anzug. Nimm Platz, Laura. Erzähl mir von deiner Familie. Gefällt es Gerald in China?«

»Dick ist in China – jedenfalls in dem Marineverband China Station, was immer das bedeutet. Ja, es sagt ihm zu, besonders der Dienst an Bord.«

»Ach so, dann war es Burma, wo Gerald jetzt ist. Wie kommt er zurecht?«

»Nein, in Burma ist John, und er kommt ganz gut zurecht. Er hofft, Weihnachten wieder hier zu sein. Gerald ist der Forscher. Er hat einen gut dotierten Job bei irgendwelchen Amerikanern in Mexiko. Er sagt, es mache ihm großen Spaß. Hört sich aber furchtbar an.«

»Entschuldige, Laura, dass ich deine Kinder verwechsle. Es ist aber auch verzwickt bei vier Jungen. Gerade habe ich mich an einen der kleinen Morlands gewöhnt, da verlässt er uns, und sein jüngerer Bruder rückt nach. Dann wird er der große Bruder, und es kommt ein neuer kleiner. Da muss man ja durcheinanderkommen. Aber ich bin froh, dass alle wohlauf sind. Es geht doch jetzt leichter, oder?«

»Wenn du das Geldliche meinst, dann ja. Gerald und John stehen auf eigenen Füßen, Dick beinahe. Sie kosten mich also nichts, Geschenke ausgenommen und wenn sie an den Feiertagen oder in den Ferien nach Hause kommen. Bei mir ist jetzt nur noch Tony.«

»Aber der bekommt ein Stipendium, so wie Gerald.«

»Tony ist resistent gegen jede Form von Bildung. Wahrscheinlich wird er Schweinezüchter.«

»Auch nicht schlecht. Dann kannst du dich von Schinken ernähren und brauchst nicht so hart zu arbeiten. Bist du unentwegt am Schreiben?«

»Meistens. Aber jetzt ist alles viel einfacher als vorher, als noch drei in der Schule waren und Tony zu Hause. Ich kann sogar etwas für das Alter beiseitelegen.«

»Herein«, rief Amy auf das Klopfen an der Tür hin. Es war Tony, der sich anscheinend bei der Brillantine eines Mitschülers bedient hatte. Sein Haar, unregelmäßig in der Mitte gescheitelt, glänzte und klebte an den Schläfen, und er brachte ein starkes Odeur nach künstlichem Honig und Blumen ins Zimmer.

»Du Schmutzfink!«, rief Amy. »Was hast du wieder angestellt? Komm her, trink deinen Tee.«

Tony schien einigermaßen vertraut mit der Frau des Rektors, denn er zeigte keine Gemütsregung und setzte sich. »Es ist nur das Haarwasser von dem kleinen Johnson, Mrs. Birkett. Zwei Jungen haben es mir über den Kopf geschüttet, ich habe es aber wieder ausgebürstet. Haben Sie den Krach gehört, als Wesendonck seine Bücher fallen gelassen hat? Ich habe mich heiser geschrien.«

»Gehört?«, sagte Amy. »Mr. Birkett sind die Trommelfelle geplatzt. Er musste ins Bett.«

Tony erschrak.

»Wenn wir nicht beim Tee säßen und heute letzter Schultag wäre und nächste Woche Weihnachten«, sagte Laura, »würde ich dich umbringen, Tony. Jetzt sieh dir deinen Anzug an!«

Tatsächlich waren Anzeichen dieser unsanften Haarwasserdusche durch die beiden nicht näher bezeichneten Mitschüler an Tonys Kragen sowie an Jackett und Weste erkennbar.

»Ach, ist nicht so schlimm«, sagte Tony. »Den Rest haben wir mit Swift-Hetheringtons Turnhose vom Boden aufgewischt. Dann ist die Hausmutter gekommen und hat einen Aufstand gemacht.«

»Gott sei Dank bist du gerade am Gehen«, sagte die Frau des Direktors.

»Du besuchst uns doch über die Feiertage mal, nicht Amy?«, sagte Laura, als sie sich zum Abschied küssten.

»Sehr gerne. Bill fährt mit den beiden Mädchen für zwei Wochen in die Schweiz. Ich gebe dir Bescheid, wann genau, und würde mich dann für ein, zwei Tage einquartieren.«

»Richte Bill meinen Gruß aus. Ich hoffe, er erholt sich schnell.«

»Ach, der kommt schon wieder auf die Beine. Es ist einfach nur die Erschöpfung am Ende des Schuljahrs. Und der Ärger mit der blöden Sekretärin. Wir hatten im Sommer eine sehr tüchtige Frau gefunden, aber am Anfang des Schuljahrs ist sie durchgedreht oder verrückt geworden, was weiß ich, jedenfalls mussten wir sie auswechseln. Das bedeutete natürlich eine Menge Arbeit.«

»So ein Pech«, sagte Laura.

»Auf Wiedersehen, Tony, und schöne Ferien.«

»Auf Wiedersehen, Mrs. Birkett, und danke für die Einladung zum Tee«, sagte Tony und sah dabei so engelhaft aus, dass sich seine Mutter auf sein abstoßendes Haar und den Anzug konzentrieren musste, um ihn nicht auf der Stelle stürmisch zu umarmen.

Laura und Tony stiegen ins Auto und begaben sich auf die etwa halbstündige Heimfahrt.

»Nun, mein Schatz, ich freue mich sehr, dich wiederzusehen«, sagte Laura, während sie die Straße entlangjagten.

»Ich weiß«, erwiderte Tony knapp. »Sag mal, Mutter, wie alt bist du eigentlich?«

»Eigentlich fünfundvierzig, aber das sieht man mir meist nicht an.«

»Das macht nichts.« Tony klang so erleichtert, dass Laura nach dem Grund fragte.

»Swift-Hetherington hat gesagt, er weiß, wie alt seine Mutter sei, und er hat gewettet, ich wüsste das von meiner Mutter nicht. Ich habe dann mit ihm gewettet, meine Mutter sei älter als seine. Ich habe recht behalten.«

»Was hast du jetzt gewonnen?«, fragte Laura amüsiert.

»Gar nichts, Mutter. Ich habe nur gegen ihn gewettet.«

»Ach so.«

Das Laster des Glücksspiels zerstörte Tonys Leben also nicht, trotz seiner irreführenden Ausdrucksweise.

»Ach, Mutter«, setzte Tony erneut an, »verbringen wir Weihnachten in der Wohnung, oder fahren wir zum Cottage?«

»Habe ich dir das nicht gesagt? Wir fahren zum Cottage.«

»Ach so. Ich habe nämlich meine Eisenbahn in der Wohnung gelassen, und ich hatte fest vorgehabt, in den Ferien damit zu spielen. Das geht jetzt nicht.«

Er versank in Trübsinn.

»Das habe ich nicht vergessen, Tony. Ich habe die Eisenbahn mitgebracht. Sie liegt hinten im Auto.«

»Danke, Mutter, aber das nützt mir wenig. Ich kann nicht damit spielen, ohne neue Rechtsweichen zum Rangieren. Und weil ich mein Sparbuch nicht dabeihabe und den Eisenbahnkatalog, kann ich sie nicht kaufen. Deswegen. Es nützt alles nichts.«

»Der Katalog liegt im Eisenbahnkarton. Und dein Sparbuch habe ich freundlicherweise gleich mitgebracht.«

»Danke schön«, sagte Tony und träumte von hochkomplexen Schienennetzen.

Nachdem Laura im Herbst in der Stadt hart gearbeitet hatte, freute sie sich auf die Ferien im Cottage. Tony war erst wenige Monate alt gewesen, als ihr Mann starb, und das Geld äußerst knapp. In den vergangenen Jahren hatte sie sporadisch für Zeitschriften geschrieben, doch es reichte nicht, und das Problem des Geldverdienens stellte sich jetzt umso dringlicher. Nach reiflicher Überlegung war sie zu dem Schluss gekommen, dass das allgemeine englische Lesepublikum, jedenfalls der weibliche Teil, außer über Rennen, Mord und Sport auch gerne Bücher über das Thema Kleidung las. Mit viel Fleiß stellte sie Kontakte her, sah sich in Kaufhäusern um, traf sich mit befreundeten Schneiderinnen, die über enormes Wissen verfügten, unterhielt sich mit Bekannten, von denen sie wusste, dass sie inzwischen als Einkäuferinnen oder Schaufensterdekorateurinnen arbeiteten, setzte sich schließlich hin und – schrieb

Bestseller. Ihre Voraussicht erwies sich als weise, denn mittlerweile hatte sie sich eine große, treue Lesergemeinde erschrieben, die anscheinend nicht genug von den Mysterien des Groß- und Einzelhandels bekommen konnte. Einer ihrer Romane war sogar auf die Bühne gebracht worden, mit beachtlichem Erfolg. Zentraler Schauplatz war das Studio der berühmten Madame Koska, in das die Agentin eines konkurrierenden Modehauses als Korsettnäherin eingeschleust wird, um die Modelle der kommenden Saison auszuspionieren. Am Ende wird sie durch den hübschen Vertreter eines französischen Seidenherstellers enttarnt. In ihm erkennt sie ihren verflossenen Liebhaber wieder, den sie vor einigen Jahren ausgeraubt und verlassen hat. Wie schließlich auch er sie wiedererkennt, wie es ihn zwischen Liebe und Pflicht schier zerreißt, wie die Ehre des Schneiderhandwerks sich durchsetzt, wie er sie an Madame Koska verrät, wie Madame ihr vergibt, wie die Mannequins eine halbe Stunde vor Madames Frühjahrsschau in den Streik treten, wie die »Agentin« den Laufsteg übernimmt und achtundvierzig Kleider mit so hinreißender Grazie vorführt, dass Madame Koska allein an diesem einen Nachmittag Order im Wert von fünftausend Pfund entgegennimmt – all das ist zu lang und zu unglaubwürdig, um es hier wiederzugeben. Zum Glück jedoch entsprach dieser Roman dem Zeitgeist, ebenso die folgenden. Laura hatte Gerald und John eine Ausbildung verschafft und Dick in der Navy untergebracht; jetzt gab es keine unmittelbaren Sorgen mehr, nur noch ihren etwas unergründlichen Sohn Tony, um den sie sich kümmern musste. Sie war einigermaßen zufrieden und nahm sich selbst nie zu ernst, nur für ihre Bücher betrieb sie einigen Aufwand. Rückblickend hätte sie sich vielleicht darüber gewundert, wie viel sie in den zehn Jahren geschafft hatte und was sie sich leisten konnte: eine kleine Wohnung in London, ein Haus auf dem Land, einen Mittelklassewagen. Einzig für die Tatsache, dass sie über eine Sekretärin verfügte, bewunderte sie sich gelegentlich selbst. Keine Vollzeit-Schreibkraft, denn Miss Todd wohnte im Ort bei ihrer Mutter und kam nur vormittags zu Laura, aber immerhin, eine Sekretärin.

Sie war dazu genötigt worden, als man sie einige Jahre zuvor zu ihrem großen Schreck gefragt hatte, ob sie für eine amerikanische Zeitung Artikel über Damenmode schreiben wolle. Das Angebot war zu lukrativ, um es auszuschlagen. Bislang hatten sich ihre Vorstellungen von modischer Kleidung auf Schnäppchen im Schlussverkauf beschränkt, jetzt beschaffte sie sich in exklusiven Geschäften die nötige Information und vergrub sich damit in ihrem Cottage, um sie aufzuarbeiten. Hier fand sie eines Morgens ihre Freundin Miss Todd in Tränen aufgelöst vor. Miss Todd setzte sich, nahm den Hut ab und fragte, was passiert sei, worauf Laura zwischen Schluchzen und Schniefen hervorstieß: »Ich schaffe es nicht. Ich schaffe es einfach nicht.« Da sei zum einen die Serie über ein Mannequin zu Ende zu bringen, das ausschließlich in original britischer Kunstseide Modell stehe und deswegen ein Mitglied des Kabinetts ehelichte; zum anderen die zweite Serie, »Geschichten aus Madame Koskas Showroom«, abzuschließen; schließlich müsse sie unbedingt Geld beschaffen, um Gerald ein weiteres Jahr in Oxford zu ermöglichen, das zum gewünschten Stipendium und letztlich zu einer Arbeit in der Forschung führen sollte; doch wie, wie um Himmels willen, sollte sie das alles schaffen? Sie weinte bitterlich, ihr Haar löste sich auf, während Miss Todd ihr aufmerksam zuhörte.

»Hören Sie auf zu weinen, Mrs. Morland«, sagte Miss Todd. »Ich verrate Ihnen etwas. Was, glauben Sie, liebe ich am meisten auf der Welt?«

Überrumpelt von diesem seltsamen Versuch zu trösten, hörte Laura tatsächlich auf zu weinen, strich sich das Haar aus dem verquollenen Gesicht, überlegte kurz und antwortete: »Ihre Mutter.«

»Nein«, sagte Miss Todd. »Kleider.«

Laura richtete sich auf, die quälenden Sorgen wie weggeblasen. Höchst interessant: Für eine Frau, die gutes Geld mit dem Schreiben über Kleidung verdiente, wusste sie nur das Allernötigste über Mode. Miss Todd dagegen … Sie starrte sie an. Miss Todd, mindestens vierzig, gerühmt für ihre Hingabe an eine kränkelnde und verarmte Mutter, im Besitz nur eines einzigen Tweed-Kostüms und eines schwarzen Abendkleids, nie aus High Rising (wie sich das Dörfchen passenderweise nannte) herausgekommen, außer um mit ihrer Mutter für zwei Wochen nach Bournemouth zu fahren, Miss Todd, die … Je länger Laura Miss Todd anstarrte, desto deutlicher fielen ihr einige ihrer besseren, lange übersehenen, durch diesen Ausbruch jedoch Aufmerksamkeit verlangenden Eigenschaften ins Auge, ein Auge, welches darauf trainiert war, die Person anderer wahrzunehmen, die eigene dagegen missachtete. Miss Todd hat keine schlechte Figur, keine rauen Hände, ihre Füße in den abgetragenen alten Brogues sind wohlgeformt, und wenn sie sich ihr Haar nicht selbst schneiden würde, sähe es wirklich sehr hübsch aus, dachte Laura neidisch. Kein unattraktives Geschöpf, diese Miss Todd, wenn man mal in die Verlegenheit kommt, sie näher zu betrachten.

Unter dem prüfenden Blick schien Miss Todd eine Erklärung offenbar für nötig zu erachten.

»Nicht, dass ich meine Mutter nicht liebe«, sagte sie ruhig. »Ich liebe sie sehr. Aber sie ist ein bisschen schrullig, und sie hat es am Herzen, deshalb nützt es wenig, sich allein auf sie zu kaprizieren.«

Erneut musste Laura ihre Vorstellungen korrigieren. Jeder wusste, dass Mrs. Todd leicht verrückt war. Als sie sich noch alleine versorgen konnte, hatte sie die Gewohnheit angenommen, massenhaft Lebensmittel, Fleisch und Schuhe in dem örtlichen Gemischtwarenladen zu bestellen. Miss Todd sah sich genötigt, dies dem Geschäftsinhaber Mr. Read zu erklären, der pflichtbewusst auf die alte Dame eingegangen war und ihre Bestellungen mit Respekt entgegengenommen hatte. Laura ahnte wohl, dass Mrs. Todd seit einigen Monaten ans Haus gefesselt war, doch es war ihr nicht klar gewesen, dass Miss Todd während dieser Zeit klaglos ihre gestörte Mutter gepflegt hatte, die obendrein Herzbeschwerden plagten. Miss Todd stieg noch einmal deutlich in ihrer Achtung.

»Anne«, sagte sie, sich zerstreut mit einer Stricknadel durch das Haar fahrend, »Sie werden wohl recht haben. Sie sind eine treue Seele. Aber was hat das alles mit dem Thema Kleidung zu tun?«

Miss Todds Augen glühten vor heiligem Eifer. »Sie haben mein Leben gerettet, Mrs. Morland«, setzte sie eindrücklich an. »Deswegen habe ich alle Ihre Bücher gelesen.

Die sogenannte gute Literatur ist mir schnuppe, aber wenn es um Kleidung geht, dann ist es, als hätte ich Opium genommen. Ich vergesse alles um mich herum, meine Mutter, den Tod, die Dividenden, und ich schwelge. Ich weiß, dass ich die teuren Kleider niemals tragen würde. Dazu bin ich nicht der Typ, selbst wenn ich sie mir leisten könnte. Aber sie bedeuten mir viel, und Ihre Bücher sind mir eine große Stütze, und deswegen habe ich mir gedacht …«

Verlegen brach sie ab. Lauras Interesse war geweckt. Ihr Publikum stand vor ihr, in Gestalt von Anne Todd. Laura hatte nicht die Illusion, ihre Bücher wären hohe Literatur, das nicht, aber sie wusste, dass sie eine gewisse Klientel ansprachen, und hier war so eine Person, die sich von ihnen angesprochen fühlte. Laura heftete ihren Blick auf Miss Todd, die mit gespreizten Beinen dasaß, mit einwärts gerichteten Füßen, leuchtenden Augen, flammend roten Wangen. Was war los mit ihr?

»Deswegen habe ich mir gedacht«, setzte Miss Todd, die begriff, dass von Laura kein Entgegenkommen zu erwarten war, erneut an, »als ich Sie so weinen sah: Vielleicht könnte ich Ihnen helfen. So. Jetzt ist es raus! Meine Mutter braucht mich nicht den ganzen Tag. Morgens bleibt sie im Bett liegen, hört Radio, und Louisa hat ein Auge auf sie. Wenn ich zwischen Frühstück und Mittagessen herkommen und etwas für Sie abtippen oder Ihnen sonst wie helfen könnte … Ich habe auch mal einen Sekretärinnenkurs besucht, bevor meine Mutter so schwierig wurde … Oh, Mrs. Morland, bitte, sagen Sie ja.«

Lauras Haar fiel schwungvoll herab. »Heben Sie die Haarnadeln für mich auf, Anne. Sie können jeden Tag kommen. Sie können diesen furchtbaren amerikanischen Kram für mich machen.«

Miss Todd, die auf allen vieren den Boden absuchte, reichte Laura die Haarnadeln. »Sie sind ein Engel, Mrs. Morland.«

»Glauben Sie denn«, nuschelte Laura, durch eine Handvoll langer Schildpatt-Haarnadeln zwischen den Lippen leicht behindert, »dass Sie das auch schaffen werden?«

»Selbstverständlich«, antwortete Miss Todd, stand auf und stülpte sich den Hut über den Kopf. »Geben Sie mir ruhig den ganzen Kram, Mrs. Morland. Sagen Sie mir, wie viel tausend Wörter Sie haben wollen, und übermorgen bringe ich Ihnen das fertige Manuskript.«

Wie hypnotisiert übergab Laura ihr einen Stapel Papiere und Skizzen, und Miss Todd verließ umgehend und grußlos das Haus. Gut gelaunt, nur etwas verwirrt steckte Laura sich die letzte Nadel ins Haar und nahm es wieder mit Madame Koska auf, deren bester Schneider sich ihr, wenig glaubwürdig, als verarmter österreichischer Großfürst offenbarte. Wegen Madame Koskas schwierigem Dilemma, den großfürstlichen Entwurf für einen Anzug ablehnen zu müssen, es sich mit dem Mann jedoch nicht verscherzen zu wollen, sowie ihrer eigenen erfreulichen Begabung, weniger drängende Sorgen so lange aufzuschieben, bis man sich ihnen stellen musste, verschwendete sie keinen weiteren Gedanken an die amerikanischen Artikel, bis zwei Tage später Miss Todd mit einem Stapel maschinengeschriebener Seiten aufkreuzte.

»Da haben Sie es«, sagte Miss Todd. »Sie werden Gefallen daran finden.«

Laura las es sich durch, fand Gefallen daran und lud Miss Todd zum Lunch ein.

»Ich kann nicht so lange bleiben«, erwiderte Miss Todd. »Sie wissen, wir haben kein Telefon, und Mutter erwartet mich. Wenn es Ihnen gefällt, in Ordnung. Ich habe es gerne gemacht.«

»Aber ich muss Ihnen etwas dafür bezahlen, Anne. Ich bekomme bald …«

»Machen Sie sich deswegen keine Gedanken, Mrs. Morland«, sagte Miss Todd entschieden. »Darum geht es mir nicht. Sie haben das Material gesammelt, ich habe es nur zusammengestellt.«

»Aber, mein liebes Kind, dabei können wir es nicht bewenden lassen. Setzen Sie sich. Seien Sie vernünftig.«

Nach heftigem Protest erklärte sich Miss Todd, unter Druck gesetzt, bereit, während Lauras Aufenthalten im Cottage jeden Morgen vorbeizukommen, in dieser Zeit einen Wochenlohn zu erhalten, während Lauras Abwesenheit jedes ihr zugeschickte Manuskript zu den üblichen Sätzen abzutippen und zehn Prozent auf alles andere zu berechnen, was sie auf Grundlage von Lauras Notizen eigenständig verfasste. Zu mehr vermochte Laura sie nicht zu überreden.

Nachdem sie diesen unerwarteten Schatz unter den Dorfbewohnern entdeckt hatte, gab es Versuche von einigen anderen Leuten, ihr Miss Todd abspenstig zu machen, doch diese ließ sich nicht bestechen. Selbst als der in dem gut anderthalb Kilometer entfernten Low Rising lebende, außerordentlich erfolgreiche Biograf George Knox ihr eine feste Anstellung als Sekretärin sowie ein Cottage auf seinem Anwesen für sie und ihre Mutter in Aussicht stellte, ging sie darauf nicht ein.

»Wissen Sie, Mrs. Morland«, erklärte sie Laura, die mit ihr schimpfte, wie sie so ein großzügiges Angebot bloß habe ablehnen können, »Literatur interessiert mich nicht besonders. Aber das Thema Kleidung spricht mich an. Bei Mr. Knox geht es um Jahreszahlen. Um Philosophie und anderes hochgestochenes Zeug. Ich mag Mr. Knox, und ich mag auch das Mädchen, Sibyl, sie ist ein liebes Kind, aber mein Platz ist an Ihrer Seite, Mrs. Morland. Außerdem würde meine Mutter niemals umziehen. Bei dem schlimmen Herzen. Da weiß man nie. Unser Arzt, Dr. Ford, wohnt praktisch um die Ecke. Und bei uns kann Mutter nach draußen auf die Straße blicken, sie kann sehen, was vor sich geht. In Low Rising würde sie niemanden sehen. Wenn sie sterben würde, ich würde mir ewig… Sie kommen an erster Stelle, Mrs. Morland.«

Miss Todd wurde Lauras Sekretärin, die Stütze ihres Lebensabends, wie Laura sie nannte. Die alte Mrs. Todd wurde allmählich immer verrückter, ihr Herz bereitete zunehmend Sorgen, doch Miss Todd, die von Kleidern »lebte«, blieb gelassen, und falls sie gelegentlich eine Träne über den schlechten Gesundheitszustand ihrer Mutter vergoss, dann wusste nur Laura davon.

2

High Rising

Unterwegs nach High Rising befiel Laura die vage Vermutung, dass Tony eine Frage gestellt hatte. Ihr jüngster Sohn litt unter, wie sie es nannte, Wortausfluss, und nur Schlaf vermochte diesen Redezwang in Schach zu halten.

»Was meinst du, Mutter?«

»Wozu, mein Schatz?«

»Habe ich doch gerade erklärt, Mutter!«

»Entschuldige, Tony. Ich musste mich aufs Fahren konzentrieren und habe wohl nicht richtig zugehört. Sag es noch mal.«

»Also: Die Great-Western-Modelleisenbahn kostet siebzehn Schilling, aber es gibt eine viel bessere von der London, Midland and Scottish Railway für fünfundzwanzig Schilling. Was meinst du?«

»Ich schlage vor, du kaufst die Great Western, wenn sie nur siebzehn Schilling kostet und die andere fünfundzwanzig.«

»Ja, Mutter, aber versteh doch. Die Great-Western-Lok kann nur einen Kohletender und einen Waggon ziehen. Die L.M.S. schafft mit Leichtigkeit drei Waggons.«

»Warum dann nicht die L.M.S.?«

»Würde ich ja gerne, Mutter, aber dann hätte ich eine

L.M.S.-Lok und Great-Western-Waggons. Alle meine Waggons sind von Great Western. Weißt du das nicht?«

»Entschuldige, Tony. Das hatte ich vergessen.«

»Nachdem ich so oft darüber gesprochen habe, dachte ich, du wüsstest das. Also, was meinst du, Mutter?«

Laura unterdrückte den dringenden Wunsch, ihn zu erwürgen. »Schau mal, Tony, da ist schon Mr. Reids Geschäft. In einer Minute sind wir zu Hause.«

»Was meinst du denn nun, Mutter? Eine Great Western, die zu den Waggons passt, oder doch lieber die L.M.S.?«

»Wir gucken uns morgen die ganze Modelleisenbahn an, Tony«, beschwichtigte Laura ihn. »Dann sage ich es dir … So, da wären wir.«

Sie bogen in die kurze Einfahrt zum Cottage, die Haustür stand offen, Licht strömte heraus. Eine beleibte Frau in grauem Baumwollkleid und tischdeckengroßer Karoschürze trat zur Begrüßung nach draußen.

»Da wären wir, Stoker«, sagte Laura. »Ist alles gut?«

»Alles bestens.«

»Sie und Tony packen die Sachen aus, und ich bringe das Auto in die Garage. Ist das Tor auf?«

»Ja. Und das Abendessen ist fertig. Ich habe für Sie und Master Tony zusammen gedeckt, da Sie allein gekommen sind. Komm, Master Tony, hilf mir mit dem Koffer.«

Tony hatte jedoch bereits den Karton mit der Modelleisenbahn an sich genommen und war damit im Haus verschwunden.

»Verheben Sie sich nicht, Stoker«, sagte Laura, als sich ihre Haushälterin daranmachte, Tonys Koffer ins Haus zu wuchten.

»Mich verheben?« sagte Stoker vorwurfsvoll. »Ich werd schon nicht gleich platzen. Das gäbe einen schönen Knall.«

Da Stoker fest entschlossen schien, es alleine zu versuchen, setzte Laura den Wagen in die Garage. Zurück im Haus, musste sie feststellen, dass Tony Mantel und Mütze auf das Sofa gepfeffert und seine Eisenbahn im Salon bereits ausgepackt hatte. Er war gerade im Begriff, einen Schienenstrang auf dem Boden auszulegen.

»Nein, Tony«, sagte seine Mutter streng. »Pack deine Sachen wieder in den Karton, und bring sie nach oben. Du weißt, dass du ein eigenes Spielzimmer hast. Ich will deinen ganzen Krempel *nicht* hier im Salon haben. Und nimm deine Kleidung vom Sofa, und geh und wasch dir die Hände vor dem Abendessen. Sofort.«

»Aber Mutter, du wolltest doch die Eisenbahn sehen, wegen der Loks, um zu entscheiden.«

»Ich will die Eisenbahn nicht sehen, weder jetzt noch überhaupt«, sagte Laura, vor Erschöpfung gereizt. »Jedenfalls nicht mehr heute Abend, und schon gar nicht im Salon. Pack sie wieder ein. Auf der Stelle!«

Widerwillig, mit einem herrlichen rosafarbenen, trotzigen Gesicht, verstaute Tony Eisenbahn und Schienen wieder in den Karton, legte Mantel und Mütze obendrauf und schwankte, über die Tyrannei schimpfend, der er ausgesetzt war, aus dem Raum.

»Nein, nicht in die Halle. Nach oben«, rief seine Mutter ihm hinterher.

Tony erschien noch mal in der Tür.

»Hast du nicht gesagt, ich soll meinen Mantel und meine Mütze an der Garderobe aufhängen?«, fragte er matt.

Laura warf ihrerseits Mantel und Hut auf einen Sessel und setzte sich. Tony-Schatz. Wie schrecklich, wenn man nur eins im Kopf hatte. Die älteren Brüder behaupteten, sie würde ihn verwöhnen. Es sei nicht so, rechtfertigte sie sich ihnen gegenüber, dass sie Tony seinen Willen ließ, vielmehr besäße sie, nachdem sie drei von der Sorte großgezogen habe, keine Kraft mehr, sich gegen den vierten durchzusetzen. Ein Vierteljahrhundert gegen junge starke Geschöpfe anzukämpfen, die einen natürlichen Hang zu Dreck, Unordnung und Achtlosigkeit haben, immun gegen Lärm sind, lautes, läppisches Geplänkel und Beschimpfungen als eine höfliche Form von Unterhaltung betrachten, blind gegenüber jeder Konvention und jedem Komfort, außer dem eigenen – da erlahmen irgendwann die Widerstandskräfte. Tony war nicht anstrengender als Gerald seinerzeit – oh, diese Erstgeborenen, wie gnadenlos sie die mütterliche Unkenntnis über ihre Spezies ausnutzen – oder John oder Dick, nein: Sie war älter geworden und konnte schlechter mit seiner Selbstgefälligkeit umgehen. Früher als seine Brüder hatte sie ihn in die Schule gesteckt, zum einen, damit er nicht als Einzelkind unter einem Frauenregime aufwuchs, zum anderen, wie sie kundtat, um seinen Willen zu brechen. Naiverweise hatte sie gehofft, nach ein, zwei Schuljahren hätte er seinen eigenen Stand gefunden, zurechtgestaucht von seinen undankbaren Altersgenossen. Aber im Gegenteil: Er kehrte noch schwatzhafter, noch ichbezogener als zuvor aus der Schule zurück. Warum seine Schulkameraden ihn nicht längst gemeuchelt hatten, vermochte seine altersschwache Mutter nicht nachzuvollziehen. Jüngste Söhne schienen eine innere Stärke zu besitzen, die sie resistent gegen alle äußeren Anfeindungen machte. Wurde sein Redefluss mal gebremst, nutzte er die Zeit lediglich zum Atemholen, wartete auf eine Lücke und fing von Neuem an. Laura konnte nur hoffen, dass diese Zielstrebigkeit ihm in seinem weiteren Leben von Nutzen sein würde. Entweder so, oder er würde alle seine Freunde verprellen.

Von der Treppe kam ein Geräusch, als würde unerwartet ein Besen durch den Nachbarkamin kehren, und ihr hassenswerter, hinreißender Sohn platzte ins Zimmer.

»Essen ist fertig, Mutter. Die alte Stokes klingelt gleich.«

»Hast du dich gewaschen, Tony? Warum hast du die Schuhe nicht gewechselt?«

»Das ging nicht, Mutter. Die anderen Schuhe sind noch im Koffer.«

»Oben stehen Pantoffeln. Zieh sie an. Zeig mir deine Hände.«

Unwirsch streckte er ihr zwei schmutzig graue Pfoten entgegen, mit einem schwarzen Saum, unterbrochen von einigen wenigen helleren Farbstreifen.

»Wo hast du dich gewaschen, Tony?«

»Im Badezimmer.«

»Ja. Du hast die Hände zwei Sekunden unter laufendes Wasser gehalten, und dann den Schmutz mit einem sauberen Handtuch abgewischt. Marsch, ab nach oben. Und lass Wasser ins Becken ein.« Während ihr Sohn trotzig schweigend den Raum verließ, rief sie ihm weitere Ermahnungen hinterher: »Ärmel hochkrempeln. Nimm die Nagelbürste. Und wenn du die Hände gewaschen hast, spül sie richtig ab. Und dann reinige deine Fingernägel, in meinem

Zimmer, falls du dich nicht dazu bequemen kannst, deine Kulturtasche auszupacken. Und vergiss nicht, die Schuhe zu wechseln!«, Letzteres beinahe aus vollem Hals. Sodann folgte sie ihm mit großer und begründeter Skepsis nach oben, schaute ihm über die Schulter, während er missmutig seine Toilette fortsetzte, zeigte keinerlei Mitleid, als er sich stöhnend über die Knoten in seinen Schnürsenkeln beugte, die, wie sie herzlos hervorhob, nur er höchstpersönlich hineingebunden haben konnte. Das Resultat war so sauber, so rosa, so bezaubernd, dass sie Tony einfach knuddeln musste, was er mit ausgesuchter Anmut über sich ergehen ließ, die Arme um ihren Hals geschlungen, die Zehenspitzen vom Boden abgehoben.

»Gnade! Gnade! Du erwürgst mich!«, schrie sie.

Tony drückte seine feste, rosa Wange gegen ihre und ließ sich herab.

»Kommen Sie, Mrs. M«, sagte er und ging ihr voraus, die Treppe hinunter, »die alte Stoker erwartet uns zum Abendessen.«

Stoker stand mit verschränkten Armen vor dem Kaminfeuer im Speisezimmer. Laura wünschte, ihre Haushälterin würde sich nicht immer verpflichtet fühlen, sie bei Tisch zu bedienen, die kräftigen Arme dabei nackt bis zu den Ellbogen, doch in Fragen der Kleiderordnung und auch sonst ließ sie sich nichts vorschreiben. Sie war kurz nach der Geburt des ältesten Sohnes, Gerald, in Lauras Dienste getreten, mit einem eher mäßigen Zeugnis ihres früheren Dienstherrn und lediglich ihrer Aura der Gutherzigkeit als Empfehlung. Hierauf stellte Laura sie ein und hatte es nie bereut. Stoker war eine ausgezeichnete Köchin, ergebene Sklavin der Morland-Knaben und absolut vertrauenswürdig. Manieren besaß sie keine, und von den hausfraulichen Fähigkeiten ihrer Herrin hielt sie nichts. Laura hatte längst jeden Versuch, sie zu kontrollieren, aufgegeben, oder sich in die Kleinkriege, die anfangs zwischen ihr und dem jeweiligen Zimmermädchen tobten, einzumischen. Nach jeder besonders heftigen Schlacht pflegte sie zu kündigen, was Laura jedes Mal mit dem Satz akzeptierte: »Na gut, Stoker, aber das ist dumm von Ihnen!« Nach zwei Tagen grässlichen Schmollens wurde die Kündigung regelmäßig zurückgezogen, und alles lief so weiter wie bisher. Als die beiden älteren Söhne in der Schule waren, entschied Stoker, dass jede weitere Haushaltshilfe nur unnötige Kosten verursachte. Von da an herrschte sie uneingeschränkt vom Dachboden bis zum Keller. Für Lauras Ehemann, jenem untauglichen Gentleman, dem sie keine Träne nachweinte, hatte sie nur Verachtung übrig, was sich darin äußerte, dass sie von ihm zu Lebzeiten nur als »dem Vater der Jungen« sprach. Allerdings hielt es sie nicht davon ab, in Trauerkleidung auf seine Beerdigung zu gehen, was wiederum Laura in den Schatten stellte und ihr auf dem Heimweg einen hysterischen Anfall bescherte. Ob sie Miss oder Mrs. war, Laura hatte nie gewagt, sie danach zu fragen. Die Händler aus London, mit denen sie am Küchenfenster laut herumflachste, nannten sie Miss, bis zu jenem schicksalhaften Tag, an dem der Milchmann, wie sie Laura berichtete, sie einmal zu oft Miss nannte. Was sie damit meinte, auch das traute Laura sich nicht zu fragen, doch nach ihrem nächsten freien Sonntag erschien Stoker mit einem breiten vergoldeten Silberring am Mittelfinger ihrer linken Hand, auf dem die geheimnisvolle Inschrift *Baue mein Bethel Dir* eingraviert war. Stück für Stück rückte sie damit heraus, der Ring habe ihrer Mutter gehört, einer alten gottesfürchtigen Dame, Mitglied einer ominösen Sekte. Auf Lauras Nachfrage, ob der Ring eine Anspielung auf die Kirche darstelle, die sie regelmäßig aufsuche, erwiderte Stoker geheimnisvoll, ihre Mutter sei seit langem tot, und kein Mensch wisse, was Gott, der Herr, für sie vorgesehen habe, doch das geschähe dem Milchmann recht, wenn er es noch einmal bei ihr probiere. Danach nahm sie den Titel »Mrs.« an und fühlte sich im Schutze dieser Anrede berechtigt, noch unverschämtere Schimpfkanonaden abzulassen, besonders gegen den Milchmann. Glücklicherweise fand sie Gefallen an Miss Todd, die sie lautstark wegen ihrer Ehelosigkeit bedauerte und auf die diversen Junggesellen im Dorf aufmerksam machte, die zu ehelichen Miss Todd allerdings nicht den geringsten Wunsch verspürte.

»Wie wäre es mit Dr. Ford, Miss?«, sagte sie, als wollte sie ihr ein besonders nahrhaftes Stück von einer Keule empfehlen. »Was Besseres kriegen Sie nicht, und jünger werden Sie beide auch nicht, wie man so schön sagt. Oder nehmen Sie Mr. Knox aus Low Rising. Seit vier Jahren Witwer, und Miss Sibyl braucht jemanden, der sich um sie kümmert. Wie wir wissen, war mit ihrer armen Mutter nicht viel los, die ganze Zeit krank auf dem Rücken gelegen, bis der Tod sie von uns genommen hat. Überlegen Sie es sich, Miss.«

Miss Todd bedankte sich herzlich, fühlte sich jedoch nicht berufen, »es sich zu überlegen«.

»Die Suppe ist heiß«, sagte Stoker und schob ihre massige Gestalt seitlich durch die Tür zur Küche. »Fangen Sie an, ich kümmere mich solange um den Fisch.«

»Oh, Stokes, kein Fleisch heute Abend?«, jammerte Tony.

»Nein, Master Tony. Junges Blut wie du soll sich nachts nicht erhitzen. Es gibt Bratfisch, und dazu Bratkartoffeln.«

»Bratkartoffeln! Gut gemacht, Stokes!«, rief Tony und kleckerte vor lauter Begeisterung mit der Suppe.

»Mrs. Birkett hatte vollkommen recht, als sie dich einen Schmutzfink genannt hat«, sagte Laura ungerührt. »Wisch dir die Suppe von der Weste, Tony. Nicht mit dem Tischtuch. Wozu haben wir Servietten?«

Wie alle kleinen Jungen hatte Tony eine seltsame Abneigung, seine Serviette zu benutzen, die während der gesamten Woche akkurat gefaltet blieb, nur außen etwas grauer und verschmierter wurde.

Nachdem Stoker die Suppenteller abgeräumt und den Fisch mit den Bratkartoffeln serviert hatte, lehnte sie sich entspannt an die Küchentür, massierte ihre Ellbogen und machte Mitteilung.

»Ich kann ebenso gut eine Woche vor Ihnen kommen«, fing sie an. »Zu tun gibt es mehr als genug. Wie das hier ausgesehen hat! Ich kann Ihnen sagen, ich war fertig mit den Nerven.«

»Das tut mir leid, Stoker«, sagte Laura. »Das muss schrecklich gewesen sein. Hat die Schwester von Mr. Knox' Annie Ihnen nicht geholfen? Wenn Sie Hilfe brauchen, fragen Sie sie.«

»Annies Schwester?!«, rief Stoker aus tiefster Verachtung

und fügte nach einer Kunstpause hinzu: »Was das für eine ist, will ich Ihnen lieber nicht verraten.«

»Wieso? Was ist los mit ihr? Ich dachte, Sie mögen sie.«

»Man soll den Tag nicht vor dem Abend loben«, lautete Stokers rätselhafte Antwort. »Ein Mädchen, das den ganzen Morgen mit dem jungen Kerl verplappert, der das Holz bringt. Und den Dreck unter den Teppich kehrt, wo er bis zum heutigen Tag liegt, soweit ich weiß, denn ich habe zu ihr gesagt: ›Da bleibt er, damit die Herrin sieht, wie du arbeitest‹ – also von ›mögen‹ kann keine Rede sein.«

»Sehr schade, Stoker. Wenn Sie das bitte auffegen würden? Dann brauchen wir das Mädchen nicht mehr kommen zu lassen.«

»Bereits geschehen. Sie sollen ja nicht denken, das Haus sei ein Abfalleimer. Aber ich habe zu Mr. Knox' Annie gesagt, was ich von dem Mädchen halte. Sie wird ihr den Kopf waschen. Schon die Neuigkeit aus Low Rising gehört?«

»Was für eine Neuigkeit, Stoker?«, fragte Laura, die sich manchmal der, leider vergeblichen, Hoffnung hingab, sie könnte ihre Haushälterin durch den häufigen Gebrauch des Namens Stoker sanft darauf hinweisen, dass eine förmliche Anrede ihrer Herrin gelegentlich schicklich wäre, und wäre es nur »Mrs. Morland«, falls sie sich für »Ma'am« oder »Mum« zu fein war. Doch Stoker gehorchte ihrem eigenen Sittenkodex, und obwohl sie bei Lauras Bekannten großzügig mit Titeln verfuhr und niemals das »Master« vergaß, wenn sie mit einem oder über einen der Jungen sprach, zog sie es vor, die tiefe Ergebenheit und mitleidige Herablassung gegenüber ihrer Herrin durch die schlichte Anrede »Sie« zum Ausdruck zu bringen.

»Sie haben ein neues Mädchen.«

»Dann geht Annie also?«

»Annie? Nein.« Sie dehnte das »Nein« unendlich in die Länge, verschwand in der Küche, kehrte mit einem Nachschub an Kartoffeln wieder daraus hervor, stellte sie vor Tonys Platz und fuhr fort: »Annie würde niemals gehen. Nein, nein. Ich meine die neue 'krätärin.«

»Ach, Sie meinen eine neue Sekretärin.«

»Sag ich doch. Miss James wurde plötzlich abberufen.«

»Ist sie gestorben?«

»Gestorben? Nein. Es gab familiäre Probleme, deswegen musste sie Anfang Oktober gehen. Mr. Knox hat sich ein neues Mädchen gesucht, nennt sich Miss Una Grey«, sagte Stoker in einem Ton, als gingen Sekretärinnen einem sündigen Gewerbe nach.

»Na, hoffentlich hat sie sich eingelebt. Es muss doch sehr lästig für Mr. Knox gewesen sein. Tony, bitte! Wenn du schon mit den Fingern essen musst, wogegen ich gar nichts einzuwenden habe, dann wisch dir die Hände nicht an der Weste ab, dazu ist sie zu schade. Wasch dir die Hände in der Küchenspüle. Sie können abräumen, Stoker.«

Nachdem Stoker aus der Küche zurückgekehrt war, gefolgt von Tony, der sich wie ein König über den Schokoladenpudding freute, den er in der Hand hielt, nahm Lauras Haushälterin wieder ihren alten Posten an der Tür ein und fuhr mit den Mitteilungen fort.

»Sie können mich ruhig ausfragen«, verkündete sie, obwohl ihre Herrin gar nicht den Wunsch dazu geäußert hatte, »was Miss Grey betrifft. Mr. Knox' Annie sagt, es bliebe bestimmt nicht bei dieser Veränderung.«

»Wie meinen Sie das, Stoker?«

»Sekretärinnen sind dafür bekannt, dass sie ihre Chefs heiraten. Wenn es so kommt, sagt Miss Annie, könne man Miss Sibyl nur bedauern. Sie jedenfalls würde noch am selben Tag, an dem das Aufgebot bestellt wird, kündigen.«

»Unsinn, Stoker. Sie und Annie klatschen gern. Bis jetzt haben Sie Mr. Knox noch mit allen seinen Sekretärinnen verkuppelt, mit Sibyls Gouvernante, sogar mit seiner Krankenschwester. Sie sind genauso schlimm wie Annies Schwester. Bringen Sie mir den Kaffee bitte in den Salon. Ich bin todmüde.«

Ohne Stokers Murren zu beachten, flüchtete sie aus dem Raum und ließ Tony mit der Haushälterin allein, der er sogleich lebhaft schilderte, was er in der Schule so trieb, und dass alle Lehrer seine ätzende Zunge fürchteten.

Im Salon erwartete sie ein Stapel Post, hauptsächlich Geschäftsbriefe und Druckfahnen, die bis morgen warten konnten, doch dann stieß sie auf ein Schreiben in der vertrauten Handschrift ihres Verlegers. Wenn der sich die Mühe machte, ihr persönlich zu schreiben, musste es etwas Gewichtiges sein. In der Tat war es ein Vorschlag, sich am Samstag bei ihr zu Hause zu treffen, um über eine preiswerte Neuausgabe einiger ihrer Bücher zu sprechen.

Laura sah zum Regal mit ihren Romanen, auf deren Buchrücken Adrian Coates' Name prangte. Sie konnte von Glück sagen, in die Hände eines so liebenswürdigen und entgegenkommenden Verlegers geraten zu sein. Nach ihrem Entschluss, es mal mit dem Schreiben zu probieren, hatte sie ihn zufällig bei einem Dinner kennengelernt und ihn allen Ernstes gefragt, wie viel tausend Wörter man für einen Roman brauchte. Adrian war ganz entzückt und gerührt von dieser reizenden unbedarften Witwe mit vier Söhnen, und da er, noch nicht lange im Geschäft, dringend gute Autoren suchte, die er in sein Programm aufnehmen konnte, lud er sie zum Lunch ein.

»Falls Sie wirklich vorhaben, ein Buch zu schreiben, würde ich es gerne lesen, wenn es fertig ist«, sagte er.

»Vielleicht gefällt es Ihnen nicht«, hatte sie mit ihrer tiefen Stimme geantwortet. »Es ist keine hochgestochene Literatur. Ich muss irgendwie Geld verdienen, das ist alles. Wissen Sie, mein Mann hat mir zu Lebzeiten nur Ausgaben verursacht, und jetzt, da er tot ist, ist er mir erst recht keine Hilfe, wenn er mich auch nichts mehr kostet. Deswegen habe ich mir gedacht: Es brauchen mir nur ein paar gute schlechte Romane zu gelingen – das wäre eine Hilfe. Damit könnte ich die Schulausbildung der Jungen finanzieren.«

»Gute schlechte Bücher?«

»Ja. Ich meine, keine sehr guten Bücher, sondern gut im Sinn von zweitklassig. Zu mehr bin ich nicht fähig«, sagte sie ernst.

Fristgemäß schickte sie ihre erste Geschichte an Adrian, der darin einen Anflug von guter, beinahe ans Genialische grenzender Schlechtigkeit erkannte und der Autorin einen Vertrag für zwei weitere Titel anbot. Ihre Romane seitdem waren kontinuierlich erfolgreich, worauf sich für sie und Adrian eine äußerst angenehme Partnerschaft entwickelt hatte. Sie sah in ihm eher einen Kameraden ihres ältesten Sohnes – tatsächlich war er diesem nur um zehn Jahre voraus –, während er ständig vergaß, dass sie seine Mutter hätte sein können. Beide trugen zu der freundschaftlichen

Beziehung bei, Adrian durch aufrechte, ehrliche Verhandlungen, Laura durch ihr gewissenhaftes Arbeiten. Adrian hatte nur eins an seiner Autorin auszusetzen, dass sie sich nämlich ihres Wertes nicht bewusst war, sich kleinmachte, als Schundautorin bezeichnete, wenngleich sie handwerklich gelungenen Stoff lieferte. Lauras Vorwurf an ihn dagegen lautete, dass er ihre Briefe nicht aufmerksam las. Das traf möglicherweise zu, obwohl diese Briefe einem vielbeschäftigten Mann eine Menge Zeit rauben konnten, waren doch die geschäftlich relevanten Dinge regelmäßig zwischen Berichten über Fortschritte der Jungen und allgemeinen Betrachtungen über die richtige Lebensführung verborgen.

Unbedingt sollte er sie am Sonntag besuchen, und sie teilte ihm dies auf einer Postkarte mit. Kurz darauf kam Stoker mit dem Kaffee herein.

»Die muss heute Abend noch raus, Stoker. Tony kann die Karte zum Briefkasten bringen. Was macht er gerade?«

»Beim Abwaschen helfen.«

»Oh, sehr gut. Schicken Sie ihn trotzdem bald ins Bett, Stoker. Es wird schon spät. Gibt es Neues von Mrs. Todd?«

»Miss Todd ist mit ihr nach Bournemouth gefahren. Sie hat heute Morgen angerufen, ihrer armen Mutter ginge es schlecht. Miss Todd kommt aber Samstag zurück. Mit Geschäftsbriefen möchten Sie sich bitte nicht abgeben, lieber warten, bis sie wieder da ist. Ach, und Mr. Knox lässt ausrichten, dass er heute Abend gerne mit Miss Sibyl vorbeikommen möchte.«

»Oh, Stoker, warum haben Sie mir das nicht gleich gesagt? Ich bin noch nicht vorzeigbar.«

»Vorzeigbar oder nicht«, erwiderte Stoker resolut. »Wenn Mr. Knox Sie sehen möchte, dann muss er Sie nehmen, wie Sie sind. Ah, da kommen sie. Ich höre den Wagen vorfahren.«

Sie nahm die Postkarte an sich, um sie selbst zum Briefkasten zu bringen, und öffnete die Haustür. Ein hübsches, dunkelhaariges, etwas linkisches Mädchen um die zwanzig entstieg dem Wagen.

»Guten Abend, Miss«, begrüßte Stoker sie. »Wo haben Sie denn Mr. Knox gelassen? Er sagte am Telefon, Sie würden beide kommen.«

»Ich weiß, Stoker, aber zu seinem Bedauern kann er leider doch nicht. Ist Mrs. Morland da?«

»Das ist wirklich schade«, sagte die gastfreundliche Stoker. »Ein Gentleman im Haus ist immer eine Bereicherung. Mrs. Morland wird schwer enttäuscht sein.« Die Tür zum Salon aufstoßend, verkündete sie: »Miss Sybil ist da, Mrs. Morland. Sie brauchen sich keine Sorgen zu machen, ob Sie angemessen gekleidet sind oder nicht. Sie kommt heute ohne Mr. Knox.«

»Meine liebe Sibyl. Wie schön, dass Sie mich besuchen.« Laura reichte ihr die Hand. »Setzen Sie sich an den Kamin. Was hat Ihr Vater?«

»Ach, nichts. Nur eine leichte Erkältung. Aber Miss Grey meint, er solle lieber zu Hause bleiben. Er steht kurz vor Abschluss eines Buches. Miss Grey ist schon wahnsinnig aufgeregt, und sie fürchtet, sein Zustand könnte sich verschlimmern und die Arbeit sich verzögern. Er schickt Grüße und hofft auf Ihr Verständnis.«

»Aber bitte, mein Liebe. Ich bin sogar froh, denn ich bin

nicht vorzeigbar. Und Sie? Wie geht es Ihnen? Was haben Sie so gemacht?«

»Ach, nicht viel.«

»Tippen Sie seine Manuskripte nicht mehr ab?«

»Nein, nicht mehr alles. Miss Grey ist umwerfend schnell auf der Schreibmaschine. Sie meint, es sei praktischer, wenn es nur einer von uns beiden macht.«

»Und Ihre eigene Arbeit? Schreiben Sie an etwas?«

Sibyl wurde rot vor Verlegenheit. »Fragen Sie mich nicht, Mrs. Morland. Sie sind so klug. Ich weiß, dass ich niemals etwas auch nur halb so Gescheites wie Sie zustande bringen werde, und dafür schäme ich mich.«

Laura lachte. »Du liebe Güte, Kindchen. Ich mach's doch nur fürs Geld. Ich baue darauf, dass Ihre Werke Low und High Rising dereinst zum Ruhm gereichen, um uns von der Schande zu erlösen, die ich mit meinen Schundromanen über sie gebracht habe. High Rising ist augenblicklich an einem Tiefpunkt angelangt. Sie müssen in die Fußstapfen Ihres Vaters treten und Low Rising zu neuen Höhenflügen verhelfen.«

»Kaffee für Sie, Miss!« Stoker platzte mit dem Tablett herein. »Schmeckt garantiert besser als der von Annie.«

»Danke, Stoker. Aber wir haben jetzt auch guten Kaffee. Miss Grey bereitet ihn selbst, in einer Maschine, und Daddy trinkt ihn sehr gerne. Annie gefällt das leider gar nicht.«

»Hören Sie, Miss«, sagte Stoker, die einschüchternd ihre Schürzenärmel hochkrempelte, »eine junge Lady wie Sie weiß nicht, was Kaffeekochen im Speisezimmer bedeutet. Mehr Tabletts schleppen und doppelt so viel Abwasch. Sie sollten ihr das untersagen.«

»Was soll ich machen, Stoker. Ich habe Miss Grey schon gesagt, dass Annie gekränkt sein könnte. Sie hat nur gelacht. Ich glaube, sie versteht Annie nicht richtig.«

»Schicken Sie Tony jetzt bitte zu Bett«, unterbrach Laura, die fürchtete, Stoker könnte sie mit ihrer Gesellschaft allzu lange beglücken. »Ich komme in einer halben Stunde nach oben. Und er soll in die Badewanne, ob er will oder nicht. Also, Sibyl«, fuhr sie fort, nachdem Stoker den Raum mit einem schmetternden Lied auf den Lippen verlassen hatte, »was hat es nun auf sich mit Ihrer Miss Grey? Stoker ist eine solche Klatschbase. Sie und Ihre Annie ruinieren noch unseren guten Ruf.«

»Eigentlich gibt es nichts zu erzählen. Miss James' Schwester ist Anfang Oktober krank geworden, und sie musste gehen. Daddy hat inseriert und natürlich haufenweise Bewerbungen erhalten. Er wusste nicht, welche nehmen, deswegen sollte ich entscheiden. Una Grey, das klang nett, und sie war auch nicht zu alt. Wir bestellten sie eine Woche zur Probe, und sie hat Daddy und mir gefallen, sonst hätten wir sie nicht genommen.«

»Aber jetzt gefällt sie Ihnen nicht mehr so gut.«

»Nein.«

»Was ist los? Ist sie nicht tüchtig?«

»Oh, doch. Sie ist schrecklich tüchtig. Daddy mag sie furchtbar gern. Ich bin diejenige, die sie nicht sonderlich leiden kann. Sie ist hochintelligent, und ich fühle mich neben ihr klein und nutzlos. Ich glaube, in Wirklichkeit ist es nur eine grässliche Form von Eifersucht.«

»Worauf sind Sie denn eifersüchtig?«

»Auf gar nichts. Ich bin nur meinem Daddy keine große

Hilfe mehr. Ich tauge weder als Haushälterin noch als Sekretärin. Miss Grey ist in beidem so gut, dass für mich nichts mehr übrig bleibt. Daddy ist hochzufrieden mit ihr, also wird es wohl stimmen. Annie und die Köchin und ich sitzen nur manchmal zusammen, wenn sich Miss Grey mal wieder mit Daddy eingeschlossen hat, und wünschen uns, Miss James wäre noch bei uns.«

»Ist sie denn unfreundlich zu Ihnen?« Laura drückte ein paar Nadeln tiefer in ihr Haar, als bereitete sie eine Attacke gegen Miss Grey vor.

»Nein, nein, sie überschlägt sich vor Freundlichkeit, ich darf sogar Una zu ihr sagen, aber ich bringe es einfach nicht über mich, was schon ein bisschen peinlich ist, besonders weil sie seitdem Miss Knox zu mir sagt. Sie meint es nett, ich weiß, und sie redet mir gut zu. Es ist nur so, Mrs. Morland: Sie macht mir Angst. Ständig liegt sie mir in den Ohren, ich solle nach London ziehen, Leute kennenlernen, es würde meinem Schreiben guttun. Und sie drängt Daddy und mich immer dazu, Dinner-Einladungen anzunehmen, wenn wir eigentlich viel lieber zu Hause bleiben würden. Dann schreibt Daddy an die Gastgeber und fragt, ob er seine Sekretärin mitbringen dürfe, obwohl die Leute keine andere Frau dabeihaben möchten, aber ihm die Bitte auch nicht abschlagen wollen. Wird sie mal nicht eingeladen, passiert regelmäßig etwas Schreckliches. Ihr Gesicht verfärbt sich, sie wird sterbenskrank und muss sich hinlegen. Ich genieße es natürlich, wenn sie oben auf ihrem Zimmer ist und ich Daddy wieder für mich allein habe. Aber Annie weigert sich, ihr das Essen raufzubringen, also muss ich es machen, und mit mir redet sie nicht. Bequemt sie sich nach ein, zwei Tagen wieder nach unten, hat Daddy solches Mitleid mit ihr, dass er ihr noch mehr durchgehen lässt als vorher. Es ist furchtbar, aber er denkt gar nicht daran, sie zu entlassen, nie und nimmer. Sie hat kein Zuhause, nur ferne Verwandte, die sie verachten, weil sie Sekretärin ist.«

Bestürzt hörte sich Laura diesen Ausbruch an. Seit Mrs. Knox' Tod war Sibyl für sie fast wie eine Tochter, und sie war bereit, für ihre Rechte einzutreten. Junge Frauen neigen allerdings zu Übertreibungen, besonders Sibyl, die ihr Leben lang zu Hause bei ihrem Vater gewohnt hatte, der sie vergötterte. Vielleicht stellte sie Miss Greys Benehmen nur überspitzt dar. Möglicherweise würde es Sibyl guttun, mal eine Zeit lang in einer Großstadt zu leben, zu lernen, auf eigenen Füßen zu stehen, sich eigene Freunde zu suchen. Laura ging deshalb nicht weiter auf Sibyls Rede ein, beschloss, erst noch Anne Todds Meinung einzuholen, die immer bedenkenswert war, und dann selbst zu entscheiden. Sie lenkte das Gespräch auf ein sichereres Terrain und erzählte Sibyl zu deren großer Freude den Inhalt des Buches, das sie gerade schrieb. Bevor sie sich verabschiedete, lud Sibyl Tony noch zur Streifjagd am nächsten Tag ein, anschließend Tee in Low Rising, wo Laura ihn abholen würde. Innerlich jubelte Laura über die Aussicht, Miss Grey persönlich kennenzulernen, flehte Sibyl nur an aufzupassen, dass Tony sich nicht versehentlich tötete, oder jemand anderen. Sibyl versprach, ihm den Gärtner an die Seite zu stellen, der ihn von solchen Dummheiten abhalten würde. Danach setzte sie sich in den Wagen und fuhr davon.

Dieses neue, verstörende Element im beschaulichen Leben der beiden Risings beunruhigte, ja, ärgerte Laura, doch ein Schrei von Tony verbannte jeden Gedanken an Miss Grey.

»Was ist los?«, rief sie nach oben.

Totenstille. Sie ging die Treppe hinauf. Tony saß im heißen Badewasser, und alle Seifen, Badeschwämme, Nagel- und Zahnbürsten trieben auf der Oberfläche.

»Hast du das gehört, Mutter?«, fragte er, als Laura das Badezimmer betrat. »Ich habe den South Wales Express nachgemacht, bei der Einfahrt in den Severn Tunnel. Siehst du? Hier ist die Severn, mit den ganzen Booten drauf. Jetzt pass auf!«

Mit einem markerschütternden Schrei tauchte er unter Wasser und gab dort Gluckergeräusche von sich, die Laura als den Lärm einer Lok während der Fahrt durch einen Tunnel interpretierte.

»Steig sofort aus der Wanne, Tony, und spritz nicht so rum! Du bist schon viel zu lange drin. Stoker hat genug zu tun, du musst nicht auch noch das Badezimmer überschwemmen.«

Tony tauchte wieder auf, die nassen Haare klebten ihm im Gesicht, und er warf sich in das Badetuch, das Laura ihm hinhielt.

»Wenigstens hast du das eklige Zeug aus deinen Haaren gewaschen«, bemerkte sie.

»Hast du gesehen, wie ich untergegangen bin, Mutter? Hast du das Pfeifen gehört? Glaubst du, Stoker hat es auch gehört?«

»Hol die Sachen aus der Wanne, und putz dir die Zähne, und dann ab ins Bett«, sagte Laura. »Wenn du weiter so herumtrödelst, darfst du morgen nicht mit Sibyl zur Jagd.«

Tony, mittlerweile im »Schluffanzug«, wie er seine Nachtbekleidung nannte, führte einen Freudentanz auf, während seine Mutter seine Kleider aufhob und sie untersuchte. Das Ergebnis war niederschmetternd.

»Wieder den Hosenboden durchgescheuert«, sagte sie resigniert. »Und ein Loch im Pullover. Wie üblich. Warum haben kleine Jungen bloß Stacheln im Bauch? Anders kann ich mir solche Löcher nicht erklären. Und warum eure Hausmutter deine Strümpfe nicht mit einem passenden Garn stopfen kann, weiß ich auch nicht. Da muss ich wohl Miss Todd bitten, neue Sohlen einzunähen, bevor du wieder zurückfährst.«

»Gut, dass wir nicht auf einem Planeten leben, wo es keine Luft gibt«, sagte Tony, der während der mütterlichen Klage abgeschaltet hatte. »Wir könnten gar nicht atmen. Wir könnten uns auch nicht bewegen. Nicht mal ein Raketenauto könnte sich bewegen. Wie sollten wir da überleben? Wir müssten Gasmasken tragen oder Sauerstoff atmen. Weißt du, was Sauerstoff ist, Mutter?«

»Nein. Das weiß ich nicht. Es ist mir auch egal«, rief Laura und schob Tony ins Schlafzimmer.

»Wirklich, Mutter? Das weißt du nicht? Letzte Woche haben wir im Labor ein Experiment dazu durchgeführt. Kann der Mensch ohne Sauerstoff auskommen? Was meinst du, Mutter?«

»Ab ins Bett, Tony, und hör auf zu schwatzen.«

»Soll ich meine Kleider nicht zusammenfalten? Sonst möchtest du das immer«, sagte Tony scheinheilig. »Die Hausmutter in der Schule macht einen Aufstand, wenn wir sie nicht ordentlich hinlegen.«

»Lass sie liegen, und geh endlich ins Bett!«, rief Laura.

Im Handumdrehen hatte Tony das Bett aufgeschlagen und war unter die Decke geschlüpft, lugte dann aber wieder mit besorgtem Gesicht hervor. »Wo ist Neddy?«

»Ich hole ihn«, sagte Laura, die immer noch seine schmuddeligen Lumpen sortierte. Sie öffnete eine Schublade, nahm einen Stoffesel mit einem roten Baumwollsattel heraus und warf ihn Tony zu. Beim Stöbern fand sie einen Fuchsschwanz, der an einem Anhänger befestigt war, versehen mit der Inschrift *Rising Jagd, November, 1828*, ein Irrtum des Präparators, den Laura nie hatte ändern lassen. Mit der Erlegung dieses Fuchsjungen war Tony auf Betreiben seiner Brüder Gerald und John in die Jagd eingeführt worden. Tony hatte diese Zeremonie verabscheut, doch als ein anderer, noch kleinerer Junge Angst bekommen und geweint hatte, hatte sich Tony mit seinem Jagdglück und seinem Schneid gebrüstet.

»Und hier ist Foxy.« Laura warf ihm den Schwanz zu.

Tony fing beide Kuscheltiere vor Freude kreischend auf und legte sie behutsam links und rechts neben sich.

»Du großes Baby«, sagte seine vernarrte Mutter.

»Neddy und Foxy haben es aber gerne so, Mutter. Neddy macht nur immer Ärger, weil er so viel Platz braucht, dass er mich fast aus dem Bett wirft.«

»Dann setz ihn doch auf den Tisch.«

»Da würde er frieren. Würdest du dir das gefallen lassen, wenn man dich die Nacht über auf den Tisch setzt, Mutter?«

»In diese Verlegenheit werde ich wohl nie kommen«, antwortete Laura und liebkoste ihren Sohn. Gerade wollte sie das Zimmer verlassen, da erklang erneut Tonys Stimme. »Mutter?«

»Was denn jetzt noch?«

»Mutter, wusstest du, dass der Cheltenham Flier streckenweise hundert Stundenkilometer fährt? Der würde sogar hundertzwanzig schaffen. Bist du schon mal mit dem Cheltenham Flier gefahren, Mutter?«

Laura schloss die Tür und wankte die Treppe hinunter. So sollte das jetzt vier Wochen gehen. Eher fünf als vier. Zum Glück waren sie auf dem Land, wo Tony den ganzen Tag draußen herumtoben und sich nicht langweilen würde. Gesunde lebhafte Kinder konnten ja so strapaziös sein! Laura hatte ihrem Verlag einmal angeboten, ein Buch mit dem Titel *Warum ich meine Kinder hasse* herauszugeben, und obwohl Adrian Coates ihr jede Unterstützung zugesagt und jede Mutter aus ihrem Bekanntenkreis ihr einen Beitrag versprochen hatte, war es nie dazu gekommen. Vielleicht, dachte sie, als sie eine Stunde später nochmal an Tonys Bett stand, wären Kinder nicht so lieb, wenn sie nicht auch hassenswert wären.

Dort lag er, in hingebungsvoller Ruhe, ihr kleiner Satan. Die Wangen, tagsüber kühl und stramm, waren nun ein zartes Rosenblütengelee, das auf dem Kissen auslaufen wollte. Der Mund, so sinnlich, um von Dichtern besungen zu werden. Die Hände, für eine begrenzte Zeit makellos sauber, hatten noch Grübchen, wo bald Knöchel zu sehen wären. Foxy hielt er ans Herz gedrückt, während Neddy, wie vorausgesagt, die Mitte des Bettes einnahm und seinen Herrn fast schon über die Kante geschubst hatte.

Laura hob den schweren, wie bewusstlosen Körper an

und legte ihn wieder in die Mitte des Bettes. Neddy verbannte sie, rachsüchtig, auf den Tisch. Dann deckte sie Tony zu, küsste ihr bezauberndes, verhasstes Kind, das keinen Mucks von sich gab, und verließ, das Licht löschend, das Zimmer.

3

Low Rising

Das Frühstück in den Ferien war ein Ritual, für das sich Tony und Stoker gleichermaßen begeisterten. Wie jemand, der lange eingekerkert gewesen war, genoss Tony die geschenkte Stunde, die ihm ein 9-Uhr-Frühstück gewährte, ebenso die Köstlichkeiten, die Stoker mit der Ehrfurcht einer echten Köchin vor herzhaft männlichem Appetit auf seinen Teller zauberte. Am nächsten Morgen erwartete ihn unter einer Warmhalteglocke ein Würstchen, Spiegelei und eine Scheibe Toast, dazu die restlichen Bratkartoffeln vom vergangenen Abend. Er verschlang alles gierig und ließ sich dabei lang und breit über die magere, von der Frau des Hausvorstehers der Schule aufgetischte Kost aus. Laut Tony bestand sie abwechselnd aus Hungerportionen und vergiftetem Essen, doch solange er so ein rundes Gesicht hatte und sein kleiner Körper offenkundig gut genährt war, schenkte Laura diesen Klagen kaum Beachtung. Unmittelbar nach dem Frühstück schickte sie Tony mit einem Sandwichpaket zu dem angekündigten Jagdausflug, und nach einem halbstündigen Monolog von Stoker über das Leben in all seinen Facetten flüchtete sie auf ihr Zimmer. Hier hoffte sie, nur gelegentlich unterbrochen von der lästigen Notwendigkeit, aufzustehen und Kohlen nachzulegen, den

Vormittag über konzentriert arbeiten zu können, obwohl es keine reine Freude war, seine eigenen Manuskripte abzutippen, und es geschah auch nicht häufig, eigentlich nur, wenn Miss Todd verhindert war.

Doch es war wie verhext. Ausgerechnet heute zeigte sich die eingebaute Erbsünde der Schreibmaschine in ihrer schlimmsten Ausprägung. Dass Lauras eigene Vorlage, handgeschrieben, mit Bleistift, in Schulheften für drei Penny das Stück, unleserlich war, durfte, wie ihre Autorin gerechterweise zugeben musste, wahrlich nicht der Schreibmaschine angelastet werden. Doch diese ließ nichts unversucht! Zunächst: Der Farbbandwechsel, der viel zu lange hinausgeschoben worden war. Hierfür stieg Laura in einen Overall, krempelte die Ärmel hoch und zog nach längerem Suchen aus einem Berg an Papieren die Betriebsanleitung für ihre Reiseschreibmaschine, Modell Harrington Portable Typewriter, hervor. Jedem echten Schriftsteller, gestand sie sich freimütig ein, hätte sich das Procedere eines Farbbandwechsels nach zwanzigjährigem Gebrauch derselben Maschine wohl problemlos eingeprägt, doch in Lauras Gedächtnis blieben Spuren der Erinnerung selten haften. Sicher, die Schaubilder in der Anleitung waren eine Hilfe, doch immer von einem Blickwinkel aus gezeichnet, in dem man seine Maschine noch nie gesehen hatte und vermutlich auch nie sehen würde, und sie setzten zudem voraus, dass einem Begriffe wie Sperrklinke, linker Abstandhalter oder Ähnliches etwas sagten. Vor jedem Farbbandwechsel musste man zunächst Sperrhebel A entweder nach links oder rechts drücken. Danach zog man die verbrauchte Spule erst auf der einen Seite von der Spulenwelle, löste das Band aus dem

Farbbandheber in der Mitte und zog danach die Spule von der anderen Spulenwelle. Hatte man es bis dahin geschafft und auch noch eine kleine Federklammer von der leeren Spule entfernt, sahen alle Finger aus, als hätte die Polizei Abdrücke für die Verbrecherkartei genommen, und die Federklammer, mit der Tücke des Objekts, hatte sich selbständig gemacht und war verschwunden. Auf dem Teppich lag sie nicht, so dass Laura die Maschine vorsichtig schüttelte. Ein Klappern, und Laura wusste: Das Schlimmste war eingetreten, die Feder war auf den Boden gefallen. Lauthals fluchend holte sie einen Schraubenzieher aus der Werkzeugschublade, löste die Maschine entnervt von ihrem Unterbau, befreite die Sprungfeder und verschraubte anschließend die Maschine wieder auf der Platte. Mit einem Blick in die Bedienungsanleitung half sie ihrem Gedächtnis auf die Sprünge, drückte Sperrhebel A in die Richtung, in die sie meinte, ihn beim ersten Mal nicht gedrückt zu haben, und kehrte das Ausfädel-Procedere mit einem frischen schwarzen Farbband um, das sich, noch neu an seinem Arbeitsplatz, voller Eifer an die Sache machte und Laura so gründlich mit Tinte durchtränkte, dass ihre Fingerabdrücke verwischt und für Scotland Yard völlig wertlos gewesen wären. Kurz überlegte sie, ob eine gleichzeitige Reinigung der Drucktypen mit Benzin ihr das Leben nicht leichter machen würde, schreckte jedoch bei dem Gedanken, dass Zeitungsleute bekanntlich schon durch kleine Mengen dieser brennbaren Flüssigkeit in Räumen mit offenem Feuer schwerste Verletzungen davongetragen hatten, davor zurück und begnügte sich damit, den Schmutz aus dem »e« und dem »a« mit einer Haarnadel herauszupulen. Als das erledigt war und die Nadel wieder ins Haar gesteckt, wies ihr Gesicht so viele Tintenstreifen auf, dass ihr nichts anderes übrig blieb, als sich im Badezimmer gründlich zu waschen, was bedeutete, nach der Haushälterin zu rufen, doch bitte die Spezialseife aus der Garage zu holen, worauf sich erneut Stokers gewaltige Wörterflut über sie ergoss. Dann endlich, die Finger nur matt blauschwarz, machte sie sich an die Arbeit.

Nach drei Zeilen sah sie auf das Blatt Papier. Die Schrift war immer blasser geworden und jetzt quasi nur noch eine Andeutung.

»Das musste mir natürlich passieren«, stöhnte Laura laut auf. »Ich habe den Sperrhebel in die falsche Richtung umgelegt.«

Mit entschlossener Miene löste sie die Entriegelung, kurbelte das plötzlich endlos erscheinende Band von einer Spule auf die andere, drückte den Hebel diesmal in die richtige Richtung und fing wieder an. Das Schicksal lenkte ein, und nach dem vorläufig letzten, leichten Rückschlag, dergestalt, dass sie eine ganze Seite mit verkehrt herum angelegtem Durchschlagpapier schrieb und den Sermon für ihre zweite Kopie daher nochmals abtippen musste, und der Gewöhnung an die den Nutzer von Reiseschreibmaschinen zum Wahnsinn treibenden Wanderbewegungen dieser schweren Geräte, mögen sie durch Filz- oder Gummimatten noch so stabilisiert sein, quer über den Tisch, Papierstapel und Tintenfässer über die Kante stoßend, war es ihr vergönnt, bis zum Lunch durchzuarbeiten.

Das Licht war bereits im Schwinden begriffen, als sie sich auf den Weg nach Low Rising machte. High Rising, ein hübscher, unprätentiöser Ort, bestand aus einer einzigen Straße, deren imposantere Häuser fern an georgianische Architektur erinnerten. Lauras Haus stand am Ende, so dass sie nur einen guten Kilometer zu laufen brauchte, um bis nach Low Rising zu gelangen, das lediglich eine Kirche, ein Pfarrhaus, eine Farm und eine Handvoll Cottages umfasste. Das Haus der Familie Knox lag etwas einsam, an einer eigenen Abzweigung, die sonst nirgendwohin führte und hinter der sich Felder bis zu den Berghängen erstreckten. Während Laura den Feldweg entlangging, der dem Flüsschen Rising folgte, malte sie sich aus, was für eine Person diese unbekannte Miss Grey wohl sein mochte. Wahrscheinlich eine von den überaus gebildeten jungen Frauenzimmern, die alles wussten und George Knox bei Jahreszahlen und der Zitatensuche halfen. Dagegen musste sich Sibyl, die keine nennenswerte Bildung genossen hatte, natürlich klein vorkommen. Gebildete Frauen hatten manchmal diese Wirkung.

Sie verließ den Feldweg in Höhe der Kirche, als Dr. Ford angefahren kam und neben ihr hielt. Sie wechselten ein paar Worte, und Laura erkundigte sich nach Mrs. Todd.

»Mit ihrem kranken Herzen dürfte sie eigentlich gar nicht mehr leben«, sagte der Arzt. »Aber Miss Todd hält sie auf Trab. Vielleicht schafft sie noch die neunzig, oder sie fällt morgen tot um, wer weiß. Ihre Miss Todd wird froh sein, dass Sie zurück sind. Sie ist ein gutes Mädchen und hat nicht viel Freude.«

»Leider wird sie von mir auch nicht viel haben«, sagte Laura ernst.

»Das ist Ihre Sicht. Sie sieht das ganz anders. Kann ich Sie ein Stück mitnehmen?«

»Nein, danke. Ich bin auf dem Weg zur Familie Knox. Sie kommen wohl gerade von da?«

»Ja, mir mein ärztliches Honorar fürs Nichtstun abholen. Mr. Knox ist vollkommen gesund, aber seine Tochter bekam es mit der Angst und hat nach mir geschickt.«

»Ach, sie war das? Ich dachte, die Sekretärin.«

»Wie immer gut informiert über den örtlichen Klatsch, wie ich sehe. Das haben Sie wohl meiner Freundin Stoker zu verdanken, oder?«

»Oh, nein. Sibyl hat mich gestern Abend besucht. Die Sekretärin sei besorgt. Aber sie selbst meinte, es sei nichts dran.«

»Mich hat jedenfalls die Sekretärin angerufen, aber gesagt hat sie, Miss Knox wolle, dass ich käme. Gucken Sie sich diese Sekretärin mal genauer an, Mrs. Morland. Eine interessante Person. Übrigens, Tony ist nichts passiert. Ich habe ihn eben mit Sibyl gesehen. Er hat sich nicht versehentlich den Kopf vom Rumpf geschossen und auch keinen anderen verletzt.«

Dr. Ford fuhr weiter. Es war bereits beinahe dunkel, als Laura den Dorfanger überquerte und die Weidenallee neben dem Bach entlangging. Der Weg war einsam, angeblich spukte es hier, was die Hausmädchen von Mr. Knox manchmal zu hysterischen Anfällen und anschließender Kündigung hinriss. Da sie jedoch aus dem Dorf stammten, brachten ihre Mütter sie regelmäßig dazu, die Kündigungen zurückzunehmen. Am anderen Ende der Allee stand das Haus der Familie Knox, allein inmitten der Feuchtwiesen, nebelverhangen, ein bisschen düster.

Die Haustür, die normalerweise immer offen stand, war

heute Abend geschlossen, und Laura musste klingeln. Es öffnete Mr. Knox' Annie, die sie zur Begrüßung anstrahlte.

»Ist Mr. Knox da, Annie?«

»Ich glaube, ja, Mum. Mr. Knox ist oben im Arbeitszimmer mit Miss Grey. Miss Sibyl und Master Tony sind mit den Hunden im Garten. Sie kommen gleich rein.«

Dankbar trat Laura aus der Dezemberkühle ins warme Wohnzimmer. Low Rising Manor House sah noch immer wie ein jahrhundertealter Gutshof aus, und zum Leidwesen seiner Gäste hielt George Knox sogar an den alten Öllampen fest, die dunkle Schatten zwischen den Deckenbalken und in den Zimmerecken erzeugten. Wenn schon historisch korrekt, hatte Laura ihm nach einem ermüdenden Abend im flackernden Schein einer schlecht getrimmten Lampe empfohlen, dann sollte er lieber Binsenlichter verwenden, die stellten wenigstens eine geringere Brandgefahr dar. Das Wohnzimmer war ein langgestreckter Raum mit niedriger Decke, die Fenster reichten bis zum Boden. In dem gleich großen Raum darüber lag George Knox' Arbeitszimmer, mit Blick auf die Weidenallee nach Low Rising. Ein Feuer loderte in dem großen offenen Kamin, und an einem Haken über den Flammen baumelte ein Kessel, ein weiterer Beweis für Georges fragwürdigen Antikfimmel. Laura setzte sich an den Kamin, insgeheim erleichtert darüber, dass Tony noch lebte. Sie war zu stolz zu fragen, wie diese Jagdausflüge eigentlich verliefen, doch regelmäßig froh, wenn sie vorüber waren. Sie hörte Schritte die Treppe hinunterkommen, und eine junge Frau öffnete die Tür.

»Bitte entschuldigen Sie mich«, sagte die Eintretende. »Sie müssen Mrs. Morland sein. Miss Knox sagte mir, dass

Sie uns heute besuchen wollten. Mr. Knox ist sehr beschäftigt. Er kommt gleich herunter, aber nur zum Tee.«

»Selbstverständlich entschuldige ich Sie«, sagte Laura. »Ich wüsste nur nicht, wofür. Sie sind Miss Grey, nehme ich an.«

»Hat Miss Knox über mich gesprochen?«, fragte Miss Grey.

»Ja, und Dr. Ford und meine mir treu ergebene Haushälterin, Stoker. Klatsch macht hier schnell die Runde, Miss Grey, und ich freue mich, Sie kennenzulernen.«

Sie hielt ihr, ohne aufzustehen, die Hand hin. Miss Grey zögerte, berührte sie teilnahmslos und verzog sich dann an den Teetisch.

Schämen sollte ich mich, dachte Laura, gleich bei der ersten Begegnung so unhöflich zu sein. Andererseits will ich mich in Georges Haus von so einem Kindchen nicht bevormunden lassen. Warum will sie überhaupt wissen, ob Sibyl über sie gesprochen hat? Wie kommt sie auf die Idee, dass überhaupt jemand über sie sprechen möchte? Impertinent!

In dem Moment platzten Sibyl und Tony ins Zimmer, gefolgt von George Knox, groß, vierschrötig, ungestüm in Gestik und Redeweise, im Herzen freundlich und furchtsam.

»Meine allerliebste Laura«, rief er und empfing sie mit weit ausgebreiteten Armen. »Wie himmlisch. Lass dich auf die Wangen küssen, das bin ich meiner französischen Abstammung schuldig. Ich war eingedöst oben, geistig verdorrt, körperlich gealtert, und dann kommst du, und alles belebt sich wieder. Hast du dich schon mit Miss Grey bekannt gemacht? Sie hilft Sibyl dabei, einem alten Mann vorzutäuschen, er könne noch ein bisschen arbeiten.«

»Sei kein Esel, George«, sagte Laura, die sich von Georges geistigen Höhenflügen schon seit langem nicht mehr beeindrucken ließ. »Du bist nicht viel älter als ich, und ich hoffe doch sehr, dass wir beide noch nicht verdorrt sind. Was macht dein Buch?«

»Es kommt voran. Und deins, meine liebe Laura?«

»Nicht der Rede wert, wie du weißt. Es ist alltägliche Lohnschreiberei. Deine Frage kränkt mich, aber wenn du darauf bestehst: Das geheimnisvolle Mannequin steht auf der Gehaltsliste des irischen Nationalisten und Parteigründers de Valera und versucht, Modellkleider nach Irland zu schmuggeln, damit Dublin Modehauptstadt wird.«

George Knox lachte schallend. Laura sah zu Miss Grey, die finster in die Teekanne starrte. *Habe ich mir gedacht*, sagte Laura zu sich selbst. *Sie ist Irin. Natürlich. Zuerst ihre Stimme, eine hübsche Stimme, und jetzt diese Reaktion. Das rundet die Sache ab. Warum hat das niemand erwähnt?*

Miss Grey war tatsächlich eine interessante Erscheinung, wie von Dr. Ford bereits angedeutet, und auch attraktiv. Mittelgroß, von reizender Statur, blondes, glattes, seidiges Haar, Pagenschnitt, große grauschwarze Augen, zarte Haut. Während sie in einer dunklen Ecke des Raums den Tee zubereitete, reckte sie ihr markantes Kinn trotzig vor, das Gesicht wutverzerrt, doch Laura erkannte, dass sie sehr hübsch und anziehend aussehen musste, wenn sie sich unter Kontrolle hatte. Ein teuflisches Temperament, dachte Laura, aber vor George würde sie es niemals zu erkennen geben, und Sibyl ahnt es nur. Ach, wenn doch Anne Todd hier wäre.

Sibyl und Tony hatten den Mund zu voll, um etwas zu sagen, so dass George die Bühne gehörte. Miss Grey schmollte im Stillen, und Laura hörte zu.

»Ich bin entzückt über dein neues Buch, meine allerliebste Laura. Wir müssen uns mal darüber unterhalten, jetzt, da du wieder unter uns weilst. Ich wünsche mir ein ausführliches Gespräch, in dem du mir alles erzählst. Ich habe unendliche Probleme mit meiner Biografie über King Edward VI. Sie ist fast fertig. Eine vernachlässigte Gestalt, dieser arme Kleinkönig, ich meine, persönlich. Wenn man bedenkt, wie er groß geworden ist, mit seinen älteren Halbschwestern Mary und Elizabeth – Tanten praktisch –, und was für welchen! Und dann erst diese vielen Onkel! Eines Tages schreibe ich ein Buch über die großen Onkel der Geschichte. Große Onkel, meine ich, nicht Großonkel. Mir erscheinen sie wie der Fluch Englands. Von King Arthur – dessen Neffe Mordred übrigens nicht allzu viel von seinem Onkel hielt, *et pour cause*, meine liebe Laura, wenn du Malory aufmerksam gelesen hast – bis zu Queen Victoria, die Onkel hatten immer einen beherrschenden Einfluss. Weiter möchte ich aufgrund meiner starken Loyalität nicht gehen. Nenn mir drei englische Könige, die nicht unter der unerträglichen Tyrannei ihrer Onkel gelitten haben.«

»Knut der Große«, kam es wie aus der Pistole geschossen, »und Alfred und Richard III.«

»Du nimmst mich nicht ernst, Laura. Richard war nun wirklich der Onkel *par excellence*, den man sich kaum in der Rolle des Neffen vorstellen kann. Und was Knut und

Alfred betrifft – also, ich benutze den Begriff ›englische Könige‹ in seiner üblichen Bedeutung, bezogen auf alle Könige, die nicht Engländer waren, oder alle Könige seit der Eroberung, das heißt, dem Datum, ab dem wir, wie dir bekannt sein dürfte, von den Königen und Königinnen von England sprechen. Wohlgemerkt, Laura, keiner der königlichen Onkel hat, soweit wir wissen, einem Neffen je unter die Arme gegriffen. Eher haben sie ihnen die Augen ausgestochen oder sie im Tower weichgeklopft, als sich von einem Half Sovereign, Nobel, Angel oder sonst einer als rechtmäßige Vergütung für einen Neffen angesehenen Goldmünze zu trennen. Je mehr Onkel ich kennenlerne, desto lieber sind mir die Tanten. Und du, meine liebe Laura, bist die Tante in Person und Perfektion.«

»Keineswegs, George«, erwiderte Laura, »falls dir das etwas nützt. Ich bin Mutter und hoffe, eines Tages Großmutter zu sein, aber eine Tante kann ich gar nicht sein. Brüder und Schwestern habe ich keine, auch mein Mann nicht. Doch die Mutter dieses Kindes« – sie zeigte vorwurfsvoll auf Tony, der ihr gegenüber am Tisch saß –, »ist die Tochter meiner Mutter.«

Tony fuhr erschreckt auf.

»Darf ich Ihnen noch Tee nachschenken, Mrs. Morland?«, sagte Miss Grey, die sich wieder beruhigt hatte.

Um mir das Maul zu stopfen? »Nein, danke, der Tee ist köstlich«, sagte Laura. »Tony, es ist alles gut. Mr. Knox und ich haben nur in Gleichnissen gesprochen.«

»Aber du hast das Rätsel missverstanden, Mutter. Es ist ein Mann, der sein Selbstbildnis betrachtet, und der sagt …«

»Schon gut, Tony«, unterbrach Sibyl und hielt ihm einen

Donut unter die Nase. »Sie haben nur Spaß gemacht. Beeil dich, und trink deinen Tee aus.«

Laura hatte das Gefühl, Miss Grey doch etwas mehr Freundlichkeit entgegenbringen zu müssen, deswegen erkundigte sie sich, ob sie gerade viel zu tun habe.

»Ja, sehr, wir haben alle Hände voll zu tun. Während Miss Knox sich tagsüber draußen mit den Jägern aufhielt, waren wir fleißig. Es bleibt nur noch wenig Zeit, bis Mr. Knox' Buch zum Drucker muss, daher ist jeder Moment kostbar.«

»Könnte ich nicht behilflich sein?«, fragte Sibyl schüchtern, durch Lauras Anwesenheit ermutigt. »Ich weiß, Sie können besser Maschine schreiben als ich, Miss Grey, aber wenn Sie so viel zu tun haben, würde ich Ihnen und Daddy sehr gerne zur Hand gehen.«

»Was meinen Sie, Mr. Knox?«, fragte Miss Grey, ohne Sibyl eines Blickes zu würdigen. »Es wäre doch eine Schande, Miss Knox, die so gerne in der freien Natur ist, an eine Schreibmaschine zu setzen, wenn Sie eine eigene Sekretärin haben.« Die Wörter: »und so eine tüchtige obendrein« schwangen hörbar mit.

»Aber es täte Sibyl sehr gut, Miss Grey«, gab Laura zu bedenken. »Sie kommt sonst aus der Übung.«

»Mr. Knox möchte sicher nicht, dass Miss Knox den ganzen Tag zu Hause eingesperrt ist und für ihn arbeitet«, lautete die Antwort.

»Ihnen täte frische Luft auch mal ganz gut, Miss Grey«, sagte Laura leicht boshaft. »Findest du nicht, George?«

Die Balgerei zweier Hunde, die Tony unter dem Tisch gefüttert hatte, verhinderte jede weitere Äußerung.

»Schaff die Hunde raus, Tony«, sagte Miss Grey scharf.

Laura nahm ihr diesen Befehlston sofort übel. Die Frau war während der ganzen Teestunde übertrieben kalt und unfreundlich gewesen, das durfte man nicht hinnehmen. Laura erhob sich würdevoll und sagte, Miss Grey missachtend: »Na gut, George. Wir müssen gehen. Es war mir ein Vergnügen: der Besuch und dass ich dir von meinem Buch erzählen durfte. Das nächste Mal musst du mir von deinem erzählen. Was macht dein Streit mit John und Fairfield?«

»Er tobt. Immer noch. Verleger sind eine eigene Spezies, unmenschlich, abgehoben, erfindungsreich in ihrer Bösartigkeit. Dafür werden sie wahrscheinlich auf ewig im Fegefeuer schmoren.«

»Übertreib nicht, George. Du wirst in der Buchbranche für deine zupackende Art gefeiert. Die Verleger stürzen sich auf dich. Du solltest freundlich sein, niemals habgierig und vor allem keine Fragen stellen, dann fressen sie dir aus der Hand, so wie mein charmanter Adrian Coates!«

»Ach, Frauen! Es braucht nur einer mit feinem Gesicht und schmeichelnder Zunge daherzukommen, und schon sind sie ihm schutzlos ausgeliefert. Wenn Coates dir aus der Hand frisst, dann weil es sich für ihn auszahlt. Wenn er weniger fressen würde, hättest du mehr in der Hand.«

»Sei still, George, du bist abscheulich. Adrian bietet mir mindestens so gute Bedingungen, wie du sie hast. Und ob feines Gesicht oder nicht, da kann ich nicht mitreden, aber ich wäre dir dankbar, wenn du eine arme Witwe mit deiner scharfen Zunge verschonen würdest.«

Hier brachen Laura und George in schallendes Gelächter aus. In Miss Greys Gesicht spiegelten sich gemischte

Gefühle wider. Anscheinend irritierte sie diese sonderbare, wenn nicht gar brillante Form von Humor, und dass sich ihr Arbeitgeber dermaßen zum Narren machte, erschütterte sie eindeutig. Aber da war noch etwas; vielleicht Neugier. Ein charmantes Lächeln weichte ihre Gesichtszüge auf. »Ist Mr. Adrian Coates Ihr Verleger, Mrs. Morland?«, fragte sie, leise und neugierig, ein ganz anderer Ton als bisher.

»Ja«, antwortete Laura ebenso zuvorkommend und fragte sich, ob sie nicht einen irischen Akzent herausgehört hatte.

Miss Grey wurde tatsächlich rot, ob wegen des irischen Akzents oder aus einem anderen Grund, dessen war Laura sich nicht sicher.

»Ich habe seine Gedichte gelesen«, lautete Miss Greys erstaunliche Erklärung.

»Das müssen seine ersten und einzigen Veröffentlichungen sein. Er hat seitdem nichts mehr geschrieben.«

»Ich fand sie reizvoll. Ich habe sein Foto in einem Zeitungsartikel gesehen. Er ist sehr schön.«

Höchst ungewöhnlich. Adrian würde sich über die Bewunderung, die seinen frühen Gedichten entgegengebracht wird, nur ärgern, dachte Laura. Noch als Student in Oxford hatte er sie voreilig in Druck gegeben und schämte sich jetzt für sie, hatte aber seitdem der dichterischen Muse abgeschworen.

»Dann müssen Sie ihn mal kennenlernen und sich mit ihm darüber unterhalten«, sagte Laura strahlend und wandte sich danach an George. »Fährst du jetzt nicht bald nach Italien mit Sibyl?«

»Italien ist gestrichen«, sagte George.

»Warum das denn?«

»Es schien – ratsam.« Mehr sagte George nicht dazu. Verdutzt gab Laura ihm die Hand, entzog sich der Umarmung und lächelte Miss Grey zu, die vortrat und sich diesmal mit einem artigen Handschlag verabschiedete. Sibyl begleitete Laura und Tony zur Tür.

»Das tut mir leid, dass die Italienreise abgesagt ist«, sagte Laura. »Der Wechselkurs?«

Sibyl sah sich nervös um. »Miss Grey hat Daddy dazu überredet, nicht zu fahren«, sagte sie leise. »Sie meint, er müsse die Planung für sein neues Buch machen, und der Mai sei für eine Italienreise sowieso besser. Ach, Mrs. Morland, ich will nicht egoistisch erscheinen, aber ich glaube, sie will nur dafür sorgen, dass sie bei uns bleiben kann. Es sollte mir nichts ausmachen, aber ich hatte mich so auf diese Reise mit Daddy gefreut. Sie denkt wahrscheinlich, wenn Edward VI fertig ist, würde er sie nicht mehr brauchen, deswegen solle er sich gleich auf das nächste Buch stürzen, damit er sie ja nicht entlässt.«

»Es tut mir natürlich leid, dass Italien abgesagt ist, meine Liebe, aber lassen Sie die Kirche im Dorf. Wenn Sie Kummer haben, reden Sie mit mir und Anne Todd. Und bitte kommen Sie am Samstag zum Tee. Adrian ist auch da. Ich möchte, dass Sie ihn kennenlernen. Es könnte nützlich für Sie sein, da Sie ja auch schreiben.«

Sibyl trat von einem Fuß auf den anderen, und als Laura ihr zum Abschied einen Kuss gab, fühlten sich die Wangen des Mädchens glühend heiß an. Warum diese Befangenheit? Wegen Adrian?

»Das ist schrecklich nett von Ihnen, Mrs. Morland, aber

ich möchte lieber nicht. Sie und Mr. Coates haben bestimmt eine Menge zu besprechen, da würde ich nur stören.«

»Unsinn, mein Kind. Ich würde Sie sonst nicht darum bitten. Und Ihren Vater lassen Sie mal zu Hause. Er nimmt einem die Luft zum Atmen. Kommen Sie allein. Auf Wiedersehen, meine Liebe.«

Während Laura und Tony in der Dunkelheit untertauchten, blieb Sibyl, verängstigt und mit rotem Gesicht, in der Tür stehen. Sie schaute dem flackernden Schein von Tonys Taschenlampe in der Allee hinterher, bis die beiden hinter der nächsten Ecke verschwunden waren. »Ich wünsche, die Menschen wären anders. Ach, wenn sie doch nur anders wären«, seufzte sie, drehte sich um und ging ins Haus.

4

Heiligabend

Samstagmorgen, am Tag des Heiligen Abends, erhielt Dr. Ford einen Brief von Miss Todd aus Bournemouth: Ihrer Mutter ginge es seit zwei Tagen schlecht, dennoch würden sie wie geplant zurückkommen, ob Dr. Ford die Güte habe, gleich nach dem Mittagessen vorbeizuschauen, falls er sich freimachen könne. Dr. Ford eilte zum Schreibtisch und suchte nach dem Fahrplan. Als er ihn nicht gleich fand, klingelte er, worauf die Tante von Mr. Knox' Annie erschien, eine friedfertige Witwe, die Dr. Ford und seinen Haushalt mit strenger Hand führte. Sie hatte bereits seinen Vorgänger bekocht und dessen Gärtner geheiratet, war jedoch weiter im Haus wohnen geblieben. Den Tod ihres Mannes einige Jahre später ertrug sie mit großer Gelassenheit, und jede Anhänglichkeit, die sie ihm gegenüber empfunden haben mochte, übertrug sich in der Folge nicht auf ihren Arbeitgeber, sondern auf das Haus und seine gleichsam ärztliche Aura. Nach dem Tod des alten Arztes blieb sie als Verwalterin zurück, und als Dr. Ford der Arztwitwe Haus und Praxis abkaufte, stellte niemand ihr Recht, weiter als Haushälterin beschäftigt zu sein, in Frage. Sie kochte, putzte und machte die Wäsche, wobei ihr gelegentlich die Schwester von Mr. Knox' Annie half, von deren Arbeit sie allerdings eine ebenso geringe, dank der verwandtschaftlichen Beziehung noch durch eine bittere Note verschärfte Meinung hatte wie Stoker, und nahm die späten oder unregelmäßigen Essenszeiten geduldig hin.

Dr. Ford war ein vitaler Mann mittleren Alters mit Privatvermögen und gut Freund mit all seinen Patienten. Manche Patienten beklagten, in den Wintermonaten widme er seiner Jagdleidenschaft mehr Zeit als ihren Beschwerden, doch musste wirklich einmal zugepackt werden, bewies er nicht nachlassende Aufopferungsbereitschaft, und sein knatternder Zweisitzer war von einem Ende des Countys bis zum anderen zu hören. Das Dorf hatte ihn längst mit der Arztwitwe, mit Mrs. Morland, Miss Todd, Miss Knox und mit zahllosen anderen ahnungslosen Frauen verkuppelt, deren Namen uns nicht weiter kümmern. Doch es vergingen Jahre, und Dr. Ford drängte es noch immer nicht in den Hafen der Ehe. Die Tante von Mr. Knox' Annie, die fortan der Bequemlichkeit halber mit ihrem Namen Mrs. Mallow angeredet werden soll, lauschte den Dorfgesprächen mit einer gewissen toleranten Distanz. Über den Einzug einer hübschen Herrin im Haus, zum Bedienen und Verwöhnen, hätte sie sich durchaus gefreut, doch »irgendetwas« sagte ihr, dass es dazu so bald nicht kommen werde. Aus gewissen Anzeichen, nur denen vertraut, die lange in Arzthaushalten verbracht haben und mit dem Beruf und seinen Mysterien auf diese Weise verbunden sind, schloss Mrs. Mallow, dass es ein Junggesellenhaushalt bleiben würde. Zu ergründen, ob zu diesen Anzeichen auch das bei einem Frühjahrsputz entdeckte, mit einem roten Band verschnürte Päckchen Briefe gehörte, verbot ihr die Diskretion; und da diese Briefe von seinem Großvater stammten, gerichtet an seinen Vater, und von dem Arzt gerade wegen der kräftigen Sprache, in der der alte Herr seine Ansicht über die Nähe seines Sohnes zur Geheimbund Oxford-Bewegung zum Ausdruck brachte, unter Verschluss gehalten wurden, hatten sie vermutlich auch keinen sonderlichen Einfluss auf die Eheabsichten des Doktors. Dr. Ford dachte überhaupt nicht daran zu heiraten, zumindest nicht bis zu diesem Winter, als die alte Mrs. Todd noch mehr Fürsorge verlangte als sonst und die räumliche Nähe fatale Wirkung zeigte. Dr. Ford war fähig, Frauen allein nach ihrem Verhalten in Krankenzimmern zu beurteilen, und selten hatte er ein freundlicheres, verbindlicheres, ja durch und durch vollkommeneres Wesen erlebt als Miss Todd.

Nach einem besonders aufreibenden Tag, an dem Mrs. Todd dreimal nach ihm geschickt hatte, angeblich wegen Herzrasen, tatsächlich aber, damit er einen Krankenwagen bestellte, um ihren widerlichen kleinen Hund spazieren zu fahren, hatte er ihrer Tochter seine Meinung mitgeteilt.

»Ich wünschte, ich könnte Ihre Mutter für unzurechnungsfähig erklären«, sagte er und kickte das abstoßende Hündchen sanft vom Kaminvorleger. »Eine Woche in dem Stil würde mich umbringen. Und Sie müssen das Tag für Tag aushalten.«

»Ach, es könnte schlimmer sein«, sagte Miss Todd. »Alles ganz harmlos, wirklich, und Louisa ist ziemlich stolz auf sie. Es ist schon eine Auszeichnung, bei einer solch schrulligen alten Dame Dienst zu tun. Was mich nur manchmal ermüdet, ist, zehn Mal in der Stunde dieselbe Frage beantworten zu müssen. Aber solange ich selbst dabei nicht schrullig werde und das Geld reicht, ist es auszuhalten.«

»Sie sind ein guter Mensch, Miss Todd. Und was das Geld betrifft – gucken Sie mich nicht so herausfordernd selbstbewusst an, das ist lediglich dummer Stolz. Ich kann Ihnen gleich sagen, dass ich für Ihre Mutter nichts tun kann, es sei denn, ihr Herz oder ihr Geisteszustand verschlechtern sich unerwartet. Mich als Arzt hierherzubemühen ist also sinnlos. Aber wenn ich gelegentlich vorbeikommen und nach dem Rechten sehen darf, tue ich keinem weh.«

Miss Todd schluckte. »Ich nehme Ihr Mitleid an. Ich würde es von keinem anderen auf der Welt annehmen«, sagte sie und verließ weinend das Zimmer.

Das Thema Geld wurde seinerzeit nicht weiter erörtert, doch als Miss Todd anfing, als Sekretärin für Mrs. Morland zu arbeiten, verlangte sie, sehr zu Dr. Fords Ärger, für jede seiner Konsultationen eine Rechnung. Er redete ihr zu, er tobte, führte sich geradezu erbärmlich auf, doch Miss Todd blieb standhaft. Sie ließ nur im Vorgarten mit sich reden, bat ihn nicht ins Wohnzimmer, und er legte das Honorar, das sie zum Glück in bar entrichtete, in einen Umschlag, schrieb darauf *Eigentum von Miss Todd, mir zur sicheren Aufbewahrung überlassen* und verstaute ihn in seinem Safe.

Auf Dr. Fords Klingeln erschien Mrs. Mallow, die eine lebende Ente kopfüber an den Füßen hielt.

»Annies Mutter hat uns heute Morgen eine Ente gebracht, Sir. Wenn ich sie zu einem anständigen Preis bekomme – möchten Sie sie dann zum Abendessen? Es ist ein hübscher, fetter Vogel«, sagte sie und knuffte das unglückliche, laut quakende Tier.

»Halten Sie das Tier richtig!«, rief der Arzt. »Ich esse nichts, was verkehrt herum gehalten wird. Ich bitte Sie, gute Frau! Das ganze Blut der armen Kreatur schießt ihr in den Kopf.«

Mrs. Mallow setzte die Ente sanft auf dem Boden ab, wo sie sich auch alles andere als wohl fühlte und quakend und flügelschlagend hin und her lief.

»Was wollten Sie von mir, Sir?«, fragte sie.

»Wo ist der Zugfahrplan?«, blaffte der Arzt sie an.

»Wenn Sie ihn nicht bereits als Rasierpapier verwendet haben, liegt er im Ankleidezimmer, Sir. Ich hole ihn.«

Sie kam mit einem zerfetzten Kursbuch in der Hand zurück.

»Verflixt! Ich habe alle Seiten bis Exeter aufgebraucht«, ärgerte sich Dr. Ford. »Ich brauche aber die Verbindungen nach Bournemouth.«

»Soll ich den Bahnhof anrufen, Sir?«

»Nein, das mache ich schon. Und nehmen Sie den Vogel mit. Ich will ihn nicht wiedersehen.«

Mrs. Mallow fing den Vogel ein, scheinbar mühelos, hielt ihn an den Füßen fest, mit dem Kopf nach unten, und verschwand so gleichmütig, wie sie gekommen war. Eine Minute später hauchte die Ente unter den kundigen Händen von Annies Mutter ihr Leben aus und wurde am nächsten Abend vom Arzt mit Genuss verspeist.

Nachdem Dr. Ford vom Stationsvorsteher in Stoke Dry die Ankunftszeit von Miss Todds Zug aus Bournemouth erfragt hatte, begab er sich auf seine Runde und richtete es so ein, dass er rechtzeitig am Bahnhof sein würde. Miss Todd war bereits dabei, ihrer Mutter beim Aussteigen zu helfen, als er eintraf und nur noch die Koffer der alten Dame aus dem Waggon zu holen brauchte.

»Ich fahre Sie mit meinem Wagen nach Hause«, sagte er, »und untersuche Ihre Mutter, sobald sie sich ausgeruht hat.«

Sie quetschten sich in den Zweisitzer, und Mrs. Todd, deren Geist und Herz von der frischen Seeluft anscheinend profitiert hatten, erzählte lebhaft von dem Hotel und den Geschäften in Bournemouth.

»Geschäfte waren ein Problem«, sagte Miss Todd, die sich angewöhnt hatte, in Anwesenheit der Mutter von ihr zu sprechen, als wäre sie stocktaub. »Mutter wollte in dem gewohnten Umfang bestellen. Als ich den Geschäftsinhabern erklärte, sie sei ein bisschen schrullig, waren sie ganz verständnisvoll. Die Hotelangestellten hielten sie für stinkreich und etwas exzentrisch. Sieht sie nicht gut aus?«

»Warten wir ab, bis ich sie untersucht habe. Und Sie? Für Sie war es wohl kaum eine Erholung, oder?«

Miss Todd ignorierte die Frage. »Ist Mrs. Morland wieder da?«, wollte sie wissen.

»Ja. Sie und Tony sind am Dienstag eingetroffen. Ich habe eine Nachricht für Sie. Ob Sie heute Nachmittag zum Tee kommen möchten. Mrs. Morlands Verleger ist da, und sie benötigt Ihre Hilfe. Aber nur, wenn es Ihnen keine Umstände macht.«

»Ich werde da sein. Die Arbeit hat mir schrecklich gefehlt. Hätten Sie die Güte, Mrs. Morland anzurufen und ihr Bescheid zu geben? Mutter kommt schon alleine zurecht. Sie können ja nachher ein bisschen mit ihr plaudern. Danach möchte Louisa sicher gerne von Mutter erzählt bekommen, wie es in Bournemouth war, und ihr Tee kochen.«

»Ich könnte später bei Mrs. Morland vorbeischauen und Sie nach Hause bringen.«

»Nicht nötig, es sei denn, Sie fahren sowieso dort lang.«

»Ja.«

Mrs. und Miss Todd wurden heil vor ihrem Haus abgesetzt, wo sie von Louisa und dem abstoßenden kleinen Hund empfangen wurden, während Dr. Ford sich zum Mittagessen nach Hause begab.

Adrian Coates, der in einer eleganten Limousine von London herüberfuhr, kam rechtzeitig zum Lunch in High Rising an. Seine Verlegerkollegen hatten im Lauf der Zeit alle irgendwann einmal versucht, Laura aus seinen Fängen zu befreien, doch sie widerstand beharrlich. Johns and Fairfield, über die Mr. Knox seine absolut unmaßgebliche Meinung bereits geäußert hat, hatten sie regelrecht belagert.

»Sie sollten Ihre eigenen Interessen etwas besser im Auge haben, Mrs. Morland«, versuchte Johns (oder Fairfield) sie bei einem Lunch zu Ehren von George Knox' einmal zu überzeugen. »Unser Freund Coates ist ein erstaunlicher Mensch, auf seine Art. Mit einem echten Gespür für Talente, wie wir wissen. Versteht es ausgezeichnet, den Boden zu bereiten. Doch verfügt er nicht über das Ansehen, das wir genießen, kann er nach Lage der Dinge auch gar nicht. Dank unserer gewaltigen Ressourcen sind wir in der Lage, Ihnen den doppelten Werbeetat zu bieten, den Coates augenblicklich für Sie aufbringt. Wenn Sie also gerade an einem neuen Buch arbeiten und Coates gegenüber nicht verpflichtet sind – würden Sie uns das Vergnügen gönnen, Ihr Manuskript als Erste lesen zu dürfen?«

»Ach, wissen Sie«, setzte Laura an, »nur dies zum Thema:

Wenn Sie so viel Geld für Werbung ausgeben, muss es doch zwangsläufig von meinen Tantiemen abgezogen werden, oder nicht?«

Diese bemerkenswerte Ansicht über den Nutzen von Werbung verblüffte Mr. Johns (nehmen wir ruhig ihn, auch wenn Laura nie eruiert oder einfach zu fragen vergessen hat, welchen Teil des Unternehmens er repräsentierte) dermaßen, dass er verstummte. Und so fuhr Laura fort: »Außerdem verhandle ich mit meinem Verleger gerne von Angesicht zu Angesicht. Bei Ihnen hätte ich die meiste Zeit mit irgendwelchen Untergebenen zu tun. Adrian kann ich sprechen, wann ich will. Und noch etwas: Er ist unverheiratet, also fallen diese lästigen Dinner-Einladungen und dergleichen weg.«

Mr. Johns war erneut wie vor den Kopf geschlagen, obwohl Laura überhaupt nicht wusste, dass er für unendlich langweilige Festessen berüchtigt war, die auszurichten ihn seine Großwild jagende amerikanische Gattin fünf- bis sechsmal im Jahr nötigte.

»Haben Sie also herzlichen Dank«, sagte Laura, die ihre bezaubernden müden Augen auf Mr. Johns richtete und ein paar Haarsträhnen unter ihren Hut schob, »aber ich verstehe mich ganz gut mit meinem Verlag. Ohnehin habe ich bereits einen neuen Vertrag für die nächsten drei Bücher, und das zu ausgezeichneten Bedingungen.«

Es war reine Angeberei, denn Laura hatte keine Vorstellung davon, wie Vertragsbedingungen, ob gute oder schlechte, überhaupt aussehen konnten. Aber da sie mit jedem neuen Buch mehr Geld verdiente, war sie zufrieden. Und gut behandelt wurde sie außerdem.

Zum Glück ließ George Knox' Tischdame auf der anderen Seite ihn für einen Moment im Stich und belauschte, wozu er sie beauftragt hatte, dieses seltsame Gespräch nicht weiter. Er konnte die Aufhebung der Tafel kaum erwarten, um Laura endlich einmal alleine zu erwischen.

»Du bist eine Perle, eine wahre Perle!«, rief er, nahm ihre Hände und schwenkte sie auf und ab. »Wie du den alten Fuchs angegangen bist! Donnerwetter! Diese langweiligen Dinnerpartys! Wenn ich an seine Frau und die Qualen denke – unendliche Qualen, meine liebe Laura –, die ich regelmäßig bei ihm ausstehen muss! Eine wahre Freude, wie du ihn heruntergeputzt hast.«

Die arme Laura war vollkommen außer sich und überlegte, sich bei Mr. Johns zu entschuldigen, doch George Knox riet ihr ab, es würde die Sache nur verschlimmern. Mit gewohnter Indiskretion verriet er anschließend allen, die ihm über den Weg liefen, was sich zugetragen hatte, einschließlich Adrian, der höchst angetan und gerührt war von Lauras Vertrauen wie auch heimlich erfreut über die Brüskierung des konkurrierenden Verlegers.

»Diese Frau ist der göttliche Narr in Person«, gestand er George Knox. »Anscheinend betrachtet sie alles, was ich geschäftlich für sie tue, als einen persönlichen Gefallen, und bedankt sich noch, wofür sie bezahlt. Wenn ich ein Betrüger wäre … Aber sagen Sie mal, Mr. Knox, um mir an Johns ein Beispiel zu nehmen: Wollen Sie mir nicht Ihr neues Manuskript zeigen?«

Die Frage war nicht ganz ernst gemeint, doch George Knox lehnte den Vorschlag mit einem derartig ausufernden Wortschwall ab, dass Adrian den kleinen Scherz bitter bereute.

Als er wenig später vor Lauras Haus vorfuhr, kam Tony gerade mit abwesender Miene um die Ecke.

»Guten Tag, Tony«, begrüßte er ihn und stieg aus.

»Guten Tag, Sir. Ach, Mr. Coates, welchen Namen für eine Lok finden Sie schöner? Princess Elizabeth oder Titley Court.«

»Natürlich Princess Elizabeth.«

Tony machte ein langes Gesicht.

»Die Princess Elizabeth ist aber nur eine Zwo-Vier-Nuller, und die Titley Court eine Vier-Sechs-Nuller.«

»Was hat denn das zu bedeuten?«

»Ach, das wissen Sie nicht, Sir? Die Princess Elizabeth hat zwei Drehgestelle und vier Antriebsräder, die Titley Court dagegen vier Fahrgestelle und sechs Antriebsräder. Die Titley Court ist eine wunderschöne Lok. Sie kostet dreizehn Guineen, und ich habe schon angefangen dafür zu sparen. Letztes Jahr habe ich zwei Pfund, zehn Schilling zu Weihnachten bekommen, das heißt, wenn ich jedes Jahr spare, kann ich mir in sechs Jahren die Titley Court kaufen.«

Adrian vermochte diese Informationsflut nicht einzudämmen und floh ins Haus, gefolgt von dem Eisenbahnexperten.

»Die Titley Court gibt es zum Aufziehen und dampfbetrieben mit Brennspiritus oder Kohle. Bei der mit Kohle könnte ich noch einen richtigen Wassertank dazubekommen, um den Kessel zu beschicken. Sähe doch herrlich aus, ein Unfall mit der Titley Court. Sie entgleist und liegt schnaufend neben den Gleisen.«

»Wasch dir die Pfoten, Tony«, sagte Laura, als sie die

Treppe hinabstieg. »Kommen Sie herein, Adrian, legen Sie ab. Ihre Hände sind ja eiskalt. Es fängt wohl schon an zu frieren draußen. Wollen Sie nicht lieber einen alten Teppich auf den Autokühler legen?«

»Danke, die Steppdecke muss reichen. Aber ich habe einen Mordshunger.«

»Wie schön«, ließ sich Stoker aus dem Esszimmer vernehmen. »Ich koche gerne für hungrige Männer. Es gibt Rindfleisch-Nieren-Pastete. Die wird Ihnen guttun, Mr. Coates. Sie sehen so abgemagert aus.«

»Danke für die freundlichen Worte, Stoker.«

»Dr. Ford hat angerufen«, sagte Stoker zu ihrer Herrin und teilte das Gemüse aus. »Miss Todd kommt heute zum Tee, und Dr. Ford wird sie später wieder abholen.«

»Danke, Stoker. Nicht nötig, uns aufzuwarten«, sagte sie und fuhr, nachdem Stoker den Raum verlassen hatte, fort: »Es nützt sowieso nichts. Mit dem nächsten Gang fängt sie wieder an zu quasseln, und zweimal hintereinander wegschicken kann ich sie schlecht. Manchmal möchte ich sie und Tony und George Knox in eine Zelle sperren und abwarten, wer von den dreien die beiden anderen an die Wand redet.«

»Ich setze auf Tony«, sagte Adrian »Er hat die Jugend auf seiner Seite und einen ungehemmten Redefluss.«

»Mutter«, fing die Person an, der dieser gefühllose Kommentar galt, »Mr. Coates findet die Princess Elizabeth schöner. Aber er weiß nicht, dass die Titley Court eigentlich die bessere Lok ist. Die Princess Elizabeth ist nämlich nur eine Zwo-Vier-Nuller, aber die Titley Court…«

»Sei still, Tony. Entschuldigen Sie diese Kindereien,

Adrian. Sagen Sie mir, warum Sie hier sind, aber langweilen Sie mich bitte nicht.«

Adrian setzte zu einer ausführlichen Darlegung der Vor- und Nachteile preiswerter Buchausgaben an, die sich über zwei Gänge erstreckte, Apfelkrapfen und Käse. Er war so eingenommen von sich, dass Laura kühl bemerkte: »Ich glaube, ich sperre Sie gleich mit in die Zelle, Adrian. Die arme Stoker ist kein einziges Mal zu Wort gekommen, seit wir mit dem Essen angefangen haben. Ja, Tony, du bist entschuldigt. Den Kaffee bitte im Salon, Stoker.«

Das geschäftliche Anliegen brauchte seine Zeit, und es blieb fraglich, ob Laura trotz ihrer klugen Miene am Ende schlauer war als vorher. Adrian hatte seinen Plan gut durchdacht und längst alles für eine neue Ausgabe in die Wege geleitet. Die Erlöse sollten Laura im Alter absichern. Laura wiederum hörte gar nicht richtig zu, sie hing ihren Tagträumen nach, die sich um Adrian und Sibyl rankten. Wäre es nicht zauberhaft, Adrian würde durch das, was Sibyl geschrieben hatte, auch Interesse an ihrer Person finden und eine Liebesaffäre mit ihr beginnen? Laura hatte Sibyl nie dazu überreden können, ihr mal etwas Selbstgeschriebenes zu zeigen. Das Mädchen bewies eine lobenswerte Abneigung gegen eine rasche Drucklegung ihrer Werke. George Knox hatte mit großer Begeisterung über Sibyls Vorhaben gesprochen, aber mit einer Weitschweifigkeit, die Laura im Unklaren ließ, ob sie nun an einem Roman, einer Kurzgeschichte, an Gedichten, einem Theaterstück, einer Biografie oder einem literarischen Essay arbeitete. Sie musste das Schreiben wohl im Blut haben, da sie praktisch mit Büchern groß geworden war, kein Wunder bei dem Vater. Vielleicht war Miss Greys Idee, sie nach London zu schicken, durchaus sinnvoll, es würde ihr Selbstvertrauen stärken. Jedenfalls würde sie hier und heute Adrian kennenlernen, das konnte nicht schaden. Und vielleicht würde George Knox Adrian ja gestatten, seine Bücher alle bei ihm zu verlegen, wenn er dessen Tochter heiratete.

Eine Berührung am Arm weckte sie aus ihren Träumereien. Ruckartig in den Alltag zurückversetzt, sah sie, dass Adrian ihr zwei große Haarnadeln reichte.

»Haben Sie mir überhaupt zugehört, Laura?«, fragte er freundlich resigniert. »Sie lehnen sich in Ihrem Sessel zurück, Nadeln fallen Ihnen aus dem Haar wie Blätter von der letzten Rose des Sommers, und offenkundig haben Sie nicht aufgepasst. Ich weiß, ich bin ein langweiliger Gesprächspartner, aber hier geht es um Ihr Vermögen, Laura, meine Liebe. Finden Sie nicht, dass Sie wenigstens dann versuchen sollten zu verstehen, was ich Ihnen sagen will?«

»Es tut mir unendlich leid«, entschuldigte sich Laura, »aber es nützt ja nichts, wenn ich etwas dazu sage, weil Sie immer alles besser wissen. Sowieso, es ist Ihr Vermögen so gut wie meins. Ich verlasse mich einfach weiter darauf, dass Sie grundehrlich sind. Was soll ich tun? Mich an einen der Literaturagenten wenden und ihn dafür bezahlen, dass er uns entzweit?«

Diesem originellen Blick auf die Arbeit eines Literaturagenten hatte Adrian nichts entgegenzusetzen, also fuhr Laura fort: »Unsinn, Adrian. Schicken Sie mir einen Vertrag, und ich zeige ihn George Knox. Er wird ihn sich durchlesen und sagen, von allem hundert Prozent zu wenig, und das gibt mir die Gewissheit, dass Ihre Bedingungen ordentlich sind.«

»Sie treiben mich noch in den Wahnsinn, Laura. Macht man so Geschäfte? George Knox ist ein habgieriger, überdrehter alter Kauz. Hören Sie bloß nicht auf seinen Rat. Fragen Sie Ihren Rechtsanwalt, aber nicht Knox.«

»Das hatte ich auch nicht vor, Adrian. Wenn ich Grund hätte, Ihnen zu misstrauen, würde ich laut Krach schlagen. Bis dahin gilt, was Sie sagen.«

»Das belastet mein Gewissen mehr als zehn habgierige Autoren«, sagte Adrian schicksalsergeben.

»Dann ist es ja gut. Und gehen Sie nicht zu hart mit George ins Gericht. Seine Tochter kommt nachher zum Tee. Sie schreibt an etwas – ich weiß nicht was –, und wenn es in Ihr Programm passt, könnten Sie noch vor Johns and Fairfield zum Zug kommen. Ich weiß, dass George viel davon hält, aber bisher hat noch niemand etwas von ihr gelesen. Also, seien Sie lieb zu dem Kind, sie ist jung und schüchtern. – Übrigens haben Sie einen neuen Bewunderer hier im Dorf.«

»Wen?«

»Georges Sekretärin. Sie sind ihre heimliche Leidenschaft, wegen Ihrer Gedichte, und sie hat ein Foto von Ihnen, aus irgendeiner Zeitung.«

»Du lieber Himmel«, sagte Adrian. »Ich muss sofort in die Stadt zurück.«

»Schon gut, schon gut. Sie kommt nicht zum Tee. Nur Sibyl Knox und Anne Todd, und die kennen Sie ja. Vielleicht brauchen wir sie. Tee gibt es um vier, somit hätten Sie genug Zeit für die Rückfahrt. Würde es Ihnen etwas ausmachen, sich Tonys Modelleisenbahn anzusehen? Er würde sich riesig freuen.«

Der Henne, die goldene Eier legte, tat er gerne einen Gefallen, und da er auch ihr Küken aufrichtig liebte, bequemte sich Adrian aus dem Sessel und ging nach oben. Er war noch nicht lange aus dem Zimmer, als ein Wagen vorfuhr. Laura hörte, wie Stoker die Haustür öffnete. Kurz darauf erschien das ihr treu ergebene Wesen in der Tür zum Salon und machte unverständliche Zeichen, worauf Laura sie bat, hereinzukommen und zu sagen, was los sei. Bedächtig schloss Stoker die Tür hinter sich und trat mit verschwörerischer Miene näher.

»Was gibt's, Stoker?«

»Wissen Sie, wer an der Tür ist?«

»Woher sollte ich, es sei denn, Sie sagen es mir.«

»Sie!« Stoker machte ein finster-triumphierendes Gesicht. »Sie ist da!«

»Wer denn? Wirklich, Stoker, können Sie sich nicht klarer ausdrücken? Ist es Miss Knox?«

»Man könnte sagen, ja und nein.«

»Herrgott, Stoker! Jetzt sagen Sie schon!«

»Miss Sibyl ist gekommen, und sie hat die ›gewisse Person‹ mitgebracht.«

»Also Miss Grey.«

Stoker nickte bedeutungsschwer.

»Wie ärgerlich. Besonders, weil ich sie nicht eingeladen habe. Ich möchte sie hier nicht sehen. Aber das ist nun mal nicht zu ändern. Und Sie, Stoker, führen Sie sich gefälligst nicht wie ein Todesengel auf. Wo sind unsere Gäste?«

»Ich habe sie gebeten, im Speisesaal zu warten. Die gewisse Person wollen Sie aber nicht empfangen, oder?«, sagte Stoker und wies mit dem Daumen über die Schulter hinter sich.

»Stoker, Sie sind ein Rindvieh! Bitten Sie sie herein, sofort, und sagen Sie Mr. Coates Bescheid, er ist oben bei Tony.«

Stoker blickte enttäuscht, verließ den Raum und kehrte mit den Gästen zurück. Zu Lauras Entsetzen kündigte sie erst Sibyl mit einem Tusch an und wandte sich dann an Miss Grey mit den Worten: »Wen darf ich melden, Miss? Mrs. Morland hat mir nicht gesagt, dass sie zwei Personen erwartet.«

»Nur herein, Miss Grey«, rief Laura und eilte ihr zu Hilfe. »Wie schön, dass Sie kommen konnten. Sie sind sicher ganz durchgefroren.«

Zu Lauras neuerlicher Beschämung sagte Stoker leise, aber hörbar zu Sibyl: »Freut mich sehr, dass *Sie* da sind«, ging aus dem Zimmer und knallte die Tür zu. Laura plauderte eifrig weiter. »Ich bin froh, dass Sie sich freimachen konnten. Ich darf daraus entnehmen, dass Mr. Knox' Buch auf einem guten Weg ist. Finden Sie nicht auch, dass die Fahrt von Low Rising hierher wunderschön ist?«

»Einfach herrlich«, sagte Miss Grey, kein bisschen eingeschnappt wie bei ihrer ersten Begegnung. »Ich konnte heute Nachmittag einfach nicht widerstehen, deswegen bin ich mit Miss Knox losgefahren, in der Absicht, zum Tee zurück zu sein. Aber dann wurde es immer später, und sie hat mich überredet, mit ins Haus zu kommen. Ich möchte nicht aufdringlich erscheinen, Mrs. Morland, aber Mr. Knox hat mir schon so viel von Ihnen erzählt, dass ich Sie beinahe zu kennen meine.«

Laura antwortete höflich, innerlich jedoch tobte sie vor Wut über die Unverfrorenheit dieser Person. Was erlaubte sie sich? Redete daher, als tauschte sie sich mit George Knox über ihre Nachbarn aus! Sibyl stand es selbstverständlich frei mitzubringen, wen sie wollte, aber Laura war davon überzeugt, dass der Vorschlag für diesen kleinen nachmittäglichen Ausflug nicht von ihr gekommen war. Trübe Aussichten, wenn man George und Sibyl in Zukunft nicht mehr besuchen konnte ohne diesen Drachen an ihrer Seite. Laura wagte nicht, Sibyl anzusehen, und war dankbar, als der Tee hereingebracht wurde, gefolgt von Adrian und Tony.

»Adrian«, sagte sie. »Ich möchte dich mit einer sehr lieben Freundin von mir bekanntmachen, Sibyl Knox. Sie ist wie eine Tochter für mich.« Erst als die beiden sich die Hand gereicht hatten, stellte sie ihm auch Miss Grey vor und fügte mit einem bedeutungsvollen Blick hinzu: »Miss Grey arbeitet zurzeit als Sekretärin für George Knox.«

Adrian erblasste und warf Laura einen flehentlichen Blick zu.

»Neben Miss Knox ist noch ein Stuhl frei, Adrian«, sagte sie, »und Sie, Miss Grey, setzen sich bitte zu mir. Ich hoffe doch sehr, dass Sie sich in unseren Breiten wohlfühlen.«

»Ja, es ist wunderschön hier. Und es macht riesige Freude, für Mr. Knox zu arbeiten, es ist ein Privileg.«

»Sie sind schon den ganzen Herbst über bei ihm, nicht wahr? Bei meinem letzten Aufenthalt in den Sommerferien waren Sie noch nicht hier.«

»Nein, damals hatte ich noch eine andere Stelle, mit der ich nicht zufrieden war.«

»Was für ein Pech«, sagte Laura, die keineswegs noch mehr über Miss Greys Unglück erfahren wollte.

»Es war etwas schwierig, Mrs. Morland. Man hat mich gründlich missverstanden.«

»Ach, das passiert jedem mal«, entgegnete Laura vergnügt.

Miss Grey richtete ihre großen ausdrucksstarken Augen auf Laura und murmelte, mit einem gekünstelten Anflug ihres hübschen irischen Akzents: »Ja, ich weiß, aber die meisten Menschen haben jemanden, an den sie sich mit ihren Sorgen wenden können. Ich dagegen bin so ein heimatloser Mensch«, was Laura zu der floskelhaften Erwiderung nötigte, in Low Rising fühle sich Miss Grey aber doch hoffentlich zu Hause.

»Ja, doch. Mr. Knox ist die Liebenswürdigkeit in Person, auch Miss Knox. Eine großzügige Atmosphäre im Haus, ohne kleinliche Gefühle, das ist wohltuend. Als ich meine letzte Stelle aufgeben musste, hauptsächlich auf Betreiben der Frau meines Arbeitgebers, wusste ich nicht wohin oder an wen ich mich wenden sollte. Sie können sich vorstellen, wie glücklich ich über diese neue Arbeit bin. Alle sind sehr freundlich, und Mr. Knox hat so interessante Freunde. Mrs. Morland, ich schätze Ihre wunderbaren Bücher wirklich sehr, wenn ich das sagen darf. Ich habe mich darauf gefreut, Sie persönlich kennenzulernen. Und dass Mr. Coates heute auch da ist, also, das hätte ich nicht zu hoffen gewagt.«

Die Geschwätzigkeit dieser jungen Dame verstärkte Lauras Abneigung gegen sie noch. Was ging es Laura an, dass die Gattin von Miss Greys letztem Arbeitgeber sie nicht leiden konnte? Ich hätte sie wahrscheinlich auch nicht ausstehen können, dachte sie, so eine Flatterhafte, eben noch grob, und in der nächsten Minute einem nach dem Mund reden. Zum Glück wandte sich Miss Grey, nachdem sie Laura vorerst genug geschmeichelt hatte, Tony zu und begann ein Gespräch über Hunde, einem Thema, das sie beide wieder auf ein erträgliches menschliches Maß reduzierte, und Laura konnte einen Blick auf ihr, wie sie es bereits nannte, junges Paar werfen, das sich gut anließ. Sibyl, obwohl durch Miss Greys Anwesenheit befangen, gab sich unverkrampfter als sonst. Dennoch lag ihr offensichtlich etwas schwer auf der Seele. Im Schutz von Miss Greys lebhafter Beschreibung eines Airedaleterriers, den sie als Mädchen mal gehabt hatte, fragte sie Adrian: »Glauben Sie, dass es gut ist, mit Autoren über ihre Arbeit zu sprechen?«

Nach Adrians eigener beruflicher Erfahrung wollten Autoren selten über anderes reden, daher sein beherztes: »Ja.«

Sibyl war irritiert.

»Auch über Gedichte?«, fragte sie verunsichert.

»Ich denke, ja.«

»Oh.« Sie sah aus, als würde sie jeden Moment anfangen zu weinen.

Adrian war ratlos. Hatte dieses Mädchen etwa Gedichte geschrieben und wollte sie ihm zeigen? Warum wäre sie sonst auf das Thema gekommen? »Spreche ich mit einem Dichter?«

»Oh, nein. Ich dagegen schon. Da liegt das Problem.«

Sie blickte so besorgt und gleichzeitig vertrauensselig, dass Adrian nicht umhinkam, sie zu fragen, ob er ihr helfen könne.

»Wissen Sie, es ist etwas Schreckliches passiert. Daddys

Sekretärin, Miss Grey – die Dame dort drüben –, liebt Ihre Gedichte, und sie hat sie mir zum Lesen gegeben, weil wir Sie ja heute hier treffen sollten. Jedenfalls hatte Mrs. Morland mich eingeladen. Dann wollte Miss Grey mitkommen, was ich schlecht ablehnen konnte. Aber mir war klar, dass es furchtbar werden würde.«

»Ich verstehe nicht ganz. Was genau finden Sie denn nun so schrecklich? Mich? Mrs. Morlands Einladung zum Tee?« Sibyl schüttelte heftig den Kopf, sah ihn dabei aber weiterhin beschwörend an, als solle er ihr bitte unbedingt aus einer Verlegenheit helfen. »Oder gefallen Ihnen meine Gedichte nicht?«

Sibyl wurde schamrot. »Es tut mir furchtbar leid, Mr. Coates. Ich habe mir wirklich Mühe gegeben. Sie wollte unbedingt, dass ich Ihnen aus voller Überzeugung sagen kann, wie sehr ich Ihre Gedichte mag, und ich sollte Sie bitten, uns doch mal zu besuchen. Ich weiß, ich bin dumm, und ich begreife Gedichte sowieso nicht, außer den paar Zeilen in Anthologien oder so. Aber Ihre habe ich kein bisschen verstanden. Es tut mir wahnsinnig leid.«

»Liebe Miss Knox. Ich wüsste nicht, wann ich jemals solch tröstende Worte gehört habe.«

»Sie meinen, ich muss die Gedichte nicht unbedingt mögen?«

»Mehr noch, man wäre ganz schön blöd, wenn man sie mögen würde – bei allem Respekt gegenüber der Sekretärin Ihres Vaters. Frühe Gedichte sind so eine Sache. Man braucht ewig, bis man über sie hinweg ist. Wenn Sie wüssten, wie viele Leute mir schon gestanden haben, meine blamablen, halbgaren Verslein würden ihnen gefallen, in der

Hoffnung, ich würde dann ihre noch viel schlimmere Prosa herausbringen – Sie wären überrascht. Ich war damals ein schnöseliger Student, und meine Eltern liebten mich abgöttisch. Mehr ist dazu nicht zu sagen. Die Gedichte, will man sie denn so nennen, waren eine Schande für die Zivilisation. Ich habe nie wieder eine Zeile geschrieben und werde auch in Zukunft keine schreiben.«

Sibyls Miene drückte eine für Adrians Befinden unverhältnismäßige Erleichterung aus, als sie sagte: »Ich bin ja so froh. Ich fühle mich gleich viel sicherer. Sie sind also gar kein Autor.«

»Kein bisschen. Und ich werde auch nie einer sein. Aber ich spreche doch wohl mit einer Autorin, oder? Mrs. Morland hat mir gesagt, dass Sie schreiben. Darf ich fragen, woran Sie arbeiten?«

»Sagten Sie nicht gerade, die ersten Sachen seien immer furchtbar?«

»Nicht unbedingt.« Adrian lachte. »Und von Ihnen, Miss Knox, dürfen wir sicher etwas sehr Interessantes und Vorzügliches erwarten.«

Erneut geriet Sibyl in tiefste Verlegenheit und knetete die Hände, doch Miss Grey errettete sie vor jeder weiteren Befragung, indem sie aufstand und verkündete, sie müssten jetzt gehen, Mr. Knox warte bereits auf sie. Bevor Laura vor Empörung über Miss Greys Kommando aufbrausen konnte, platzte Stoker herein und erklärte: »Hier ist jemand, den Sie bestimmt *gerne* empfangen. Miss Todd!«

Die Ankunft des neuen Gastes hielt die Teegesellschaft in Low Rising für einige Minuten beschäftigt. Miss Todd verwickelte Miss Grey in ein Gespräch über Bournemouth und verschiedene Schreibmaschinentypen, während Sibyl, wieder ganz glücklich, Adrian anstrahlte. Nach einem Blick von Miss Grey jedoch erhob sie sich und begann sich zu verabschieden.

»Was meinen Sie, Miss Knox?«, sagte Miss Grey. »Dürfen wir uns erlauben, Mrs. Morland darum zu bitten, Mr. Coates das nächste Mal mitzubringen? Ihr Vater hätte sicher nichts dagegen.«

»Oh, ja«, sagte Sibyl, in ihre gehetzte Art zurückfallend.

»Mr. Coates kommt über das Silvesterwochenende zu mir«, sagte Laura, die gespannt war, wie weit Miss Grey gehen würde. Miss Grey schlug vor, sie beide Silvester zum Dinner nach Low Rising einzuladen. Laura wusste, dass Adrian bei George Knox rasch die Geduld verlor, und antwortete ausweichend, als Adrian dem Plan plötzlich zustimmte. Laura, wie eine Kupplerin, akzeptierte nun ebenfalls, vorbehaltlich Mr. Knox' Einverständnis, und Miss Grey und Sibyl verließen das Haus.

Laura, Miss Todd und Adrian besprachen anschließend geschäftliche Dinge, dann machte sich Adrian auf die Rückfahrt in die Stadt, wobei Tony ihn auf dem Trittbrett bis zum Ende der Einfahrt begleitete.

»Mutter, Mutter!« Mit großen Augen kam Tony eine Minute später in den Salon gestürzt, wo Laura und Miss Todd es sich vor dem Kaminfeuer bequem gemacht hatten. »Adrian, Adrian!«

»Was ist passiert?« Im ersten Moment war Laura ganz elend zumute. »Ein Unfall?«

»Mutter! Wie kommst du nur darauf? Natürlich nicht. Guck mal, Mutter. Gucken Sie mal, Miss Todd.«

Überwältigt vor Freude, präsentierte er ihnen Adrians Weihnachtsgeschenk, eine Pfundnote. Laura schob ihn mit der Empfehlung, es Stoker zu erzählen, aus dem Zimmer und ließ sich erschöpft wieder in ihren Sessel fallen. Nach kurzem friedvollen Schweigen bemerkte Miss Todd: »Das ist also die Frau.«

Laura, die ihre Beleidigungen noch immer nicht verkraftet hatte, erzählte Miss Todd, was an diesem Nachmittag geschehen war und wie sehr Miss Greys Verhalten sie geärgert hatte. Miss Todd hörte ruhig zu.

»Ich bin trotzdem ganz froh. Ich wollte sie mir mal ansehen. Als Sie im Herbst so lange weg waren, habe ich von den Knoxes nicht viel mitbekommen, und Sibyl ist immer nur kurz vorbeigeschneit, wenn ihr Vater und Miss Grey gearbeitet haben und sie sich allein fühlte. Aber jetzt weiß ich mehr über die Frau, Mrs. Morland.«

»Sie kennen sie also.«

»Das nicht. Aber wir Leibeigene« – Miss Todds Ausdruck, um auf ihren Status als Sekretärin einer bekannten Schriftstellerin aufmerksam zu machen – »haben ein feines Gespür füreinander. Miss Grey ist ein komischer Kauz, Mrs. Morland. Nicht unbedingt ein schlechter Mensch, aber neurotisch veranlagt, vielleicht sogar gefährlich. Selbstverständlich ist sie hinter Mr. Knox her. Sie gehört zu denen, die ihre Chefs erfolgreich um den Finger wickeln. Sibyl ist das Problem. Diese Miss Grey ist ganz schön dreist, sich so aufzuspielen und in Sibyls Beisein einfach Leute einzuladen. Die Kleine ist zu unerfahren und zu schüchtern, um für sich selbst einzustehen. Ich frage mich, wo Miss Grey vorher beschäftigt war und wie viel Schaden sie bereits angerichtet hat.«

»Oh je, Anne, das klingt ja düster.«

»Ja, ziemlich düster, aber es könnte schlimmer sein. Gut, dass Sie über die Feiertage hier sind.«

»Was soll ich machen? Ich kann mich schlecht einmischen.«

»Nein, aber Sie sind eine Kontrahentin.«

»Unsinn, Anne.«

»Mag sein, aber was Miss Grey betrifft, habe ich recht. Vertrauen Sie mir, Sekretärinnen durchschauen einander. Fragen Sie Dr. Ford«, sagte sie, als der Arzt ins Zimmer kam, »ob Miss Grey ein komischer Kauz ist oder nicht.«

»Das klingt jedenfalls freundlicher als neurotisch, Anne. Guten Tag, Dr. Ford. Da Miss Grey nicht Ihre Patientin ist, dürfen wir doch über sie klatschen, oder?«

Dr. Ford erwies sich als erfrischend frei von jeglichen Klatschhemmungen und vertrat ebenfalls die Meinung, die neue Sekretärin sei auf jeden Fall neurotisch veranlagt und könnte sich zu einer Plage entwickeln, wenn man sie unbehelligt weitermachen ließe.

»Nichts gegen Knox«, erklärte er. »Wenn er sich in seinem Alter eine Frau nicht vom Leib halten kann, selber schuld. Mir tut es nur um Sibyl leid. Das Mädchen ist jung und leicht einzuschüchtern. Miss Grey versteht es, sie richtig anzupacken, Sibyl hätte ihr auch verfallen können. Aber da das nicht zutrifft, wird sie wahrscheinlich übel schikaniert. Haben Sie schon mal einen von Miss Greys Wutanfällen erlebt?« Nein, noch nicht. »Dann warten Sie ab. Ich kann nur hoffen, dass es in Knox' Anwesenheit geschieht. Das würde Miss Grey endgültig das Maul stopfen. Knox betet seine Tochter nämlich an.«

»Wann haben Sie denn mal so einen Wutanfall von Miss Grey erlebt?«, fragte Miss Todd.

»Berufsgeheimnis.«

»Reden Sie sich nicht damit heraus«, sagte Miss Todd. »Dafür ist die Sache zu ernst. Also, raus mit der Sprache.«

Dr. Ford hatte nur gedrängt werden wollen und fuhr nun mit der Geschichte fort.

»Es war irgendwann im November. Familie Knox hatte eine Einladung zum Dinner auf Castle Rising erhalten, woraufhin Miss Grey offenbar so oft und unüberhörbar von sich als Aschenputtel gesprochen hat, dass es Mr. Knox unangenehm wurde und er beim Gastgeber nachgefragt hat, ob sie auch kommen dürfe. Es passte dem Grafen, wie er mir persönlich versichert hat, überhaupt nicht, denn Lady Stoke war nicht zu Hause, und er wollte nur Vater und Tochter Knox bei sich haben, ein rein freundschaftlicher Besuch. Miss Grey erhielt also ihre Einladung, aber Sibyl bekam an dem Tag die Grippe, und es ging ihr sehr schlecht. Knox sagte schließlich ab, zu Recht, das Kind hatte hohes Fieber. Er wollte es Miss Grey aber nicht persönlich beibringen, diese Aufgabe musste ich übernehmen. Miss Grey ist regelrecht entgleist, und ich kann Ihnen sagen, das war eine interessante Erfahrung. Dann riss sie sich zusammen und sagte, ihre Nerven lägen blank, das käme davon, dass sie Sibyl pflegen müsse. Sie ist eine gute Krankenschwester, das ja. Aber eine Frau, die vor einem Fremden dermaßen die Fassung verlieren kann – mit der stimmt was nicht. Ich würde sie gerne analysieren.«

»Ich hoffe, dass Sibyl nicht allzu sehr leidet«, sagte Laura, der Dr. Fords Indiskretion unangenehm war.

»Keineswegs«, beruhigte er sie. »Miss Grey ist klug. Sie weiß sehr genau, dass Sibyl ihrem Vater alles bedeutet. Es wäre eine andere Sache, wenn er verliebt wäre. Sie würde jeden brüskieren, für den George Knox etwas empfindet, und der sich ihr in den Weg stellt.«

Das Gespräch stimmte die Beteiligten traurig, und ausnahmsweise waren mal alle erleichtert, als Tony hereinkam. Danach spielten sie das Gesellschaftsspiel »Cadavre Exquis«, bei dem von den Mitspielern nacheinander ein Lückentext vervollständigt werden musste. Laura erinnerte Tony an ihre frühere Vereinbarung, keine Schimpfwörter aus der Schule zu benutzen. Als die Ergebnisse vorgetragen wurden, bemühte sich Tony um Haltung, doch sein Mund zuckte, Lachgrübchen zeichneten sich ab, bis er vor Kichern nicht mehr an sich halten konnte.

»Hör dir das an, Mutter«, sagte er und las mit vor Lachen brüchiger Stimme den Zettel vor, der am Ende wieder bei ihm gelandet war, nachdem er die Runde gemacht hatte. »›Der blinzelnde Dr. Ford holte die blonde Stoker am Bahnhof ab. Er sagte zu ihr: Wo ist Tony? Und sie sagte zu ihm: Miss Grey ist eine launische Gans, worauf die Eisenbahn entgleiste und alle Welt sich Frohe Weihnachten wünschte.‹ Sie ist wirklich eine Gans, nicht, Mutter?«

»Als ich den Zettel bekam, habe ich mir schon gedacht, dass das dein Beitrag war. An der Grenze, würde ich sagen.«

»Aber sie ist doch eine, oder, Dr. Ford? Wir haben immer gesagt, dass sie ein launischer Geist ist.«

»Wer hat das gesagt? Du und Stoker?«, fing Laura an, doch dann erhob sich Dr. Ford von seinem Stuhl, und

Laura verlor den roten Faden. Der Arzt nahm Miss Todd an die Hand, und gemeinsam fuhren sie in seinem Zweisitzer davon. Vor ihrer Haustür angekommen, sagte sie: »Kommen Sie doch kurz herein. Ich möchte wissen, wie es Mamma geht. Ich stelle es Ihnen auch nicht in Rechnung. Versprochen.«

Unter dieser Bedingung begleitete Dr. Ford sie in den kleinen Salon und eröffnete ihr dort, Mrs. Todd sei, wie immer, zurechnungsfähig, nur das Herz vielleicht ein wenig schwächer. »Es ist nichts, worüber Sie sich Sorgen machen müssen, aber natürlich kann es jederzeit mit ihr zu Ende gehen – auch wenn es momentan nicht so aussieht; möglich aber auch, dass sie noch Jahre lebt und Sie zugrunde richtet.«

»Sie nehmen kein Blatt vor den Mund, was?«, sagte Miss Todd. »Manchmal könnte ich die arme Alte umbringen, aber weiß Gott, ich möchte sie nicht verlieren, und ich gebe mir große Mühe, anständig zu bleiben. Sie ist alles, was ich habe.«

»Anständig? Das ist charmant untertrieben, Miss Todd. Aber falls sie plötzlich stirbt, dann ist es nicht Ihre Schuld. Das sollten Sie nie vergessen. Sie tun das Menschenmögliche. Alles andere liegt nicht in Ihrer Macht.«

»Ich weiß. Ich weiß. Trotzdem danke für Ihren Zuspruch. Ich fange gleich an zu heulen. Und deswegen: auf Wiedersehen.«

Ehe Dr. Ford ein paar tröstende Worte loswerden konnte, hatte sie ihn höflich, aber bestimmt hinauskomplimentiert und die Haustür hinter sich geschlossen.

Dr. Ford fuhr nach Hause, aß allein zu Abend und stellte

sich Miss Todd vor, die, Stolz und Tapferkeit von ihr abgefallen, einsame Tränen vergoss, bevor sie hinauf zu ihrer Mutter ging. Beinahe wäre er aufgestanden und zu ihr geeilt, doch bei dem Gedanken, dass sie nur wieder wie gepanzert vor ihm stehen würde, überlegte er es sich anders und aß mit unvermindertem Appetit weiter.

5

Ein peinlicher Abend

Auf Samstag, dem Tag des Heiligen Abends, folgte, wie kann es anders sein, Sonntag, der erste Weihnachtstag. Tony erhielt, von Adrians Pfundnote abgesehen, Geldgeschenke im Wert von 35 Schilling und verfolgte das Thema Zugmodelle so unerbittlich, dass Laura ihm während der Mahlzeiten Redeverbot erteilte. Zum Glück traf sich die Jagdmeute zweimal die Woche, was Tonys Aufmerksamkeit von den Modelleisenbahnen ein bisschen ablenkte, dafür hielt er seiner Mutter jetzt erschöpfende und fehlerhafte Vorträge über die Jagd. Beide Vergnügungen vereinigten sich aufs Schönste an dem Tag, als der Fuchs die Gleise unweit des Bahnhofs Stoke Dry überquerte und Tony, der ihm auf der Spur war, das sagenhafte Glück bescherte, dank einiger Abkürzungen genau den Moment zu erwischen, in dem der London Express, der nicht in Stoke Dry hielt, vorbeirauschte, einen Hund auf der Stelle tötete und einen zweiten, der laut aufjaulte, mit gebrochenem Bein kopfüber in die Böschung katapultierte, worauf ein junges Pferd vor Schreck durchging. Tony, der eben noch bittere und höchst unmännliche Tränen über den Kadaver vergossen hatte, fand sich plötzlich im siebten Himmel wieder, als er im Wagen des örtlichen Veterinärs mitfahren und bei der

Behandlung des überlebenden Tiers dabei sein durfte, und er verbrachte in den Tagen danach seine Freizeit hauptsächlich mit Krankenbesuchen.

Stoker überwand in der Geschäftigkeit der Weihnachtszeit, wenn jede zusätzliche Hilfe willkommen war, ihre Animosität gegen die Schwester von Mr. Knox' Annie, und die Küche, ja das ganze Haus erschallte von ihren Rufen und Liedern, so dass Laura alle Schreibversuche aufgab und sich für drei Tage ins Bett verkroch, eingedeckt mit Krimilektüre.

Weihnachten aß Dr. Ford bei den Todds zu Mittag und bot an, den Nachmittag mit der alten Mrs. Todd zu verbringen, so dass sich Louisa für den Rest des Tages frei nehmen und Miss Todd im Pfarrhaus beim Weihnachtsbaumschmücken helfen konnte. Zum Glück war die alte Dame beim Kartenspiel geistig voll zurechnungsfähig, und so verbrachten die beiden ein paar gottlose Stunden mit Double Dummy Bridge. Mrs. Todd war ein ernstzunehmender Gegner, wie Dr. Ford zugeben musste, und er verlor drei ganze Schilling und ein paar Pence. Danach kochte er Tee für sie, und sie legte sich schlafen, bis Miss Todd zurückkam und ihn erlöste.

Wie man in Low Rising die Feiertage verbrachte, war nicht bekannt, doch in der Woche darauf radelte Mr. Knox' Annie zu Stoker, um sie zu bitten, auf die Dienste ihrer Schwester zu verzichten, da sie am Wochenende anderweitig gebraucht würden.

»Samstag isst sie um halb neun zu Abend«, sagte Annie, nachdem sie mit ihrer Schwester und Stoker in der warmen Küche Platz genommen hatte.

»Rotzfrech ist sie«, sagte Stoker. »Warum lassen Sie das zu?«

»Ach, mir macht das nichts aus«, entgegnete Annie munter. »Ich kann jederzeit kündigen.«

»Das würde Mutter dir niemals erlauben, Annie«, übertönte ihre Schwester sie.

»Deine Meinung ist hier nicht gefragt, Flo. Jedenfalls kommst du Sonntag, wenn Mrs. Stoker dich nicht braucht, zu uns.«

Stoker war höchst erfreut, nun einen Spion im feindlichen Lager zu haben, und die Küchenbesatzung ließ sich lang und genüsslich über »Madam« aus, wie Annie Miss Grey nannte, wobei sie deren Akzent nur mäßig imitierte. Annie vertrat die Ansicht, Miss Grey sei verknallt in Mr. Coates, sie habe beim Staubwischen ein Foto von ihm in Madams Schublade entdeckt. Stoker hielt ihr daraufhin vor, Putzen sei weiß Gott keine von Flos Stärken, aber die Schubladen auch innen abzustauben, das ginge denn doch zu weit, Annie solle sie gefälligst nicht auf dumme Gedanken bringen. Diese nahm das persönlich, und der Ton verschärfte sich, bis Annie von den Vorbereitungen für das Silvesterdinner in Low Rising sprach.

»Dinner, wie gesagt, um halb neun, Mrs. Stoker. Ihre Herrin kommt, Dr. Ford und Mr. Coates und unsere Leute, macht zusammen sechs. Truthahn mit allem Drum und Dran, dasselbe wie Weihnachten. Danach soll der Herr des Hauses noch Punsch im Wohnzimmer servieren, und alle trinken ins Neue Jahr hinein.«

Selbst Stoker war vorübergehend überwältigt von dieser Nachricht, und Annie sonnte sich in ihrer Allmacht, bis Flo den Teekannendeckel in ihre Tasse fallen ließ und er zerbrach. Annie und Stoker verbündeten sich daraufhin gegen sie, bezichtigten sie der Gier, weil sie noch Tee haben wollte, der Hochnäsigkeit, weil sie sich, ohne zu fragen, eingegossen hatte, und überhaupt allgemeiner Ungeschicklichkeit und Sittenlosigkeit. Annie bedauerte Stoker, dass sie mit so einer wie Flo in der Küche auskommen müsse, und Stoker bemitleidete Annie wegen der zu erwartenden Scherben beim Abwaschen der Gläser und des Geschirrs bei Familie Knox. Flo, eine begriffsstutzige, näselnde junge Frau, nahm die Sache gutmütig und tat Buße, indem sie zwei leere Flaschen in den Hof trug und dort zerschlug, wozu Stoker sie mit dem Argument angestiftet hatte, ein Unglück käme selten allein, warum es also nicht gleich hinter sich bringen.

So verging die Zeit bis zum Jahresende. Adrian kam zu Besuch, um bis Montag bei Laura zu bleiben. Tony war, nach einem glücklichen Tag in Stoke Dry, früh zu Bett geschickt worden. Er durfte dem Stationsvorsteher auf dem Güterbahnhof und im Signalhäuschen assistieren und während eines Rangiermanövers mit ein paar Waggons sogar im Führerhaus der Lok sitzen.

Laura und Adrian hatten sich umgezogen und tranken noch einen Cocktail, bevor sie sich auf den Weg zur Familie Knox machen wollten, als Laura ihren Verleger plötzlich bat, still zu sein. Sie lief zur Tür, öffnete sie und lauschte angestrengt. Adrian hörte nichts, doch Lauras überempfindliches mütterliches Ohr hatte offenbar ein Geräusch vernommen.

»Tony. Irgendwas stimmt nicht«, keuchte sie und rannte die Treppe hinauf, gefolgt, mäßigeren Schrittes, von Adrian.

Sie hatte recht. Aus Tonys Zimmer kamen gedämpfte, herzzerreißende Schluchzer. Halb krank vor Angst öffnete sie die Tür. Die Leselampe brannte, und Tony, aufrecht im Bett sitzend, in der einen Hand ein Blatt Papier, in der anderen einen Bleistift, weinte hemmungslos.

»Mein Schatz. Was hast du? Was hast du?« Laura fiel hingebungsvoll vor dem Bett auf die Knie.

Tony konnte vor Tränen kaum sprechen, doch schließlich brachte er die Worte hervor: »Ich habe ein Gedicht geschrieben, Mutter. Es ist wunderschön.« Er verbarg sein Gesicht an ihrer Schulter, und nach kurzer Zeit ließ das Schluchzen nach. Laura zog einen Stuhl heran und fragte Tony nach dem Gedicht.

»Es ist ein Gedicht über ein Sumpfhuhn. Wir haben gestern welche geschossen, und darüber habe ich ein Gedicht geschrieben. Es ist wunderschön, Mutter.« Wieder fingen seine Lippen an zu beben.

»Darf ich es lesen, mein Schatz?«

»Ich lese es dir vor, Mutter. Aber es ist schrecklich traurig, und es bringt dich zum Weinen.«

»Das macht nichts, mein Schatz. Ich würde es gerne hören, und Mr. Coates ganz bestimmt auch. Kommen Sie herein, Adrian, und machen Sie die Tür zu.«

Getröstet und nicht unerfreut über das erweiterte Publikum, schniefte Tony einmal laut, rieb sich mit dem Handrücken die Augen und schickte sich an vorzulesen.

»Das Gedicht heißt ›An Marsch und Malve, Tal und Farn‹«, kündigte er an.

»Prima Titel«, sagte Adrian aufmunternd.

»Ein sehr trauriger Titel«, erwiderte Tony vorwurfsvoll.

»Egal, mein Schatz«, sagte Laura. »Lass uns dein Gedicht hören.«

Tony räusperte sich und las.

An Marsch und Malve
Tal und Farn
An Marsch und Malve
Sie gingen hinan.

An Marsch und Malve
Das Moorhuhn
An Marsch und Malve
Es ging hinan.

An Marsch und Malve
Als, ach, dann
Ein Jäger so bleich
Schoss das arme Moorhuhn.

An Marsch und Malve
Das Moorhuhn
An Marsch und Malve
Geht nie mehr hinan.

Müßig zu erwähnen, dass die Augen der Mutter nach der Lesung tränenfeucht waren. »Mein Schatz«, seufzte sie. »Es ist schrecklich traurig.«

»Ich wusste, dass du weinen würdest«, sagte Tony zufrieden. »Ich habe geweint wie noch nie. Ist es nicht wunderschön, Mutter?«

»Laura«, meldete sich Adrian. »Mir hat Tonys Gedicht auch gefallen, besonders die Stelle, wo das Versmaß etwas verrutscht. Dabei ist er ein viel besserer Dichter, als ich je gewesen bin. Und wahrscheinlich veröffentlichen wir es in seinen Gesammelten Werken. Aber ist dir klar, Laura, dass es schon fast halb neun ist? Selbst mit meinem Wagen brauchen wir mindestens zehn Minuten bei dieser Dunkelheit. Außerdem kenne ich den Weg nicht.«

»Ich komme ja schon«, sagte Laura und wischte sich die Augen. »Danke, Tony. Es ist ein trauriges Gedicht. Jetzt schlaf schön. Und bitte, sei nicht traurig, vergiss das Moorhuhn.«

Tony umarmte seine Mutter stürmisch und legte sich wieder hin. Gerade wollten sie und Adrian das Zimmer verlassen, da rief er: »Mutter?«

»Ja?«

»Sibyl hat mir gesagt, ich könnte am Montag wieder auf die Jagd gehen. Das ist doch nett von ihr. Darf ich?«

»Ja, mein Schatz. Gute Nacht!«

Rasch schloss sie die Tür. Auf der Treppe sahen sie sich an und lachten los. Sie lachten so laut und lange, dass Laura beinahe die letzten beiden Stufen heruntergefallen wäre, wenn Adrian sie nicht festgehalten hätte.

»Ich habe eigenartige Kinder«, sagte sie, als sie in Adrians großen Wagen stiegen.

»Tony ist ein feiner Kerl«, sagte Adrian. »Er bewahrt seine Gedichte in einer wasserdichten Kassette auf. Weißt du, dass ich bei Beerdigungen immer an dich denken muss, meine liebe Laura?«

»Wie reizend. Warum?«

»Wenn der Priester bei der Lesung an die Stelle kommt, wo es heißt: ›Preisen will ich die großen Männer‹, denke ich immer, dass deine Version lauten würde: ›Preisen will ich berühmte Kinder‹.«

Laura lachte. Auch Adrian lachte, ein herzliches Lachen. Ihn hatte das Bild von Laura, ihren Gedichte lesenden Sohn umarmend, tief berührt. In der vergangenen Woche hatte sich ein vages Gefühl in ihm geregt, der Wunsch nach Häuslichkeit, und Laura passte perfekt in diese Vorstellung. Laura mit den widerborstigen braunen Haaren, dem fadenscheinigen schwarzen Samt, den sie wie ein königliches Gewand trug, Laura mit dem roten Seidenschal, locker über die Schulter geworfen, Laura, die mit Tränen in den Augen den kleinen Elegiker an ihre Brust drückte.

Lange, noch sehr lange sollten sich Laura und Adrian an diesen Silvesterabend erinnern, denn es war die vielleicht unangenehmste Dinnerparty, die sie je erlebt hatten. Als sie, leicht verspätet, im Haus Knox eintrafen, waren außer dem Gastgeber und seiner Tochter noch Miss Grey und Dr. Ford anwesend. Laura hatte sich im Stillen vorgenommen, so nett wie möglich zu Miss Grey zu sein und Adrian genügend Chancen bei Sibyl einzuräumen. Tonys Beschreibung von Miss Grey erschien ihr äußerst passend. Wie hatte er sich doch gleich ausgedrückt? »Wir haben immer gesagt, dass sie ein launischer Geist ist.« Seltsame Formulierung: »Wir haben immer gesagt.« Mit seinem kindlichen Verstand hatte er sie wahrscheinlich gleich durchschaut und sie für launisch erklärt – ordinäres Kind. Sie schob den Gedanken beiseite, als George Knox sie jetzt zu dem Platz neben sich geleitete. Dr. Ford saß ihr gegenüber, daneben Sibyl, dann Adrian und dann Miss Grey, die somit ebenfalls neben George saß.

»Ich muss schon sagen, George, deine Frauen machen dir heute Abend Ehre«, stellte Laura fest, als alle ihre Plätze eingenommen hatten.

Und so verhielt es sich auch. Lauras vornehme, leicht angeschlagene, konkurrenzlose Schönheit stach hervor. Miss Grey in ihrem lindgrünen Abendkleid sah wie eine Meerjungfrau aus, und ihr geschmeidiges blondes Haar schimmerte im Lampenlicht. Sibyl mit ihren dunklen Haaren und dunklen Augen, ganz in Rot gekleidet, strahlte unbewusst für Adrian. Beide waren äußerst attraktiv.

»Du bist es, die uns Ehre macht«, hielt ihr der Gastgeber entgegen. »Du bist heute Abend eine wahre Göttin, meine liebe Laura. In deinem Schwarz erinnerst du mich an die große Sarah Siddons.«

»Wohl eher an Dickens' Mrs. Crummles, George. Was macht Edward VI?«

»Ach, meine liebe Laura, du berührst einen wunden Punkt. Er steckt fest. Die freundliche Miss Grey und ich haben heute vergeblich gerungen. Der arme Junge siecht vor sich hin, während ganz England den Atem anhält. Ich bin erleichtert, wenn ich ihn endlich erledigt habe«, sagte er, plötzlich aufbrausend.

»Nimm dir doch mal vier Wochen Urlaub von ihm, und fahr ins Ausland!«

»Das tue ich auch, Laura. Ich wusste, du wirst mir beistehen. Du bist mein Schutz und Schirm. Edwards Trauerfeier wird verschoben. Sibyl«, rief er quer über den Tisch seiner Tochter zu, »Laura hat recht. Laura hat immer recht. Wir fahren ins Ausland. Ich bin ausgelaugt, mein Kopf ist leer und wirft nichts mehr ab.«

»Wie schön, Dadddy!«

Miss Grey hatte sich bis jetzt angeregt mit Adrian unterhalten, horchte bei George Knox' Ausbruch jedoch auf.

»Oh, Mr. Knox, das dürfen Sie nicht. Eine Reise in den sonnigen Süden täte Ihnen und Miss Knox sicher sehr gut, und es würde mir auch nicht das Geringste ausmachen, zu Hause zu bleiben, in der Kälte, aber Sie wissen doch, dass Ihr Verleger das Manuskript Ende Februar haben will. Ich wünschte, ich könnte es für Sie zu Ende schreiben.«

»Dann tun Sie es doch«, sagte Dr. Ford. »Es wäre für Knox und Sibyl nur von Vorteil, mal von hier wegzukommen.«

Miss Grey schien einen Hintergedanken in Dr. Fords Worten zu wittern, denn die finstere Miene, die Laura bereits bei ihrem ersten Aufeinandertreffen aufgefallen war, huschte wieder über ihr Gesicht.

George Knox reagierte gereizt auf diese Unterbrechung. Laura und Dr. Ford, vertieft in den neusten Dorfklatsch, waren sich bewusst, dass sie beide insgeheim Miss Grey genau beobachteten, während diese ihren Arbeitgeber beschwichtigte und dabei von ihren schönen großen Augen allen Gebrauch machte.

»Worin besteht Ihre Aufgabe heute Abend, Mrs. Morland?«, fragte Dr. Ford, der sah, dass die anderen Paare beschäftigt waren.

»Auf Sibyl und Adrian aufzupassen«, sagte Laura leise. »Und Ihre?«

»Für Miss Todd die Augen aufzuhalten. Der Typ Frau, der krank wird vor Eifersucht.«

»Wer? Anne?«, fragte Laura aufgeschreckt.

»Nein. Jemand anders. Der Typ Mensch ist fähig, andere zu vergiften oder den eigenen Kopf in den Gasherd zu stecken. Beides unappetitliche Dinge.«

»Aber warum sollte sie das tun?«

»Sie, Verehrte, sind ein Grund. Sibyl der andere. Sie sitzt zwischen Baum und Borke.« Dr. Ford, der sonst selten eine Miene verzog, gestattete sich ein knappes bellendes Lachen.

Adrian und Sibyl lieferten sich einen Schlagabtausch, bei dem sie sich anscheinend glänzend amüsierten, doch nachdem Miss Grey George Knox endlich beruhigt hatte, wandte sie sich rasch Adrian zu und fiel ihm ins Wort.

»Ich muss Ihnen unbedingt sagen, Mr. Coates, wie sehr ich diese wundervollen Gedichte bewundere.«

»Was für Gedichte, Miss Grey? Verzeihen Sie, aber ich verstehe nicht recht.«

»Oh doch, Sie verstehen sehr wohl. Das Büchlein mit dem Titel *Der goldene Mülleimer*.«

Adrian sah beschwörend zu Laura, die jedoch wie gebannt George Knox' Ausführungen seiner Theorie lauschte, nach der die Reformation ein Rückschlag für die häusliche Hygiene bedeutete. Adrian war wütend über diese rüde Gesprächsunterbrechung, aber noch wütender über die Erwähnung seiner Jugendsünde.

»Ach so, *Den Goldenen Mülleimer*!«

»Ja. Von A. C. Der Verfasser ist uns natürlich bekannt. Es sind herrliche Gedichte.«

»Wir sprechen zu Hause nicht mehr darüber«, sagte Adrian und blickte zerknirscht drein.

»Warum denn nicht?«

»Mein armer Bruder, das ist ein schmerzliches Thema, Miss Grey.«

»Ihr Bruder?«

»Ja. Ich dachte, sein tragisches Ende sei Ihnen bekannt.«

»Keineswegs. Aber was hat das mit den Gedichten zu tun?«

»Sehr viel«, sagte Adrian, der sich nun schon so weit vorgewagt hatte, dass er seinen Spaß an dieser Geschichte bis zur Neige auszukosten gedachte. »Er war mein Zwillingsbruder. Alfred. Das ganze Gegenteil von mir«, sagte Adrian bescheiden. »Er sah aus wie ein junger Gott. Aber er trug den Samen einer Geisteskrankheit in sich und war nicht empfänglich für Bildung. Diese Gedichtchen, Miss Grey, sind allein von der Natur inspiriert. Durch die Strapaze erschöpft, vermochte der gebrechliche Körper dem brennenden Geist nicht standzuhalten. Er ist gestorben. Besser so. Bitte, verzeihen Sie, aber ich möchte dieses schmerzliche Thema nicht weiter erörtern.«

Miss Greys große Augen wurden noch größer. »Ach Gott, der arme Kerl«, rief sie. »Dann sind Sie also gar kein Dichter?«

»Kein bisschen«, erwiderte Adrian munter, der endlich wieder festen Boden unter den Füßen hatte.

In diesem Moment meinte George Knox, dem eine einzelne Person zum Publikum nicht mehr genügte, den ganzen Tisch mit einbeziehen zu müssen.

»Die Reformation, meine liebe Laura«, erstickte er mit

seiner dröhnenden Stimme alle anderen Gespräche, »bedeutete für England eine der schlimmsten Katastrophen überhaupt. Nicht von einem religiösen Standpunkt aus betrachtet – darüber möchte ich, Katholik durch Geburt, Presbyterianer durch Verehelichung und nach meiner Überzeugung weder das eine noch das andere, nicht urteilen – sondern rein gesellschaftlich.«

Widerspruch heischend blickte er in die Runde. Aus Miss Greys Mund kamen die Worte, Gott sei Dank sei sie Protestantin. Adrian quittierte diese irrelevante Bemerkung mit einem Augenaufschlag. Laura und Dr. Ford, mit George Knox' altem Steckenpferd bereits ausreichend vertraut, wechselten amüsierte, wenngleich besorgte Blicke. Und Sibyl hatte ganz offensichtlich nur Adrian im Kopf.

»Nein, nein«, fuhr George grimmig fort, »es geht nicht um Religion, es geht um die Kanalisation, meine liebe Laura. Wenn es etwas auf der Welt gibt, wovon die Menschen vor der Reformation wirklich etwas verstanden, dann war es die Kanalisation. Sieh dir nur die normannischen Burgen an. Nenn mir eine, bei der man nicht alle naselang in einen zehn Meter tiefen Schacht fällt.«

Das Publikum, fasziniert, aber nervös, wartete beklommen auf seine weiteren Ausführungen. Heftig auf den Tisch klopfend, fuhr er fort: »Sieh dir Tintern an«, als hätte eine Person dieses Namens soeben den Raum betreten. »Sieh dir Tintern an. Ein perfektes Beispiel für Kanalisation, von der Küche bis zum Fluss. Liegt heute alles offen. Und dann sieh dir das elisabethanische Manor House an, oder Hampton Court. Wo, frage ich dich, ist da die Kanalisation? Stattdessen haben sie ...«

An dieser Stelle jedoch hatten sich seine Zuhörer wieder gefangen und warfen sich in die Bresche. Laura gab Dr. Ford lauthals einiges Insiderwissen über den Seidenhandel in Frankreich preis, während Adrian seinen Zusammenstoß mit Miss Grey von eben vergaß und ihr lebhaft von seiner letzten Reise nach Amerika berichtete und ihre Bemerkungen gleichmütig hinnahm. George Knox beruhigte sich allmählich und war bald auch wieder fähig, sich an der allgemeinen Unterhaltung zu beteiligen. Erst als das Dinner schon fast vorbei war, begriff Laura, was Dr. Ford mit »Baum und Borke« gemeint hatte. Miss Grey verlor sich zwischen George Knox und Adrian. Sie wünschte sich Aufmerksamkeit von beiden, doch wenn sie sich dem einem zuwandte, entglitt ihr der andere. Wenn sie Adrians Gespräch mit Sibyl unterbrach, vereinnahmte George seine beste Freundin Laura, und wenn sie sich in die Unterhaltung von Knox und Laura einmischte, wandte sich Adrian bereitwillig wieder Sibyls dunklen Augen zu. Halb erheiterte die junge Frau Laura, halb tat sie ihr leid.

Das Essen dauerte lange und war exzellent. Als Sibyl, von Miss Grey dazu aufgefordert, die Tafel für die Damen aufhob, zeigte die Uhr bereits nach zehn. Beim Stühlerücken raunte Laura Dr. Ford zu: »Sie führt sich wirklich unmöglich auf. Wenn ich George nach dem Essen mal zu fassen kriege, würden Sie sich dann bitte den Drachen vorknöpfen?«

»Das würde mir nur selten Vergnügen bereiten, aber diesmal schon«, sagte der Arzt, der sich vor allem freute, Sibyl so glücklich zu sehen.

Nachdem sich die Damen ins Wohnzimmer zurückgezogen hatten, versuchte Laura, die Konversation möglichst allgemein zu halten, doch Miss Grey war mit den Gedanken offensichtlich woanders. Sie war nicht unhöflich, wie am ersten Abend, wirkte jedoch geistesabwesend, so dass Laura und Sibyl es rasch aufgaben, ihr Interesse zu wecken. Jetzt aber rief sie sich zur Ordnung und sagte: »So ein schreckliches Unglück, Mrs. Morland, das dem armen Bruder von Mr. Coates zugestoßen ist.«

»Wie meinen? Mr. Coates hat keinen Bruder.«

»Ich meine den Verstorbenen, den Bruder, der *Den Goldenen Mülleimer* geschrieben hat. Der arme Kerl.«

»*Der Goldene Mülleimer* ist von Adrian. Er schämt sich nur dafür, weil die Gedichte so schlecht sind«, sagte Laura, die schon vergessen hatte, wie begeistert Miss Grey über sie gesprochen hatte.

»Er sagte, sie stammten von seinem Zwillingsbruder Alfred, der sehr klug gewesen sei, aber ein bisschen sonderbar und jung gestorben. Sie müssen sich irren, Mrs. Morland.«

»Keineswegs. Er ist, was aus des Vaters Haus von Töchtern und auch von Brüdern blieb«, zitierte Laura zu Miss Greys großer Verwunderung.

»Das verstehe ich nicht. Hat Mr. Coates die Gedichte denn nicht geschrieben?«

»Doch, das schon. Ich fürchte nur, Miss Grey, dass er Sie ein bisschen auf den Arm genommen hat. Nicht sehr galant von ihm«, sagte die liebenswürdige Laura, die auch einen Drachen nicht erzürnen wollte. »Aber er ist sehr schüchtern, und das ist seine Art von Humor.«

»Er hat sich also über mich lustig gemacht!«, heulte sie los, und ihr Gesicht nahm wieder seinen hässlichen Ausdruck an.

»Nicht doch, Miss Grey«, warf Sibyl ein, »er hat nur einen Scherz gemacht. Sie dürfen ihn nicht so ernst nehmen.«

Miss Grey errötete. »Glaube…«, setzte sie an, riss sich dann aber zusammen, funkelte sie beide unheilvoll an und rauschte aus dem Zimmer, die Tür hinter sich zuknallend. Die arme Sibyl erschrak, sie war den Tränen nahe. »Ich sehe besser mal nach, ob Miss Grey etwas fehlt«, sagte sie, was Laura ihr jedoch ausredete, jede weitere Szene dieser Art könne zu einem hysterischen Anfall führen.

»Wie gerne würde ich jetzt nach Hause fahren«, sagte Laura. »Ich will nicht undankbar erscheinen, Sibyl, und es war ein schöner Abend, nur Miss Grey hat nicht viel dazu beigetragen. Und die Herren der Schöpfung sollten wohl auch besser nicht mehr allzu lange im Esszimmer bleiben. Adrian muss mich noch nach Hause bringen, und wenn Ihr Vater erst mal in Fahrt kommt, sitzen die beiden noch um Mitternacht hier. Ihr guter Wein ist viel zu schade für einen Autofahrer.«

»Das habe ich schon bedacht«, sagte Sibyl auf ihre praktische Art. »Ich habe Dr. Ford gebeten, die beiden hierher zu lotsen. Wenn ihm der Portwein zu Kopfe steigt, vergisst Daddy die Zeit. Aber bitte, Mrs. Morland, Sie müssen bis Mitternacht bleiben, sonst ist es kein richtiges Silvester.« Laura versprach es ihr.

Dr. Ford hielt sein Wort, und kurz darauf erschienen die Herren. George Knox fragte, wo Miss Grey abgeblieben sei, doch Lauras Erklärung, sie sei nur eben hinausgegangen, um etwas nachzusehen, reichte ihm als Antwort. Adrian schnappte sich umgehend Sibyl, und Dr. Ford schloss sich

Laura an, um gemeinsam mit ihr George Knox ein bisschen zu hänseln.

»Jetzt, wo die Dienerschaft nicht da ist«, sagte Dr. Ford, »sollten Sie Ihre Hemmungen bezüglich der Kanalisation ablegen. Weg damit, Knox.«

George Knox brauchte keine Aufforderung, um dieses hinreißende Thema zu vertiefen, und Laura lachte so hemmungslos, dass sich, wie üblich, ihre Frisur löste.

»Ich lege dir mein Lebenswerk zu Füßen«, sagte George, »und ernte Spott und Hohn. Doch lohnt es sich schon, wenn nur deine Hexenlocken dafür so wunderschön daniederfallen. Lass mich einen Kranz aus deinen Haaren binden und mich heute Abend damit krönen und Punsch trinken in deiner himmlischen Gesellschaft.«

Leider wählte Miss Grey ausgerechnet diesen Moment für ihren zweiten Auftritt und musste sich Georges kleine Rede anhören. Sie warf Laura einen wütenden Blick zu und ließ sich weit entfernt von beiden Gruppen auf einem Stuhl nieder. Sie war blass, hatte ihre Gefühle aber wieder einigermaßen unter Kontrolle und ließ keine Anzeichen erkennen, entweder Adrian oder George Knox in Beschlag nehmen zu wollen. Ja, als Dr. Ford aufstand und sich zu ihr gesellte, schien sie sich mit seiner Gesellschaft abzufinden.

Kurz vor zwölf trug Annie mit Hilfe der kichernden Flo eine ganze Batterie von Flaschen ins Zimmer und stellte sie auf den Tisch. George Knox bereitete daraus einen gehaltvollen Punsch, angeblich nach einem alten überlieferten Familienrezept, obwohl es sich in Wahrheit um eine rein zufällige Mixtur handelte, je nachdem, wie gut der Weinkeller gefüllt war. In diesem Jahr waren die Zutaten reichlich und besonders mannigfaltig, und Laura, die beobachten konnte, was alles hinzugetan wurde, fragte sich schon, ob sie Adrian vorwarnen solle, natürlich möglichst ohne Georges zu kränken. Ehe sie dazu kam, schlug die Uhr zwölf, und das neue Jahr hatte begonnen. George Knox füllte eifrig Gläser mit dem Gebräu aus seinem Hexenkessel und teilte es an seine Gäste aus.

»Allen ein frohes neues Jahr«, sagte Laura. »Dir und Sybil, George, und Ihnen, Miss Grey, und Dr. Ford und Ihnen, Adrian, verbunden mit dem Namen Anne Todd.«

Man stieß frohgemut an.

»Jetzt möchte ich einen Toast ausbringen«, sagte Miss Grey. »Auf Mr. Knox' nächstes Buch, auf dass es der größte Erfolg von allen wird, außer dem nachfolgenden – womit wir gerade erst angefangen haben.«

Wenn Wünsche töten könnten, wären vier Menschen im Raum auf der Stelle zu Mördern geworden.

»Ich stoße auf Miss Grey an«, sagte George Knox. »Möge sie mir noch lange erhalten bleiben.«

Laura, Dr. Ford und Sibyl fügten sich und stießen an.

»Ich möchte auch noch einen ausbringen«, sagte Adrian. »Auf Ihre Jungen, Laura, meine Liebe.«

Nach all den Gefühlswallungen und dem Punsch hätte Laura beinahe angefangen zu weinen, konnte sich aber eben noch zusammenreißen und ein: »Danke schön« hervorbringen. Außerdem machte ihr Adrian ein wenig Sorgen. Während sie selbst, Miss Grey und Sibyl freiwillig und Dr. Ford aus Prinzip nur einen kleinen Schluck getrunken hatten, hatte Adrian tiefer ins Glas geschaut und George ihm mehrmals nachgeschenkt. Adrian sah extrem attraktiv aus und ein bisschen zerzaust. Laura wollte diesen albtraumhaften Abend so schnell wie möglich beenden und hoffte, die kühle Nachtluft würde ihren Kavalier ausnüchtern. Ein allgemeines Verabschieden setzte ein, und man wünschte sich Gute Nacht. Als Dr. Ford sich in seinen Zweisitzer setzte, drückte er Lauras Hand, sagte: »Danke, dass Sie Anne Todd nicht vergessen haben«, und fuhr davon.

Adrian legte Laura eine warme Pelzdecke um und ließ den Motor an. Er fuhr keineswegs so ruhig und sicher, wie sie es sich gewünscht hätte. Zum Glück war die Straße nicht vereist, sonst wären sie mit einem Rutsch im Bach gelandet, höchst unangenehm, wenn nicht rundheraus gefährlich.

»Bitte rasen Sie nicht so, Adrian«, sagte Laura, als sie in die High Road bogen. »Die Straße nach High Rising verengt sich an dieser Stelle, und es könnten noch vereinzelte Nachtschwärmer unterwegs sein.«

Gehorsam drosselte Adrian die Geschwindigkeit, doch das Lenkrad vibrierte bedenklich. An der schmalsten Stelle der Straße tauchte plötzlich ein Wagen vor ihnen auf. Teufel Alkohol witterte seine Chance und trieb Adrian dazu an, wie wild zu beschleunigen, ohne zu hupen. Das Automobil vor ihnen wich nicht aus, Adrian versuchte trotzdem zu überholen. Laura schien ein Zusammenstoß unvermeidlich, sie zog sich die Decke über den Kopf und dachte mit Schmerzen an Tony. Der Wagen streifte die grasbewachsene Bankette, was das Tempo leicht verringerte, doch vergebens. Adrian besann sich zu spät. Er trat scharf auf die Bremse, der Wagen rutschte in die niedrige Böschung und kippte auf die Seite. Laura, noch immer in die Decke gehüllt, wurde mit Wucht gegen Adrian geschleudert und wartete auf den Tod, doch der war anderweitig beschäftigt. »Verdammt!«, sagte Adrian laut und deutlich und schaltete den Motor aus. Es herrschte vollkommene Stille und Dunkelheit, denn die Scheinwerfer waren zerbrochen, und die beiden Insassen lagen, wie ein Häufchen Elend, über das Lenkrad gebeugt.

»Laura?« Adrians Stimme bebte. »Sind Sie verletzt?«

Laura konnte sich nur mit großer Anstrengung aus ihrer Lage befreien und antwortete verärgert, nein. Und was, fuhr sie schroff fort, sollten sie seiner Meinung jetzt tun. Adrian, eingezwängt unter dem Lenkrad, über ihm die Pelzdecke, konnte schlechterdings gar nichts tun. Mühevoll kroch Laura unter der Decke hervor und versuchte, auf Adrians Rumpf kniend, die Tür aufzustoßen.

»Sie klemmt fest«, sagte sie kühl. »Sollen wir hier vielleicht die Nacht verbringen? Scheint angebracht, angesichts der begrenzten Möglichkeiten, aber entspricht nicht gerade meiner Vorstellung von Bequemlichkeit.«

Mit einigen Püffen und Kniffen gelang es Adrian, unter dem Lenkrad hervorzukommen und sich auf den Rücksitz zu wälzen. Die andere Tür klemmte ebenfalls, auch das Fenster.

»Lässt sich Ihr Fenster herunterkurbeln, Laura?«, fragte er. Zum Glück funktionierte es. Adrian stieg zurück auf den Vordersitz und kletterte, ohne allzu sehr auf Laura herumzutrampeln, mit letzter Anstrengung aus dem Fenster nach draußen.

»Kommen Sie, Laura«, sagte er. »Ich helfe Ihnen.«

»Wie soll ich aus diesem winzigen Fenster über mir steigen, Sie Schlaumeier«, entgegnete Laura wütend. »Ich fahre nie wieder mit Ihnen zu einer Dinnerparty.«

Doch eine Nacht allein in einem umgekippten, ungeheizten Wagen wäre reichlich unbequem gewesen, und so willigte sie ein, es wenigstens zu versuchen. Zunächst stopfte sie die Decke durchs Fenster und instruierte Adrian, sie auf den Boden auszubreiten, damit sie möglichst weich fiel.

»Am besten kopfüber« riet ihr Adrian. »Schlingen Sie Ihre Arme um meinen Hals, und ich ziehe Sie heraus.« Es war leichter gesagt als getan, eine stattliche Frau aus einem Autofenster zu bugsieren, doch Adrian, obwohl ihm schmerzlich bewusst war, dass er den Lack seines schönen Wagens dabei zerkratzte, zog und zerrte, bis Laura endlich geborgen war.

»Gut, dass Sie die Decke auf den Boden gelegt haben«, sagte Laura, stand auf und band ihr Haar zu einem Knoten. »Ihr Auto wird schon niemand stehlen. Kommen Sie. Zu Hause werde ich Ihnen die Leviten lesen.« Sie raffte die Röcke und nahm Adrians angebotenen Arm an. Schweigend gingen sie den restlichen Weg zu Fuß, und schweigend schloss Laura die Haustür auf. Sie begaben sich in den Salon, wo noch immer das Kaminfeuer loderte und die aufmerksame Stoker ihnen ein Tablett mit Getränken, zwei Thermosflaschen und Sandwichs hingestellt hatte.

»Ich kann Ihnen gar nicht sagen, wie leid es mir tut. So eine Dummheit ist mir noch nie passiert. Sind Sie auch ganz bestimmt nicht verletzt? Am besten, Sie trinken einen steifen Grog und verziehen sich gleich ins Bett«, sagte Adrian demütig und in der Hoffnung, Lauras Strafpredigt zu entkommen.

»Ziehen Sie Ihren Mantel aus, und setzen Sie sich, Adrian. Ich rate Ihnen, schließen Sie sich für ein Jahr den Abstinenzlern der Blue Ribbon Army an. Noch nie in meinem Leben habe ich mich so für Sie geschämt. Ich habe nichts dagegen, wenn man sich zum Dinner bei George Knox an seinen exzellenten Weinen reichlich bedient, aber dass Sie es dann beim Punsch so maßlos übertrieben haben, obwohl Sie später noch eine Dame nach Hause bringen sollten – also, da fehlen mir die Worte. Das heißt, zum Glück nur beinahe. Ich hätte gedacht, dass ein Mann Ihres Alters, der an Abschlussfeiern in Oxford, an Dinnerpartys des Schriftsteller-Wohltätigkeitsvereins und an was weiß ich noch für Trinkgelagen teilgenommen hat« – ungerechterweise verwechselte sie zwei völlig unterschiedliche Festivitäten miteinander –, »doch merken müsste, wie stark Georges Gebräu ist. George ist ein dummer Junge, aber deswegen müssen Sie ja nicht auch einer sein. Ich reiße mir ein Bein aus, damit Sie ein schönes Silvester bei uns erleben, und was ist der Dank? Sie fahren ein Auto in den Graben – Gott sei Dank Ihr eigenes, und ich hoffe, dass es nicht versichert ist –, Sie erschrecken mich zu Tode, Sie zerren mich wie ein totes Schaf aus dem Fenster, und alles nur, weil Sie und George Knox zwei Idioten sind. Ich hasse Sie alle beide.«

Worauf Lauras Frisur sich erneut löste, ihre überspannten Nerven nachgaben und sie bitterlich zu weinen anfing.

Adrian stand auf, fassungslos. Laura hatte vollkommen recht. In seinem Rausch hatte er nicht gemerkt, welche Getränke im Laufe des Abends durch seine Kehle rannen. Der Punsch war wohl sehr stark gewesen, und selbstverständlich hätte ihm das auffallen müssen. Noch nie hatte er sich betrunken ans Steuer gesetzt. Unverzeihlich, was er Laura zugemutet hatte. Jetzt war sie in Tränen aufgelöst, und alles seine Schuld. Wie konnte man das neue Jahr nur so beginnen. Er hatte sich so auf dieses Wochenende gefreut, auf die Gespräche mit Laura und auf ein Wiedersehen mit dieser appetitlichen Sibyl Knox. Nun würde sie von Laura erfahren, dass er ein unverbesserlicher Trinker war. Oder? Nein. Laura würde nicht petzen, dazu war sie viel zu diskret. Die gute Laura. Ein Grobian – sagte er sich zum zweiten oder dritten Mal, noch immer leicht verwirrt –, was war er für ein Grobian! Laura war alleinstehend, hatte vier Kinder zu ernähren, und er brachte diese Frau zum Weinen! Wie ließ sich das wiedergutmachen? Wie ließ sich in aller Demut dieser schreckliche Fehltritt auswetzen?

Laura genoss ihren ungehemmten Tränenfluss geradezu, nur vermochte ihr Taschentuch ihn nicht aufzunehmen.

»Bitte, ein Taschentuch, Adrian«, sagte sie schniefend und streckte eine Hand nach hinten aus. Ein Taschentuch wurde hineingedrückt, gleichzeitig schob sich zu ihrer großen Überraschung ein starker Arm um ihre Taille, und ein Kuss gebührender Ergebenheit wurde auf ihr Haupt platziert.

»Laura, meine Liebe«, sagte ihr Verleger mit bewegter, punschgetränkter Stimme, »werden Sie mir jemals verzeihen? Wenn ich daran denke, wie tapfer Sie sind, so ganz allein, und wie ich mich aufgeführt habe – ich könnte mich umbringen. Laura, wollen Sie meine Frau werden? Lassen Sie mich Ihre Last tragen und Ihren Jungen ein Vater sein.«

Laura, Apologetin von Dickens' Miss Skiffins, entwand

sich Adrians Umarmung und putzte sich geräuschvoll die Nase. Dann öffnete sie wortlos eine der Thermosflaschen, schenkte Kaffee in eine große Tasse und reichte sie Adrian.

»Setzen Sie sich hin, und trinken Sie das«, sagte sie, nicht unfreundlich. »Ich werde Sie mal aufklären.«

Adrian, beinahe entsetzt über seine Eilfertigkeit, nahm gehorsam Platz.

»Sie mögen ein guter Verleger sein«, fing Laura an und nutzte den Vorteil, den ihr die stehende Position verschaffte, »aber Sie sind der erbärmlichste Schwätzer, den die Welt je gesehen hat, Adrian Coates. Zur Strafe müsste ich Ihren Antrag auf der Stelle annehmen. Glauben Sie wirklich, ich will einen Mann? Und wenn ja, dann ausgerechnet Sie? Ich könnte Ihre Mutter sein, jedenfalls in Indien. Sie wollen meinen Kindern ein Vater sein. Glauben Sie wirklich, dass drei junge Männer, die auf eigenen Füßen stehen, einen Vater benötigen? Bah! Und was Tony betrifft – er braucht keinen. Wir kommen auch so gut zurecht, vielen Dank. Meine Lasten tragen – dass ich nicht lache. Sie sind ein inkompetenter und eingebildeter Affe, ich finde Sie abstoßend. Wirklich. Hier, trinken Sie Ihren Kaffee aus.«

Adrian trank seinen Kaffee aus und schämte sich in Grund und Boden.

»Ich kann nur sagen, dass mich der Unfall ein bisschen aus der Bahn geworfen hat. Ich weiß, es war meine Schuld, aber Sie waren so beherzt, und ich bewundere Sie maßlos, und glauben Sie mir, ich will Ihnen wirklich helfen.«

»Hören Sie zu, Adrian. Ich kannte mal einen jungen Mann. Das heißt, ganz so jung war er nun auch wieder nicht, aber er hielt sich für jung. Er besuchte mit seinem

Mädchen irgendein Rennen, und auf der nächtlichen Rückfahrt hatte er einen Motorschaden. Aus lauter Übermut hat er ihr einen Antrag gemacht, und sie hat ihn angenommen. Und dann wurde er in der *Times* wieder annulliert. In der *Times*! Wollen Sie das? Ich sage Ihnen noch etwas. Sie sind verliebt in Sibyl Knox.«

»Sie haben schon wieder recht«, sagte Adrian, verbarg das Gesicht in den Händen und seufzte.

»Stöhnen Sie nicht rum«, schimpfte Laura. »Sie sollten mir dankbar sein. Sibyl ist ein braves Mädchen. Ich habe alles getan, um Ihnen zu helfen. Und was habe ich davon? Sie führen sich auf wie der letzte Trottel.«

»Ich entschuldige mich, Laura. Ich entschuldige mich tausendmal«, sagte Adrian, auf einmal völlig nüchtern. »Darf ich Sie um Verzeihung bitten?«

Laura fing an zu lachen. »Ja, mein armer dummer Junge, Sie dürfen. Und sie sei Ihnen gewährt. Versprechen Sie mir nur eins: Verloben Sie sich mit Sibyl. Sobald sie einwilligt. Hand drauf. Und jetzt«, fuhr sie fort, »essen Sie die Sandwichs, und gießen uns beiden Kaffee ein, mit Milch diesmal. Unterhalten wir uns über Sibyl. Das wird keine leichte Aufgabe mit ihr, Adrian. Der Drachen stellt sich uns in den Weg. Aber ich stehe Ihnen natürlich tatkräftig zur Seite, wenn ich hier in High Rising bin. Zum einen haben Sie Miss Grey durch Ihre ganz und gar unnötige Lüge über Ihren Bruder Alfred so sehr verletzt« – Adrian blickte beschämt drein –, »dass ihre jungmädchenhafte Schwärmerei für Sie zutiefst erschüttert ist. Aber sie ist nicht nur ein Drachen, sondern auch eine eifersüchtige Katze, und wenn sie denkt, Sibyl könnte sich Hoffnungen auf Sie machen, wird sie uns wahrscheinlich schon aus Prinzip das Leben schwer machen. Wer weiß, vielleicht übertreibe ich. Denn in Wahrheit ist sie wohl hinter dem armen George Knox her, und ihn gilt es zu retten.«

»Wenn einer ihn retten kann, dann Sie. Ach, Laura, glauben Sie, dass ich überhaupt Chancen bei Sibyl habe?«

»Natürlich. Sie bekommt sonst das ganze Jahr über keine Männer zu Gesicht, außer den einheimischen«, sagte Laura herzlos. »Oh, noch etwas, Adrian: Sie schreibt, wie Sie wissen. Also tun Sie etwas für sie.«

»Natürlich. Ich bin sicher, dass sie vorzüglich schreibt. Wenn sie nur keine Literaturgönnerin werden will. Von denen haben wir nämlich schon genug in der Branche.«

»Keine Sorge. Mit George Knox unter einem Dach zu leben verleidet einem die Literatur. Soweit ich sie kenne, kann ich mir viel eher vorstellen, dass sie Hunde züchten und eine große Familie haben will.«

»Ein bisschen verfrüht, Laura. Aber klar, eine Familie wäre wünschenswert. Als ich Sie heute Abend mit Tony zusammen gesehen habe, überkam mich etwas – ich habe es noch nie zuvor verspürt …«

»Rührseligkeit«, urteilte Laura wie ein Scharfrichter. »Es gibt solche Anfälle. Sie werden ja schon beim Anblick von zwei kleinen Kindern in einem Zwillingskinderwagen rührselig wie ein Verliebter. Sie wollen eine eigene Familie. Das wird Sie vor jeder Scheinheiligkeit bewahren. Und jetzt, ab ins Bett. Stoker wird Ihnen Frühstück aufs Zimmer bringen, und vor morgen Mittag möchte ich Sie weder sehen noch hören. Um das Auto kümmere ich mich. Ich kenne jemanden mit einer Werkstatt, und falls die geschlossen hat, weil es Sonntag ist, bitte ich den Bauern. Ein Bekannter von mir, der hilft mit seinen Pferden aus. Und jetzt ab ins Bett.«

Sie scheuchte Adrian nach oben, setzte sich an den Schreibtisch und entwarf rasch eine Geschichte, die auf den Geschehnissen des Tages beruhte. Sie selbst übernahm darin die Rolle einer reichen Gräfin, Adrian die eines talentierten Schneiders, während Sibyl von einem Mannequin niedrigen Standes, aber edler Geburt dargestellt wurde, so wie es ihre Leser schätzten. Was Miss Grey betraf, konnte sie sich nicht zwischen russischer Anarchistin oder Mädchenhändler, spezialisiert auf arme, aber gut vernetzte Mannequins, entscheiden. Sie ließ es offen, ging zu Bett und las noch ein paar Seiten in einem hinreißenden Buch, *Tod im Gartenschuppen*, bis ihr die Augen zufielen. Friede und Dunkelheit umfingen sie.

6

Neujahr

»Frohes neues Jahr, mein Schatz«, weckte Laura ihren Jüngsten am nächsten Morgen. »Du gehst heute in die Kirche. Also wasch dich gründlich.«

»Muss das sein, Mutter? Ich wollte heute eigentlich was ganz Wichtiges an meiner Eisenbahn machen.«

»Ja, es muss sein. Tut mir leid um die Eisenbahn, aber während der Feiertage sollten wir wenigstens einmal in die Kirche gehen, sonst ist der Pfarrer enttäuscht.« Ein Kirchenbesuch aus konventionellen Gründen war immer noch besser als gar nicht hinzugehen. Außerdem gehört der Gottesdienst zum persönlichen Bildungshintergrund, dachte Laura, schon wegen der schönen Sprache. »Willst du mir kein frohes neues Jahr wünschen?«

»Frohes neues Jahr«, sagte Tony mürrisch. »Hoffentlich singen sie wenigstens ein paar ordentliche Lieder.« Beim Frühstück meldete sich seine gute Laune jedoch zurück. Laura erzählte von dem nächtlichen Unfall, doch noch ehe sie ins Detail gehen konnte, hatte Tony schon zu einem umständlichen, langweiligen Bericht über einen Unfall aus dem Jahr 1907 mit einem schottischen Expresszug angesetzt. Das Thema Eisenbahn war allerdings vorübergehend vergessen, als er erfuhr, dass Mr. Brown von der

Autowerkstatt noch am selben Nachmittag Adrians umgekippten Wagen aufrichten würde. Er stürmte zum Tierarzt, um sich für später mit ihm zu verabreden, weil er sich das vergnügliche Schauspiel gemeinsam mit dem Foxhound, dessen Beinbruch inzwischen verheilt war, ansehen wollte.

Kirchgänge mit Tony waren unweigerlich eine heikle Angelegenheit. Einzig Schulmessen entsprachen seiner Vorstellung von öffentlicher Gottesverehrung, jede Abweichung davon bedachte er mit Argwohn. Erschwerend kam hinzu, dass er sich in dem Gesangbuch nicht zurechtfand, jedes Hilfsangebot strikt ablehnte und die Seiten lieber selbst laut raschelnd umblätterte. Beim ersten Kirchenlied hellte sich seine Miene auf. »Das singen wir oft in der Schulmesse«, flüsterte er Laura zu. Doch als das Harmonium den Auftakt spielte, bemerkte er vernehmbar: »Falsches Lied« und blickte sich vor Langeweile verzweifelt um. Nur folgerichtig, dass er den Sixpence, den Laura ihm für die Kollekte gegeben hatte, fallen ließ und die Banknachbarn störte, indem er zwischen ihren Füßen nach dem Geldstück suchte. Der Sixpence blieb unauffindbar, bis Tony, zu Lauras Entsetzen, während des Segens ein schmutzig graues Taschentuch hervorzog, aus dem die Münze sprang, durch den Mittelgang kullerte und im Heißluftgitter verschwand. Tony sah seine Mutter gequält an, zuckte die Schultern und gab auf.

Familie Knox war ebenfalls in voller Stärke versammelt, da weder Georges Katholizismus noch sein Presbyterianismus ihn daran hinderten, den Pfarrer, der ein guter Freund von ihm war, zu unterstützen. Nach der Messe sprach Laura kurz mit ihnen, wollte aber Sibyl nicht in aller

Öffentlichkeit fragen, was gestern nach der Verabschiedung der Gäste noch passiert war, sondern rang sich nur zu einem knappen: »Adrian lässt grüßen« durch. »Wir hatten auf der Heimfahrt einen kleinen Unfall. Zum Glück kein Knochenbruch und kein Blechschaden. Ich habe Adrian gesagt, er soll im Bett bleiben.«

»Ach. War das sein Auto, an dem wir unterwegs vorbeigekommen sind?«

»Ja. Es soll nach dem Mittagessen abgeschleppt werden. Tony will helfen. Schauen Sie doch zu, wenn Sie wollen, es könnte amüsant werden. Oh, ich muss Anne Todd noch sprechen. Anne! Anne!«, rief sie. »Ich brauche Sie mal wieder. Sagen Sie Louisa Bescheid. Sie ist doch heute bei Ihrer Mutter, nicht? Kommen Sie zum Lunch.«

»Ja, gerne«, sagte Miss Todd. »Ich bin um halb bei Ihnen.«

Zu Hause fand Laura einen geläuterten Adrian vor, der in der Sonntagszeitung seine eigenen Anzeigen las. »Ich will nichts mehr von gestern Abend hören«, sagte sie. »Vergeben und vergessen. Brown zieht Ihren Wagen heute Nachmittag aus dem Graben. Er hat es sich angesehen, und er meint, der Schaden sei nur gering, außer den Lampen, die er reparieren kann, und dem Lack. Ich muss sagen, die Kratzer haben Sie verdient. Ich habe Sibyl gesagt, das Auto werde heute abgeholt, aber nicht ausdrücklich erwähnt, dass Sie auch anwesend sein werden.«

»Sie sind ein Engel, Laura. War es schön in der Kirche?«

»Tony ist eine Strapaze«, sagte Laura. »Es wurde ein Psalm gelesen, ›Deine Zähne beißen sich in mich fest, und meine Glieder werden über den Boden verstreut‹, oder so ähnlich. Ich hätte beinahe einen Lachanfall bekommen.«

Adrian musste unwillkürlich lachen über Lauras Version des Psalms, und sein Lachen war so ansteckend, dass Laura ebenfalls lachte.

»Sie sind eine talentierte Unterhaltungskünstlerin«, sagte er.

»Danke für das Kompliment«, antwortete seine Gastgeberin, »aber solche Schmeicheleien heben Sie sich lieber für Sibyl auf.«

»Sehr wohl, Mrs. Morland.«

»Wussten Sie, dass einer der Jagdhunde überfahren wurde, Mr. Coates?«, sagte Tony. »Ich bringe ihn heute Nachmittag mit, wenn Ihr Wagen aus dem Graben gezogen wird. Das wird ein Fest für ihn. Es war eine wunderschöne Lok, die ihn überfahren hat, das allerneueste Modell.«

»Ein Trost für den Hund.«

»Das arme Tier ist die ganze Böschung hinuntergekullert und hat gejault wie sonst was. Es hat sich aber nur ein Bein gebrochen. Sie hätten den Zug sehen müssen, Mr. Coates. Acht Waggons und einen eigenen Postwagen, und die Lok war eine Vier-Sechs-Nuller wie die Titley Court. Darf ich meine Eisenbahn nächstes Jahr im Garten aufbauen, Mutter? Ich könnte einen richtigen Gleisdamm anlegen. Die Züge würden durch den ganzen Garten rasen. Fantastisch! Mit dem Pfund, das Sie mir geschenkt haben, Sir, kaufe ich mir eine Güterlok, eine Tenderlok, die Güterwagen ziehen kann. Eigentlich kostet sie einundzwanzig Schillinge, aber es bleibt trotzdem Ihr Geschenk.«

Adrian klopfte seine Hosentasche ab. »Würde dir ein Schilling weiterhelfen?«

»Oh, danke, Sir.« Tony lief rot an. »Ich taufe die neue Lok auch auf Ihren Namen, Sir. Oh, Miss Todd«, begrüßte er die eintretende Dame, »schauen Sie mal, was Mr. Coates mir geschenkt hat. Jetzt kann ich mir eine noch bessere Tenderlok für die Güterwagen leisten. Darf ich Ihnen meine Eisenbahn zeigen, Miss Todd?«

»Nach dem Lunch, Tony.«

Das Mittagessen war tabu für Eisenbahnen und gab den Erwachsenen Gelegenheit, sich einigermaßen vernünftig zu unterhalten. Sobald Tony den Pudding aufgegessen hatte, wurde er entschuldigt; danach konnten sich alle ungestört über die Dinnerparty vom vergangenen Abend auslassen, ein Thema, das sie mit in den Salon nahmen. Adrian wurde jedoch rasch unruhig, und Laura schickte ihn fort, damit er die Aufrichtung seines Wagens überwachen konnte, während sie die Unterhaltung mit Miss Todd fortsetzte. Anne freute sich über Sibyls Eroberung und reagierte erleichtert, dass Miss Greys Leidenschaft ein Dämpfer verpasst worden war. Aber die beiden Frauen waren sich auch einig, dass der Drachen nun schon aus Prinzip die beiden Verliebten nicht in Ruhe lassen würde.

»Wenn Sie weg sind, kümmere ich mich um die Angelegenheit«, versprach Anne. »Einmal die Woche lässt sich der Drachen im Fraueninstitut blicken, um sich schon mal in der Rolle der Grande Dame von Low und High Rising zu üben. Übrigens ist sie den meisten Mitgliedern zutiefst unsympathisch, aber ich werde mich mit ihr anfreunden. Ich werde mich so gut mit ihr anfreunden, dass, wenn Mr.

Coates mal zufällig vorbeikommt und Sibyl sprechen will, ich immer gerade eine Verabredung mit der lieben Miss Grey haben werde. Falls sie dann die Verabredung absagen will, werde ich ihr das schwer übel nehmen, da wird sie sich nicht trauen. Ich mache mich auch mal schlau, was sie von Mr. Knox hält. Ich bin ein guter Spürhund, Mrs. Morland.«

Bei jedem anderen hätte Laura schallend gelacht, doch Miss Todd vertraute sie grenzenlos, und sie fühlte sich enorm beruhigt. Wenn sie gemeinsam mit ihrer Sekretärin für Sibyl aktiv wurde, dann konnte nichts Schlechtes dabei herauskommen.

»Hat er sich ihr gegenüber schon erklärt?«, erkundigte sich Miss Todd.

»Nein. Denn eigentlich hat er mir die Ehe angetragen, gestern Abend, genauer gesagt heute früh. Der Unfall und Georges Punsch hatten ihm die Sinne verwirrt, und er verspürte den diffusen Wunsch, jemandem einen Heiratsantrag zu machen. Egal wem. Ich war gerade in der Nähe, also hat er mir einen gemacht, um ein Uhr früh. Deswegen kann er schlecht Sibyl am gleichen Tag auch einen machen.«

Miss Todd bewunderte die Gelassenheit ihrer Arbeitgeberin und versprach, über diese Geschichte Stillschweigen zu bewahren, ein Versprechen, an das sie sich getreu hielt.

»Ich muss gestehen«, sagte Laura wehmütig, »es war ein schönes Gefühl, den Arm eines Mannes an meiner Taille zu spüren. Ich will auf keinen Fall wieder heiraten, Anne, aber manchmal sehne ich mich nach einer platonischen Umarmung. Sie doch sicher auch, oder?«, fragte sie mit ihrer verstörenden Direktheit.

»Nein«, sagte Miss Todd. »Eigentlich nicht. Aber es wird vermutlich auch nie passieren. Mich umarmt niemand freiwillig.«

Sie seufzten, dann mussten sie lachen.

»Habe ich Ihnen schon gesagt, dass Amy Birkett für ein paar Tage herkommt, bevor die Schule wieder anfängt?«

»Wie schön. Ich mag Mrs. Birkett. Ich habe sogar schon eine Idee, wie sie uns helfen kann.« Was für eine Idee das war, das behielt Miss Todd für sich.

Adrian stieß auf eine muntere Truppe, die bei der Bergung seines Wagens assistierte. In der ersten Zuschauerreihe Tony, der sich am Rand der Böschung niedergelassen hatte und den genesenden Foxhound streichelte. Dr. Ford verfolgte das Geschehen von seinem Zweisitzer aus. Ebenfalls anwesend, im Sonntagsstaat, waren Mrs. Mallow und Mrs. Knox' Annie, und sogar die kleine Flo hatte für eine Stunde ihrer Mutter entkommen können. Adrian fühlte sich höchst unwohl. Er hatte sich gestern Nacht bis auf die Knochen blamiert. Wahrscheinlich wusste es längst das ganze Dorf, dass er sturzbetrunken den Wagen in den Graben gefahren hatte. Dr. Ford begrüßte ihn fröhlich.

»Ihr Pech, Coates. Diese Sportwagen sind der Teufel.«

»Ich bin nicht sportlich gefahren.«

»Nein, nein, nicht Sie. Ich meine den anderen Wagen. Ich habe Ihren Wagen heute Morgen im Graben gesehen, und dann traf ich Brown von der Werkstatt. Der meinte, irgend so ein vorbeirasender Idiot habe Sie von der Straße gedrängt.«

»Das hat ihm wohl Mrs. Morland erzählt.«

»Ja. Sie hat ihn nach dem Frühstück angerufen, als Sie wahrscheinlich noch im Bett lagen. Sie hat sich doch nicht verletzt, oder?«

»Nein. Sie war unglaublich tapfer.«

»Und Sie erst! Ein Genie am Steuer. Es verlangt Mut, sein Auto absichtlich umkippen zu lassen. Sie haben sich nicht zufällig die Nummer des Rasers notiert?«

»Leider nicht.«

»Na dann, bis bald.« Dr. Ford knatterte in seinem Zweisitzer davon. Die gute Laura, gesegnet sei sie.

Nach einer kurzen Unterredung mit Mr. Brown, der aus langjähriger Erfahrung Hilfsangeboten von Amateuren eher skeptisch gegenüberstand, erklomm Adrian die Böschung und setzte sich neben Tony, der freundlicherweise die Aufmerksamkeit des Hundes auf die interessanteren Aspekte des Bergungsmanövers lenkte. Wenig später kam Sibyl Knox vorbei, die gerade ihre Hunde ausführte.

»Guten Tag, Tony«, sagte sie. »Wie geht es dem armen Ruby?« Sie erblickte Adrian, erklomm ebenfalls die Böschung und setzte sich neben ihn.

»Wirklich Pech mit Ihrem Auto, Mr. Coates«, sagte sie und übergab Tony die Hundeleinen. »Annie, unser Zimmermädchen, hat uns alles erzählt. Sie ist eng mit Brown von der Werkstatt befreundet. Ich hoffe, Mrs. Morland ist nichts passiert.«

»Nein. Gott sei Dank. Sie war grandios.«

»Ja, das kann ich mir vorstellen. Aber Sie haben auch

Grandioses geleistet.« Sie himmelte ihn mit großen Augen an. »Wie geistesgegenwärtig Sie gehandelt haben. Brown meint, so viel Geschick sei ihm noch nicht untergekommen: ein Ausweichmanöver mit dem Auto, ohne es zu Schrott zu fahren. Ich bin dankbar, dass Sie nicht verletzt sind – Sie beide nicht.«

Adrian wurde klar, dass er einen Preis für Lauras Freundlichkeit würde zahlen müssen, nämlich sich wie ein Lügner und Heuchler zu fühlen. Nichts jedoch würde ihn dazu bringen, Laura zu verraten, er musste es aushalten.

»Es dauert sicher noch einige Zeit, bis die hier fertig sind«, sagte er. »Es ist ziemlich kalt hier. Wollen Ihre Hunde den Spaziergang nicht fortsetzen? Gib mir die Leinen, Tony.«

Da Sibyl keinen Einspruch erhob, machten sie sich auf den Weg. Die Hunde, die wegen der Autos an der Leine bleiben mussten, führten sich die ganze Zeit über unmöglich auf. Mal verhedderten sich die Leinen ineinander und mussten entwirrt werden, mal wickelten sie sich um das nächste menschliche Bein, mal zerrten die Tiere mit einer solchen Kraft daran, dass Adrian beinahe das Handgelenk ausgerenkt wäre, und mal blieben die Hunde stur sitzen und mussten über den Boden geschleift werden. Doch Adrian genoss jede einzelne Minute, und Sibyl anscheinend auch, und wenn sie Törichtes redeten, dann waren es die törichten Worte jeder jungen Liebe. Bevor sie auseinandergingen, bat Adrian sie, ihm unbedingt zu zeigen, an was sie gerade schrieb, doch sie wollte ihm nichts versprechen, außer, dass er es als Erster zu lesen bekäme. Er hielt ihre Hand ein bisschen länger als nötig, legte seine andere Hand obenauf, dann gingen sie, voller Glück, zurück nach High Rising. Die Menge hatte sich zerstreut, der Wagen stand in Mr. Browns Werkstatt und wäre morgen früh wieder fahrtüchtig.

»Ich wünsche Ihnen für das nächste Mal mehr Glück, Sir«, sagte Mr. Brown, nachdem Adrian die Rechnung beglichen hatte. »Sie sind ein guter Fahrer. Den Wagen so sanft auf die Seite zu legen wie ein Kind in eine Wiege – alle Achtung. Vielen Dank, Sir. Schönen Tag noch.«

Laura saß am Kamin, als Adrian das Wohnzimmer betrat. »Schöner Spaziergang?«

»Sehr schön. Sie hatten ja so recht, Laura. Aber durch die unmögliche Situation, in die Sie mich nun gebracht haben, fühle ich mich weiter von Sibyl entfernt als je zuvor.«

»Wieso, Adrian?«

»Indem Sie feurige Kohle auf mein Haupt häufen, Laura. Anscheinend hält mich das ganze Dorf – und schlimmer noch, auch Sibyl – für Ihren edlen Beschützer und den besten Autofahrer der Welt. Dem kann ich nicht gerecht werden.«

»Müssen Sie aber«, sagte Laura mit ihrem gewohnt ironischen Gesichtsausdruck. »Ich will Sibyl nicht ängstigen, und ich will auch nicht, dass über meinen Verleger geklatscht wird. Das Kreuz müssen Sie schon tragen, Adrian.«

»Liebste aller Frauen – und das sind Sie unbestritten, denn Sibyl ist nur ein Kind, Gott schütze sie. Sie sind die Freundlichkeit und Großzügigkeit in Person, und ich bin Ihr unwürdigster, dankbarer Verehrer.«

»Schon gut, Adrian, schon gut. Ich bin nur eine einsame Seele, und ich genieße es, wenn Kinder sich vergnügen …«

Später kamen Gäste zum Tee, und da Laura von dem anstrengenden Wochenende müde war und schon vor dem Abendessen zu Bett ging und Adrian am nächsten Morgen sehr früh aufbrach, sahen sie sich nicht mehr, und so sollte es eine Zeit lang bleiben.

7
Schriftsteller daheim

Vor Ende der Weihnachtsferien stattete Amy Birkett ihrer Freundin Laura den versprochenen Besuch ab. Ihr Zug sollte kurz nach Mittag in Stoke Dry eintreffen, und Laura fuhr mit Tony nach dem Lunch zum Bahnhof, um sie abzuholen. Auf Tonys inständige Bitte hin brachen sie eine halbe Stunde eher auf, weil er den Schnellzug aus London sehen wollte, der ohne Halt durch die Station rasen würde, und Sid Brown, dem Bruder des Werkstattbesitzers Mr. Brown, dabei zugucken, wie er die Weichen im Stellwerk umlegte und die Eisenbahnschranken herunterließ. Laura, der solche Freuden fremd waren, blieb mit einem Buch im Auto sitzen und schaute nur ab und zu aus dem Fenster, ob ihr Sohn auch keinen Unsinn anstellte, aber da er nie zu sehen war, nahm sie an, dass er sich beim Bahnhofsvorsteher, Mrs. Mallows angeheiratetem Neffen, aufhielt. Zwanzig Minuten später schaute sie zum vierten oder fünften Mal nach Tony und entdeckte ihn schließlich, als er gerade die Rampe am Ende des Bahnsteigs hinabstieg und sich mitten auf das Gleisbett hockte. Sie kurbelte das Fenster herunter und rief nach ihrem Sohn, der nur gelangweilt aufblickte und seine geheimnisvolle Beschäftigung wieder aufnahm. Halb wütend, halb panisch stieg sie aus und stürmte am Fahrkartenschalter vorbei auf den Bahnsteig.

»Tony!«, schrie sie. »Komm sofort von den Schienen runter!«

Tony tat so, als habe er in der Ferne möglicherweise irgendwas gehört, aber sich doch wohl geirrt.

»Tony!«, schrie sie wieder. »Komm her! Sofort!«

Bedächtig richtete sich Tony auf und schlenderte beleidigt den Bahnsteig entlang auf sie zu.

»Warum bist du nicht gekommen, als ich dich gerufen habe?«, fragte die zu Recht empörte Laura.

»Ich habe dich erst beim dritten Mal gehört.«

»Was hast du auf dem Gleis gemacht, du Idiot?«

»Die Schranken waren doch runter, Mutter. Der Schnellzug ist schon vor fünf Minuten durchgefahren, und bis zu dem von Mrs. Birkett kommt keiner mehr.«

»Egal. Du weißt ganz genau, dass du auf den Gleisanlagen nichts zu suchen hast. Ich sollte Mr. Mallow bitten, dich nicht mehr in den Bahnhof zu lassen, wenn du so idiotische Sachen machst.«

»Ich habe nur einen Threepence auf die Schiene gelegt, Mutter, weil ich sehen wollte, ob er zu einem Sixpence plattgewalzt wird. Darf ich wieder hingehen und nachgucken, wenn Mrs. Birketts Zug abgefahren ist?«

»Nein!«

»Bitte, Mutter.«

»Ich habe nein gesagt. Ich will nicht meinen plattgewalzten Jüngsten von den Schienen kratzen.«

Das fand Tony zum Schießen komisch, und damit war das Thema beendet.

Mrs. Birketts Zug fuhr ein, und Tony entdeckte das törichte liebenswerte Gesicht eines blonden Cockerspaniels in einem Waggonfenster. »Guck mal, Mutter«, rief er aufgeregt. »Mrs. Birky hat Sylvia mitgebracht!« Er rannte den Bahnsteig entlang, Sylvias Schnauze hinterher. Als Mrs. Birkett die Waggontür öffnete, wäre sie von ihrem Hund, der mit aller Kraft Tony entgegenhechelte, beinahe kopfüber aus dem Abteil gezogen worden.

Tony sank auf die Knie. »Oh, meine liebe Sylvia! Erkennst du mich wieder?« Er umarmte die Hündin und ließ sich mit sichtlichem Vergnügen das Gesicht ablecken.

»Oh, Mrs. Birkett. Sylvia freut sich über unser Wiedersehen. Mutter, darf ich ihr den Threepence zeigen, wenn der Zug darübergerollt ist? Es würde ihr bestimmt großen Spaß machen.«

Aber Laura trieb Tony und Sylvia unbarmherzig in den Wagen, und sie fuhren los.

Amy wurde von Stoker, die für »Mrs. Bucket«, wie sie Lauras Freundin gerne nannte, große Zuneigung hatte, begeistert empfangen.

»Wir freuen uns wirklich sehr über Ihren Besuch«, verkündete sie, als sie den Tee servierte. »Wurde aber auch höchste Zeit, Mrs. Bucket.«

»Vielen Dank, Stoker. Und wie ist es Ihnen ergangen?«

»Prächtig«, sagte Stoker und verschränkte trotzig die molligen Arme vor der ausladenden Brust. »Dr. Ford meint, ich sollte etwas abnehmen, aber das ist sein Problem. Mrs. Morland und ich, wir halten nicht viel von Abnehmen.«

»Nicht gerade ein Kompliment für deine Figur, Laura«, sagte Amy, nachdem Stoker den Raum verlassen hatte.

»Ich bitte dich, meine Liebe, ich will gar keine gute Figur abgeben. Ich bin gerne Matrone.«

»Es steht dir. Und wie geht es sonst so?«

»Wenn du das Schreiben meinst, Amy, leider nicht gut. Erst Weihnachten, dann Silvester, dann Neujahr, und Tony ist ja auch noch hier. Aber ich rechne sowieso nie damit, über die Feiertage viel zu schaffen. Und wie geht es bei dir?«

»Bill und die Mädchen sind wohlbehalten in der Schweiz angekommen und wollen sich beim Skifahren die Knochen brechen. Das große Reinemachen in der Schule haben wir hinter uns gebracht, und unsere Hausmutter verlebt schöne Feiertage bei ihrer verheirateten Schwester in Weston-super-Mare und schickt Ansichtskarten. Unser Edward war wieder auf einem Trainingslager für Pfadfinder und ist mit noch mehr Abzeichen auf der Brust zurückgekehrt. Im Großen und Ganzen sind wir gerüstet für das kommende Schuljahr, abgesehen natürlich von etwaigen Kinderkrankheiten. Es gibt nur eine schlechte Nachricht: Mr. Ferris hat sich verlobt. Wie ich es befürchtet habe. Er hat sie mir bereits vorgestellt.«

»Das Übliche?«, erkundigte sich Laura mitfühlend.

»Das Übliche. Typisches Lehrermuttchen. Eine mehr auf meiner Einladungsliste. Du kannst dir nicht vorstellen, wie *grauenvoll* diese Teerunden bei mir sind, Laura, weil sich diese Frauen alle gegenseitig hassen, und meine echten Freunde möchte ich vor ihnen verschonen. Ich begreife nicht, warum Schuldirektoren und Erzieher immer die richtigen Frauen heiraten, nur die gewöhnlichen Lehrer nicht. Ich darf ohne falsche Bescheidenheit sagen, dass ich eine gute Rektorengattin abgebe, und wenn Bill einen anderen Beruf hätte, bräuchte er sich nicht für mich zu schämen. Aber von den Lehrerfrauen würde keine über das Niveau eines Provinz-Tennisclubs hinauskommen. Äußerst deprimierend und mysteriös das Ganze.«

»Bei Klerikern ist mir das auch schon oft aufgefallen«, sagte Laura. »Erzdiakone, Bischöfe und dergleichen haben meistens entsprechende Frauen, feine Damen, oder sogar Ehrendamen. Aber sieh dir dagegen die Frauen des niederen Klerus an! Anscheinend sorgt irgendeine heimliche Vorsehung dafür, dass Männer, die für höhere Ämter in der Kirche oder der akademischen Welt bestimmt sind, eine Frau an die Seite gestellt bekommen, die man als – wenn man dich so betrachtet, Amy – geeignete Gefährtin bezeichnen könnte. Oder heißt es Gehilfin? Manchmal liest man in Leserbriefspalten von Zeitungen was darüber, aber ich weiß nie, wie sie genannt werden.«

»Sagen wir einfach Partnerin. Mir ist noch etwas anderes bei dem höheren Klerus aufgefallen, Laura. Immer tragen seine Vertreter passende christliche Namen. Die Kirche von England muss einen Schutzengel haben, der alle Jungen, die später mal Bischöfe werden, auf die Namen Talbot Devereux, Cyril Cyprian oder so ähnlich taufen lässt. Damit sind sie natürlich für eine Karriere prädestiniert.«

»Bei den Katholiken ist es genauso seltsam«, sagte Laura und strich sich die Haare aus der Stirn, was sehr unvorteilhaft aussah. »Liest man sich die Aushänge in den Schaukästen vor den Kirchen durch, wer zum Beispiel in der Fastenzeit die Predigt hält, trifft man unweigerlich auf Namen wie Monsignor Cuthbert Bede Wilkinson oder Dom Boniface Chrysostom Butts. Nicht, dass ich genau wüsste, was mit Dom gemeint ist. Ein Likör heißt jedenfalls auch so. Aber passende Frauen für seine Mitglieder zu finden, mit denen sie in der Hierarchie gemeinsam aufsteigen könnten, die Sorge braucht sich der katholische Klerus ja nicht zu machen, insofern haben sie es leichter. Eine unpassende Frau muss eine wahre Strafe Gottes sein. Ein Drachen. Apropos, kennst du George Knox?«

»Ich bin ihm nie begegnet. Du hast ihn schon öfter erwähnt. Ist er ein Drachen? Ich dachte, du magst ihn.«

»Oh, George habe ich sehr gern. Nein, es geht um seine Sekretärin, eine merkwürdige Frau. Ein Fluch. Ich glaube, dass sie gute Arbeit leistet. Jedenfalls hat sie George dazu gebracht, sein Buch fertigzustellen und sogar rechtzeitig abzugeben. Das ist einmalig. Aber sie tyrannisiert ihn furchtbar, und er merkt es nicht einmal. Ich glaube, und Anne Todd hat auch den Verdacht, dass sie ihn heiraten will.«

»Wäre das so schlimm? Es kommt doch häufiger vor, dass Schriftsteller ihre Sekretärinnen heiraten. Und nicht nur Schriftsteller.«

»Eigentlich nicht – in diesem Fall aber schon. Sie passt absolut nicht zu ihm, spielt sich jedoch auf, als wäre sie schon die Hausherrin. Und sie ist auch nicht gerade freundlich zu Georges Tochter, einem wahren Schätzchen, aber auch Klammeräffchen, das gehegt und gepflegt werden will. Diese Sekretärin gehört zu der Sorte Frauen, die wahnsinnig eifersüchtig sind und alle Männer auf einmal haben wollen. Wir haben dieses Jahr Silvester bei den Knoxes gefeiert, und das war ziemlich lustig, aber auch sehr unangenehm. Ich hatte Adrian Coates zum Abendessen mitgebracht. Sie hat sich sofort an ihn rangeschmissen und gleichzeitig an George. Traurig nur, dass Adrian überhaupt nichts von ihr wissen wollte, weil er bis über beide Ohren in Sibyl verliebt ist, die Tochter. Und ganz ehrlich, George Knox würde gar nicht auffallen, ob eine Frau was von ihm wissen will oder nicht, solange er ein Publikum hat. Aber das ist genau die Gefahr. Sie könnte ihn heiraten, ohne dass er es merkt. Es wäre ein Leichtes. Dann würde ich George verlieren und nichts gewinnen, und für High und Low Rising würde es sehr ungemütlich werden, denn sie ist hier allgemein verhasst. Trostlose Aussichten.«

»Sieht Mr. Knox denn nicht, was für eine falsche Schlange sie ist? Warum schickt er sie nicht einfach fort, erfindet eine Ausrede, das Buch sei fertig oder so.«

»Sie hat sich unentbehrlich gemacht, Amy. Und noch etwas: Sie ist alleinstehend, ohne Angehörige, zu denen sie gehen könnte – junge Frau gegen den Rest der Welt, so eine ist sie –, und das weckt den Kavalier in George. Selbstverständlich ist das Blödsinn, schließlich könnte er ihr ja lange im Voraus kündigen, sagen wir zwei Monate, Zeit genug, um eine neue Stelle zu finden. Aber das sieht George alles gar nicht. Sein Manuskript hat er nun abgegeben, schön und gut. Gewöhnlich reist er nach jedem Buch mit Tochter Sibyl ins Ausland und denkt sich das nächste aus. Aber seine Sekretärin hat ihn gedrängt, schon jetzt mit dem neuen anzufangen, und er hat das Gefühl, nicht mehr ohne sie auskommen zu können. Ein einziges Kuddelmuddel, Amy. Anne Todd meinte, vielleicht hättest du eine Idee, was man da machen könnte.«

»Wieso sollte mir was einfallen? Aber kennenlernen möchte ich euren kleinen Drachen schon. Scheint interessanter zu sein als meine Lehrergattinen.«

»Kein Problem. Ich rufe gleich mal bei den Knoxes an.«

Sie ging zum Telefon im Flur und wählte Knox' Nummer.

»Mr. Knox' Sekretärin am Apparat«, hörte sie Miss Grey sagen.

»Mrs. Morland hier. Ist Mr. Knox da?«

»Kann ich ihm etwas ausrichten?«

Werden Sie nicht unverschämt, wäre die passende Antwort gewesen, dachte Laura, sagte aber stattdessen: »Sind Sie morgen alle daheim, wenn ich zum Tee vorbeischaue?«

»Mr. Knox brütet gerade über dem letzten Kapitel«, sagte Miss Grey mit tonloser Stimme.

»Ja, ich weiß.« Laura konnte sich nur mit Mühe beherrschen. »Aber zum Tee kommt er immer nach unten. Bestellen Sie ihm, ich würde ihn gerne morgen mit einer Freundin besuchen.«

»Er ist gerade sehr beschäftigt, Mrs. Morland, aber ich richte es ihm später aus und rufe zurück.«

Laura legte auf und ging wieder an ihren Platz vor dem Kamin. »Ich bin nicht hochmütig«, wandte sie sich an Amy, »aber diese impertinente Person ist mir einfach zuwider. Ich kenne George Knox seit fünfundzwanzig Jahren, und dann kommt diese Circe daher und sagt mir, er sei zu beschäftigt, um mit mir Tee zu trinken, sie werde es ihm jedoch ausrichten und mich später zurückrufen. Ich könnte platzen vor Wut!«

Tony stürmte ins Zimmer.

»Mutter! Sibyl ist da, und Sylvia schließt gerade Freundschaft mit den anderen Hunden.«

»Sibyl, meine Liebe, wie schön.« Laura stand auf und begrüßte sie mit einem Kuss. »Darf ich vorstellen, meine langjährige Freundin Mrs. Birkett, Tonys Schuldirektorin. Sibyl, ich bin zutiefst empört – ja, Tony, du darfst dir von dem Kuchen nehmen und zu den Hunden gehen –: Ich habe gerade bei Ihnen zu Hause angerufen, und der Drachen ist rangegangen – ja, nimm Zucker für die Hunde mit, und jetzt geh – und hat gesagt, Ihr Vater sei sehr beschäftigt, er könne nicht ans Telefon kommen und mich auch morgen nicht zum Tee empfangen. Ich bin beinahe geplatzt.«

»Oh, Mrs. Morland, das ist wirklich zu schade. Daddy hat immer Zeit für Sie, und selbstverständlich kommen Sie morgen mit Mrs. Birkett zu uns. Daddy kann unmöglich so beschäftigt gewesen sein, dass er nicht ans Telefon kommen konnte. Er war nämlich heute Nachmittag gar nicht zu Hause, sondern auf Castle Rising, um etwas in Lord Stokes' Bibliothek nachzuschlagen.«

»Dann war es reine Bösartigkeit, als sie mir sagte, er sei beschäftigt«, bemerkte Laura. »Sie ist viel zu streng mit Ihrem Vater. Sie gestattet ihm nicht mal, sich mit alten Freunden zu treffen. Ich darf also Mrs. Birkett morgen mitbringen?«

»Selbstverständlich. Und Tony ebenfalls. Und den wunderbaren Cockerspaniel. Ein ganz reizendes Tierchen, Mrs. Birkett. Haben Sie ihn selbst gezüchtet?«

Von da an wurde das Gespräch zunehmend fachlicher und unverständlicher für Laura, die nur heraushörte, dass alle Juroren notorisch unkundig und voreingenommen waren, wenn nicht gar korrupt, und dass Sylvia dem diesjährigen ersten Preisträger, einem Cockerspaniel namens Marston Hero, in allen Kategorien haushoch überlegen war.

»Gefällt mir, das Mädchen«, sagte Amy, als Sibyl und die Hunde wieder abgezogen waren. »Genau die Richtige für Mr. Coates. Er braucht jemand schlicht Gestricktes.«

»Ja. Ich bin froh, dass er heiratet«, sagte Laura schmunzelnd und dachte sich ihren Teil.

Am nächsten Tag gingen Laura, Amy, Tony und Sylvia zu Fuß nach Low Rising. Sylvia hatte, obwohl streng verboten, die Nacht auf Tonys Bett verbracht und durfte später zu ihrer besonderen Freude der frisch erworbenen Princess Elizabeth bei ihrer Jungfernfahrt zuschauen. Tonys Erfahrung nach war es schwierig, das richtige Publikum für seine Eisenbahn zu finden. Erwachsene schauten fünf Minuten zu, sagten dann: »Sehr schön, mein Schatz«, und gingen wieder, ohne sich auch nur ein bisschen ernsthafter damit zu beschäftigen. Andere Jungen zeigten mehr gebührendes Interesse, neigten jedoch dazu, die Eisenbahn selbst steuern zu wollen, was nicht hinnehmbar war. Sylvia dagegen war perfekt. Sie lag bequem vor dem Kamin im Spielzimmer, beobachtete die Eisenbahn mit ihren Bernsteinaugen und lauschte verständnisvoll und ohne ein einziges Mal zu unterbrechen Tonys fünfundsiebzigminütigem Monolog über die jeweiligen Vorzüge des Cornish River Express und des Cheltenham Flier. Zur Belohnung legte Tony ein Nebengleis zu ihrem Liegeplatz und schickte ihr die Adrian Coates Tenderlok mit einem Güterwagen voller Plätzchen bis vor die Schnauze. Sylvia war zu wohlerzogen, um gleich nach den Plätzchen zu schnappen, doch als Tony ihr erklärte, die Ladung sei als zweites Frühstück für sie gedacht, bellte sie erfreut auf, fiel über den Waggon her und stieß die Adrian Coates um, die daraufhin mit rotierenden Rädern auf der Seite lag.

»Schauen Sie nur, Mrs. Birkett«, rief Tony, als Amy das Zimmer betrat, »was für einen schönen Unfall Sylvia verursacht hat. Sie hätten dem Plätzchen-Waggon bei der Einfahrt in den Bahnhof Cocker Station sehen sollen, Mrs. Birkett – ich habe ihn Cocker Station genannt, weil Sylvia ein Cocker Spaniel ist, und Sylvia hat es auch gefallen. Die Lok ist bis vor ihre Schnauze gerollt. Ach, Sylvia, mein Schatz!«

Sylvia richtete sich auf, streckte sich und brachte den Totley Tunnel, den längsten Tunnel auf englischem Territorium, bestehend aus zwei mit grünem Krepppapier bedeckten Stapeln George-Eliot-Bänden, zum Einsturz und ließ sich danach auf dem Bahnhof St Pancras Station nieder, der, hauptsächlich aus bunten Anker-Steinbauklötzchen errichtet – Kinderspielzeug des verstorbenen Mr. Morland –, für solche Lasten nicht ausgelegt war. Doch die liebe Sylvia konnte nichts falsch machen, und gut gelaunt sah sie Tony bei der Beseitigung der Ruinen zu, während er ihr die überwältigenden Chancen eines zukünftigen elektrischen Systems mit einem Transformator schilderte.

George Knox arbeitete gerade im Garten, als die kleine Gesellschaft in Low Rising eintraf. George, dessen Sinn für Dramatik in nicht geringem Maß zum Erfolg seiner Biografien beitrug, kostümierte sich gern und trat diesmal in seiner Lieblingsrolle auf: Beliebter Schriftsteller genießt Arbeit im Garten seines Herrenhauses aus dem sechzehnten Jahrhundert. Mit seinen hellbraunen Knickerbockern, den Quadratlatschen, die wie verschlissene Fußballschuhe aussahen, dem schmutzigen, abgetragenen Rollkragenpullover und dem Tweedsakko mit ausgebeulten Taschen und baumelnden Knöpfen hatte er es vielleicht ein bisschen übertrieben. George Knox, ohnehin hünenhaft, wirkte durch diese vorsätzliche Anhäufung sonderbarer Kleidungsstücke geradezu monströs. Von den Siebenmeilenstiefeln wanderte der Blick aufwärts zu den überweiten wadenlangen Hosen, dem Pulk aus dicker Jacke über dickem Pullover, um dann verdutzt wahrzunehmen, dass der wuchtige Kopf mit der furchigen Stirn und dem erhabenen kahlen Schädel den restlichen Körper geradezu zwergenhaft erscheinen ließ. Heute Nachmittag widmete George Knox sich schwerer Grabarbeit und hob, unsystematisch und umständlich, ein Stück des Küchengartens aus. Der Himmel war kaltrosa im Westen, wo die Wintersonne im Nebel unterging; George Knox' kahle Bäume bildeten ein feingliedriges Muster gegen das Abendrot; der Rauch aus dem Kamin von George Knox' »herrlichem Herrenhaus aus dem sechzehnten Jahrhundert« stieg senkrecht auf; ein paar von George Knox' Fenstern leuchteten golden; an seinen Füßen klebten feuchte Erdklumpen, und ein Rotkehlchen schaute ihm beim Graben zu.

»Sehr hübsch in Szene gesetzt, George«, sagte Laura, als sie sich dem Garten näherten. »Die ideale Kulisse für einen Schriftsteller, bis hin zum Rotkehlchen. Ich habe schon eine Idee für einen Roman im Kopf: Schöne *vendeuse* heiratet den starken, edlen Sohn der Scholle. Darf ich dich als Vorbild benutzen?«

Bei diesen Worten flog das Rotkehlchen davon.

George Knox rammte seinen Spaten in den Boden, richtete sich mit schmerzverzerrtem Gesicht auf wie ein Bauer, der sein Leben lang auf dem Acker schuftet, und wischte sich mit einem roten, weißgepunkteten Taschentuch über die Stirn.

»Das sind die Schlimmsten«, merkte er an. »Schriftstellerinnen, die einen ungebeten auf dem Land besuchen und unsere gefiederten Freunde vertreiben. ›Wer hat das Kehlchen erschreckt? Ich, sagte Laura, mit meiner weiblichen Aura.‹ Laura, meine Liebe, meine schmutzige Hand möchte ich dir nicht anbieten, aber du bist wie immer willkommen.«

»Amy, das ist Mr. Knox«, sagte Laura und wies nicht ohne Stolz auf George. »George? Wenn du aufhören würdest, dir mit diesem lächerlichen Taschentuch Dreck in die Augen zu reiben, würde ich dir gerne Mrs. Birkett vorstellen, deren Mann Dotheboys Hall leitet und Tony das Rückgrat bricht.«

»Sollte ich diese Aussage für bare Münze nehmen, Laura, so wäre sie unwahr. Keine Macht der Erde, weder unter- noch überirdisch, vermag Tony von seinem soliden Sockel der Selbstzufriedenheit zu stoßen. Darf ich dagegen deinen Satz in seine Bestandteile zerlegen, bin ich durchaus zu glauben bereit, dass es sich hier um Mrs. Birkett handelt, deren Bekanntschaft zu machen ich mich geehrt fühle, und deren – oder ihr die? – Hand zu schütteln ich mich freue, aber erst nachdem ich mich ein wenig frisch gemacht habe.«

»Deine Unsicherheit bei Pronomen tröstet mich, George. Mit ihnen stehe ich auch auf Kriegsfuß. Mit Pronomen und

Kommata. Die einzige Möglichkeit, zum Ausdruck zu bringen, was man wirklich sagen will, ist, jedes zweite Wort viermal zu unterstreichen, so wie Queen Victoria, aber das ist heute schlechter Stil. Was gräbst du da eigentlich um, George?«

»Erde.«

»Sag bloß? Ich meine, wozu? Um Kartoffeln oder Blumenzwiebeln einzupflanzen? Ein Spargelbeet anzulegen?«, fragte Laura, die sich nichts aus Gartenarbeit machte und noch weniger davon verstand.

George Knox sah sich schuldbewusst um.

»Der Gärtner holt gerade in Stoke Dry ein Paket vom Bahnhof für mich ab. Ich grabe aus sportlichen Gründen, hinter seinem Rücken, weil er es nicht gerne sieht, wenn ich mich in seinem Garten aufhalte. Ich habe einiges ausgegraben, was nach Zwiebeln riecht. Kommt ins Haus, und wir suchen Sibyl.«

»Gut möglich, dass es Zwiebeln waren«, sagte Laura, als sie das Wohnzimmer betraten, »oder Lauch. Wenn die Zwiebeln aufgehen, schick mir welche zum Sankt-Davids-Tag, dann stecke ich sie mir an die Mütze.«

»Kommst du aus Wales?«, fragte Amy Birkett.

»Oh, nein, aber ich finde es schön, wenn man solche Sachen nur an dem dafür vorgesehenen Tag trägt. Ja, Tony, geh Sibyl suchen, und nimm Sylvia mit, aber an die Leine mit ihr, falls Sibyls Hund sie anspringt.«

»Mutter! Sibyls Hund würde Sylvia niemals anspringen. Liebe Hunde erkennen einander. Instinktiv. Wissen Sie, was der Instinkt ist, Mrs. Birkett? Mr. Ferris hat es uns mal in einer Mathematikstunde erklärt.«

»Warum im Mathematikunterricht, Tony? Ist der Instinkt eine Rechenart?«

»Nein, nein, aber Mr. Ferris ist sehr gescheit, und er erklärt uns alles Mögliche in der Mathestunde. Sein Vater war Landarzt, und als die Schafe einmal eingeschneit waren, haben die Hunde sie instinktiv gefunden. Sie sind ihnen auf den Rücken gesprungen und haben ihnen den Schnee abgeleckt.«

»Und was hat Mr. Ferris' Vater damit zu tun?«, fragte George Knox leicht irritiert.

»Nicht Mr. Ferris' Vater, Sir! Es waren die Hunde!«, sagte Tony mitleidig. »Sie haben einen wunderbaren Instinkt.«

Seine Mutter schob ihn samt Hund sanft aus dem Zimmer, nahm wieder ihren Platz ein und meinte mit bedächtiger Stimme: »Wie gesagt, und ich sage es nochmal, weil man es nicht vergessen sollte: Anscheinend findet sich nie die passende Blume zum Feiertag. Man kann nicht erwarten, dass am Sankt-Georgs-Tag schon die Rosen blühen, jedenfalls nicht, wenn der Sankt-Georgs-Tag auf den dreiundzwanzigsten April fällt. Es sei denn, wir befinden uns in Shakespeares Zeiten, da kam der April später, wegen des Julianischen Kalenders. Vielleicht gab es damals auch schon Treibhäuser, von denen wir bislang nichts wussten.«

»Und was hat Shakespeare damit zu tun?«, fragte Amy, die über die Nennung des Dichternamens in diesem Zusammenhang so verwundert war wie vorher George über den von Mr. Ferris' Vater.

»Shakespeare ist am Sankt-Georgs-Tag geboren, insofern passt alles zusammen. Und was den Sankt-Patricks-Tag betrifft, der Klee blüht dann schon, zwar nicht in Ulster, dafür im Irischen Freistaat. Was einem da allerdings auf der Straße angeboten wird, sieht mir eher wie gepresster Senf mit Kresse aus. Am Sankt-Andreas-Tag braucht man sich zum Glück keine Distel anzustecken, und am Sankt-Davids-Tag …«

An dieser Stelle ergriff George Knox, dessen Redeverlangen seit geraumer Zeit schwelte, das Wort und übertönte Lauras sanfte Stimme.

»Sankt David, meine liebe Mrs. Birkett«, setzte er an, »war ein ziemlich nüchterner Mensch, der genau wusste, dass Lauch nicht zu seinen Landsleuten passt. Ich hoffe, ich trete Ihnen nicht zu nahe, wenn ich das so sage. Ich würde mich mit niemandem anlegen, nur weil er Waliser ist, da ich selbst zum Glück der Abstammung nach Franzose und Ire bin und mir kleinliche rassistische Gefühle fernliegen. Doch für eine so opportunistische, Art-Nouveau-hörige, unterwürfige, gärtnernde, jämmerliche Nation, die sich nicht zu schade ist, aus dem gemeinen Lauch eine Narzisse machen zu wollen, fehlen mir die Worte, um meine Verachtung zum Ausdruck zu bringen. Du hast soeben Shakespeares Geburtstag erwähnt, meine liebe Laura. Was hätte Shakespeare wohl davon gehalten, wenn Burbage in *Heinrich V* den Vorschlag gemacht hätte, eine Narzisse durch eine Lauchstange zu ersetzen? Was, frage ich Sie, Mrs. Birkett, würde aus Fluellen und Pistol? Die Pointe der ganzen Szene wäre dahin – dahin!«, wiederholte er, und sein Blick fiel liebevoll auf Sibyl, die gerade mit Tony hereinkam. »Genauso gut hätte man im Wintermärchen die Narzisse gegen eine Lauchstange tauschen können. Stellen

Sie sich vor, Shakespeare hätte geschrieben, dass der Lauch den Schwalben zuvorkäme – es sei denn, man würde Letztere verzehren – oder die Märzwinde mit sich nähme. Mag es sich kalendarisch auch so verhalten – ich nehme da kein Spezialwissen für mich in Anspruch –, poetologisch ist es ganz unmöglich. Nein, meine Damen, die Waliser seien für diese Ablehnung ihres Nationalsymbols verflucht – schlimmer als dieser Soundso bei Dante –, verflucht bis in alle Ewigkeit.«

Ohne den Redeschwall ihres Vaters zu unterbrechen, schenkte Sibyl Tee ein und bewirtete die Gäste. Tony brachte George Knox eine besonders große Tasse.

»Danke dir, Tony. Danke, mein Junge«, sagte George. »Ein Tee tut jetzt gut.« Während er die Tasse zum Mund führte, nutzte Amy die Gelegenheit, wegen ihrer musikalischen Vorliebe ein gutes Wort für die arme walisische Nation einzulegen.

»Ach, Musik!«, rief George Knox aus den Tiefen seiner Tasse auftauchend, eines Bechers von ungeheurem Ausmaß und verziert mit der Aufschrift *VATER* in gotischen Lettern. Sie war ein Geschenk seiner Tochter, bevor diese Geschmack entwickelt hatte, und hatte alles wertvollere Geschirr im Haushalt überlebt.

»Sagten Sie Musik? Erlauben Sie, meine Liebe: Sie täuschen sich gewaltig in diesem lächerlichsten aller Fürstentümer. Ich habe sie singen hören, die Waliser, und gleichwohl ich Mitleid empfinde mit all jenen bedauernswerten Geschöpfen, die auf den Straßen Londons ein paar Pennys von der menschenfreundlichen englischen Öffentlichkeit erpressen, was jedoch nie den gewünschten Effekt, nämlich das kakophone Geheule abzustellen, erzielt – so tief mein Mitleid also sein mag«, Georges glänzende Augen fixierten den gehörig eingeschüchterten Tony, »so ist es doch keine Musik.«

»Was dann?«, wagte Amy zu fragen.

»Was dann?«, wiederholte George, um Zeit zu gewinnen. »Ich sage es Ihnen: Sie singen mehrstimmig, aber kein Einziger singt eine Melodie. Es ist ein Wortsalat, ja, Laura, ein Noten- und Wortsalat, und in keinem anderen Land als unserem gesegneten England würde man so eine Geschmacksverirrung, solch ohrenbetäubende Misstöne, die einzig und allein den Verkehr aufhalten, auch nur dulden.«

Um seinen Standpunkt zu verdeutlichen, knallte er die Tasse auf die Untertasse, so dass Sibyl herbeieilte und sie ihm wegnahm.

»Wo ist denn deine Sekretärin?«, fragte Laura, um rasch das Thema zu wechseln.

»Sie ist leider verhindert und bedauert sehr, dass sie Ihren Besuch verpasst«, entschuldigte Sibyl sie. »Ich habe ihr gesagt, Mrs. Birkett käme ebenfalls. Sie meinte aber, sie müsse unbedingt in die Stadt, etwas für Daddy im Museum nachsehen. Sie ist erst spät wieder zu Hause.«

Zu gerne hätte Laura Sibyl gefragt, ob Miss Grey ihr die Einladung an sie, Amy und Tony übel genommen habe, doch in George Knox' Anwesenheit verbot sich die Frage. Sibyl und Tony verzogen sich wieder in den Stall, um Hundewelpen zu besichtigen, und ließen die drei Erwachsenen allein zurück. George Knox, sein Pulver größtenteils verschossen, bemühte sich nun ernsthaft, die Gäste zu unterhalten. Nachdem er und Laura ihr unsinniges Geplänkel beendet hatten, erstaunte Amy die Vertrautheit im Gespräch zwischen den beiden umso mehr. Offenbar schätzte George den Feingeist in Laura, der von ihren »Ausflügen« in die zweitklassige Literatur unberührt blieb. Über die Zweitklassigkeit herrschte Einvernehmen. Laura akzeptierte sie als Notwendigkeit und gab, ohne sich für ihr sonderbares Talent zu schämen, offen zu, dass sie jeden beneide, der aufgrund seiner Position diese Seite an sich nicht auszuschöpfen brauche. In jedem Mensch schlummert Zweitklassigkeit, doch bei vielen haben glückliche Umstände verhindert, dass sie zum Tragen kommt. Wäre George Knox genötigt gewesen, seine eigene Zweitklassigkeit anzuzapfen, sie hätte ihn überschwemmt und ertränkt, doch da das Schreiben für ihn materiell gesehen Luxus war – sein Vater, ein Kaufmann, hatte ihm ein Vermögen hinterlassen –, hob er es auf ein ihm angemessenes Niveau, das er dank Lauras ständiger Ermunterung auch halten konnte. Laura wiederum bewunderte demütig den Künstler in George, dem gleichzutun sie sich niemals erhoffen konnte. Diese Bescheidenheit zierte sie, obschon sie stets bereit war, George in jeder anderen Hinsicht ins Gewissen zu reden. Wo sie den Künstler achtete, ließ sie sich von ihm als Mann doch nichts gefallen. George achtete ihren ungeheuren Fleiß, empfand aber liebevolle Zuneigung für sie als Frau. Insgesamt waren seine Gefühle für sie stärker als umgekehrt. Lauras Güte gegenüber Sibyl hatte ihn nach dem Tod seiner Frau tiefer berührt als alles andere. Er nahm Menschen stets bereitwillig für bare Münze und hatte in Laura eine Freundin gefunden, die mindestens so wertvoll war wie erhofft und sich darüber hinaus vermutlich als noch viel wertvoller erweisen würde.

Seit Miss Grey als Sekretärin für George arbeitete, war ihm bewusst, dass trotz der Aura von Effizienz und Eifer, die sie verbreitete, etwas in seinem Leben fehlte: die reizvolle Gesellschaft einer ihm ebenbürtigen, in etwa gleichaltrigen Frau. Just daran wurde er auf hinterhältige Weise von einem eifersüchtigen Mädchen gehindert. Dabei hatte Miss Grey gar nichts von Laura zu befürchten. Laura, der großzügigste Mensch auf Erden und alles andere als habgierig, hätte sich über einen glücklich verheirateten George Knox nur gefreut, und sie hatte auch nicht die geringste Absicht, als der Fluch der zweiten Ehefrau aufzutreten, Busenfreundin der ersten. In der Tat hatte sie jene blasse, schemenhafte Frau, die sich keiner guten Gesundheit erfreute, bis sie zu weit ging und sich dem Tod hingab, gar nicht richtig gekannt. Doch Miss Grey, nicht nur mit stürmischer Zuneigung schnell dabei, sondern auch mit Eifersucht, hatte Laura, noch bevor sie ihr überhaupt begegnet war, zu ihrer persönlichen Feindin erklärt. »Diese Mrs. Morland« lautete ihre Bezeichnung für sie, und was bei dem an sich harmlosen Demonstrativpronomen an unheilvoller Bedeutung mitschwang, erschloss sich in seiner Gänze wohl nur dem weiblichen Verstand. Wenn Miss Grey jetzt unsichtbar über dem Wohnzimmer in Low Rising geschwebt hätte, sie hätte es als ungeheure Kränkung empfunden, dass niemand auch nur einen Gedanken an sie verschwendete. George Knox fehlte sie keine Sekunde, Laura hatte sie ganz vergessen, und Amy Birkett dachte ganz sicherlich nicht an sie, auch wenn Anne Todd vermutlich recht hatte, dass Mrs. Birkett hinsichtlich Miss Greys Absichten möglicherweise behilflich sein könnte.

Als Laura und Amy nach dem Abendessen friedlich beisammensaßen – Tony war im Bett, mit Neddy und Foxy, und Stoker war im Fraueninstitut, das sie gelegentlich besuchte, trotz ihrer hochmütigen und abfälligen Einstellung –, kamen sie, nicht weiter verwunderlich, wieder auf George Knox zu sprechen.

»Er kann sich glücklich schätzen«, meinte Laura. »Den ganzen Dampf seines Charakters, wenn ich so sagen darf, lässt er in seiner geschwollenen Ausdrucksweise ab. Kennst du seine Bücher?«

»Ja. Sein *Das Leben von Karl V* habe ich gelesen.«

»Und? Ist er so wie das Buch?«

»Kein bisschen. Ich hatte einen asketischen Gelehrten erwartet, einen Vernon Whitford, nur nicht so stumpfsinnig. Zu meiner großen Überraschung treffe ich stattdessen auf einen Mann, der ein französischer Herausgeber einer zweitrangigen englischsprachigen Sonntagszeitung sein könnte.«

»Sehr zutreffend«, sagte Laura und brachte ihr Haar in Unordnung. »Das ganze Bramarbasieren, das Aufgeblasene, der Wortschwall, all das ist nur die eine Seite. Die andere entspricht eher dem, was du beschrieben hast. Er verlangt wirklich alles von seinen Sekretärinnen, aber sich selbst verschont er dabei am wenigsten. Auf der Silvesterfeier hat er darüber gelacht, dass er mit seinem Buch über Edward VI einfach nicht fertig wird. Aber dieses Buch wird mit Lebensblut geschrieben sein, wie es in dem schrecklichen Milton-Zitat heißt, das viele Leute auf ihren Lesezeichen stehen haben. Nur nebenbei: Als ob man heute noch Lesezeichen benutzt, viel lieber machen sich die Leute Eselsohren in die

Seiten. Jedenfalls wünschte ich, *Edward VI* wäre mit dem Blut des Drachen geschrieben. Ich habe George lange nicht so zufrieden und entspannt erlebt wie heute Abend.«

»Über den Drachen, wie du sie nennst, würde ich mir nicht allzu sehr den Kopf zerbrechen, meine Liebe.«

»Würdest du aber, wenn sie bei dir in der Nähe wohnen und dich ständig brüskieren würde. Ich muss dich unbedingt mit Anne Todd bekannt machen. Sie hat die Gefahr gleich erkannt.«

»Welche Gefahr sieht denn Anne Todd? Ich habe vor ihrem Urteil großen Respekt. Dass der Drachen Mr. Knox heiraten will oder dass Mr. Knox den Drachen heiraten will?«

Laura dachte nach. »Anne hat gesagt: ›Sie kriegt ihn, wenn sie kann.‹ Das reicht doch wohl, oder?«

»Keineswegs. Dieser unbekannte Drachen kriegt Mr. Knox nur, wenn sie ihn entführt. Sie kann ihm das Leben schwer machen und von mir aus wegen Nichteinhaltung eines Versprechens gegen ihn klagen, aber sie kann ihn nicht dazu zwingen, sie gernzuhaben. Dazu ist er viel zu gut behütet.«

»Du meinst Sibyl? Sie wird Adrian heiraten, hoffentlich, und was wird dann aus dem armen, einsamen George?«

»Genau das wird er dich fragen, Laura.«

Laura richtete sich abrupt auf, noch mehr Haarklammern rieselten auf den Teppich.

»Sei nicht albern, Amy«, sagte sie gereizt. »Was kann ich da schon tun?«

»Entweder seinen Antrag annehmen oder ihn ablehnen – vermutlich eher Letzteres.«

»Amy! Du beschämst mich. Schlimm genug, schon mal einen Mann … Jedenfalls schlimm genug, dass Miss Grey um George buhlt, und jetzt noch dein Verdacht, dass er *mich* heiraten will. Bei meinem Alter!«

Ob Amy den wahren Namen des Drachens herausgehört hatte, blieb im Augenblick keine Zeit zu erörtern. »Entschuldige, wenn ich dich beschämt haben sollte, Laura«, sagte sie. »Doch für eine intelligente Frau hast du gelegentlich erstaunliche Wahrnehmungsstörungen. Mr. Knox mag dich wirklich sehr. Das sieht doch jeder Blinde. Und ich, die ich seit zwanzig Jahren die Heiratswünsche von Hilfslehrern beobachte, bin keineswegs blind. Ist dir noch nie aufgefallen, dass du sehr attraktiv bist, meine liebe Laura?«

Laura musste unwillkürlich lachen. »Müsste mir eigentlich«, sagte sie und hörte nicht auf, wie ein Backfisch zu kichern, so dass Amy sie schließlich um eine Erklärung bat, doch Laura, aus Loyalität gegenüber Adrian, vielleicht auch Sibyl, die von Adrians Punsch-beflügeltem Fauxpas niemals erfahren durfte, schüttelte nur den Kopf.

»Schon gut«, sagte sie leise. »Jedenfalls täuschst du dich gewaltig in George. Es wäre auch einfach zu töricht.«

Amy hätte dieses faszinierende Thema gerne vertieft, wurde jedoch unterbrochen von Stoker, die ein Tablett mit Kakaotassen hereintrug.

»Ich habe mir gerade Kakao gemacht«, meldete sie, »und da dachte ich, dass Sie beide vielleicht auch welchen haben wollen.«

»Danke, Stoker. Worum ging es denn heute Abend im Fraueninstitut?«

Stoker stöhnte laut auf und verdrehte die Augen, so dass

Amy sich veranlasst sah nachzufragen, was denn Schlimmes passiert sei.

»Folktanz«, schnaubte Stoker.

»War es gut?«

»Gut?!«, gab Stoker mit unheilvollem Unterton von sich. »Hängt ganz davon ab, was Sie unter ›gut‹ verstehen, Mrs. Bucket. Ich kenne Leute, die würden absichtlich sagen, ›der Fisch ist noch gut‹, obwohl er zum Himmel stinkt. Nichts gegen ein Tänzchen, wenn man jung ist. Früher habe ich so manchen Kerl an die Wand getanzt, aber da war ich noch ein Mädchen und etwas schlanker als heute – obwohl, ich halte mich gesund, ich kann mich nicht beklagen. Wenn nur die Nerven nicht wären. Hören Sie, Mrs. Bucket, ich halte nicht viel von dem Institut. Wir Frauen sind im Haus besser aufgehoben als draußen, aber die kleine Flo wollte unbedingt hingehen, und ich habe ihr versprochen mitzukommen und vielleicht ein Liedchen zu singen, falls sie eine Aufmunterung brauchen. Die armen Dinger sitzen den ganzen Abend da und müssen sich langweilige Vorträge anhören. Na gut, als ich dann hinkam, sagte die Frau des Pastors: ›Wie schön, dass Sie uns auch mal wieder beehren, Miss Stoker. Wir wollten gerade tanzen. Ich hoffe, Sie tun uns den Gefallen.‹«

»Das hat sie gesagt, Stoker?«, wunderte sich Laura.

»So in etwa«, erwiderte Stoker herablassend. »Mit Miss sollten sich andere angesprochen fühlen, habe ich ihr geantwortet. Ich meinte natürlich die beiden Pastorentöchter, Mrs. Bucket, denn ich bin eine Mrs., seit ich den Ring trage«, fügte sie augenzwinkernd hinzu. »Und weil ich sie nicht noch bestärken wollte, sagte ich, ich müsste erst die kleine Flo fragen. Die hatte sich da aber schon mit Sid Brown, dem Eisenbahner, davongemacht. Setze ich mich also mit Mantel und Hut hin, um mir das anzuschauen. Als ich dann sah, was sie machten, verlor ich die Nerven – wie schon an Weihnachten«, sagte sie, an Laura gewandt.

»Stoker hatte schlimme Rückenschmerzen über Weihnachten«, erklärte Laura mit Grabesstimme, »weil sie Flo hinterherarbeiten musste.«

Amy war wie gebannt. »Schrecklich«, sagte sie. »Und wie ging es heute Abend weiter?«

»Sie haben sich in Zweierreihen aufgestellt wie auf Hochzeitsfotos in Zeitungen. Und ob Sie es glauben oder nicht, Mrs. Bucket, sie haben sich kleine Glöckchen um die Beine gebunden wie Katzenschellen. Dann ging es los. Hopsen, Kicken, Füße schwenken und so weiter. Und Mrs. Mallow immer dabei. Sie müsste es eigentlich besser wissen, in ihrem Alter, und einen Mann hat sie auch schon unter die Erde gebracht, was die beiden Pastorentöchter wohl nie von sich werden sagen können«, giftete Stoker. »Als Miss Todd aufgehört hat, Klavier zu spielen, bin ich aufgestanden und habe mich geschüttelt« – Stoker gab ihnen eine kleine Vorführung, womit sie in jedem Varieté Beifall geerntet hätte und was schon für ihr jetziges Publikum fast zu viel des Guten war –, »und ich sag zu ihr, wie in dem Kinderreim: ›Nicht Schellen am Zeh hab' ich, aber ein' Ring am Finger, dies ist kein Ort für ehrbare Fraun'.‹ Miss Todd fängt wieder an zu spielen, und ich sag, gut, ich mache ein bisschen mit, um ihr den Gefallen zu tun und auf die kleine Flo aufzupassen.«

»Das war sehr anständig von Ihnen, Stoker.«

»Ja. Dann kommt Sid Brown an, er würde die kleine Flo gerne nach Hause bringen, sagt er. Ich wage zu behaupten, dass sie mit ihm nicht besser dran ist als mit Folktanz.« Wie Stokers Rolle als Anstandsdame aussah, wurde nicht ganz klar. »Als ich dann wieder hier war, habe ich mir erst mal einen leckeren Kakao gemacht, und, wie gesagt, warum nicht gleich für Sie beide mit.«

»Vielen Dank, Stoker«, sagte Laura. »Gute Nacht. Wir gehen jetzt auch zu Bett.«

»Gute Nacht«, verabschiedete sich Stoker, und auch die Damen zogen sich zurück. Laura jedoch, trotz der verlockenden Lektüre eines spannenden Buches von Thomas Pinkerton, gingen Amys Worte über George Knox nicht aus dem Kopf. Als sie Anne Todd gegenüber erwähnte, sie sehne sich manchmal nach einer platonischen Umarmung – hatte sie da George Knox im Auge gehabt? Nein, wie sie nach sorgfältiger Überlegung für sich klarstellte. Eine Umarmung war wünschenswert, doch in Wahrheit suchte man doch jemanden zum Anlehnen. Dafür eignete sich George nicht. Amy hätte ihren Verdacht, George sei ihr, Laura, besonders zugetan, lieber für sich behalten sollen, könnte er doch die derzeit recht harmonische Beziehung zwischen ihnen empfindlich stören. Doch falls George sie tatsächlich attraktiv fand, stellte dieser Umstand ein starkes Gegengewicht zu dem Drachen dar. Es würde den Drachen ärgern. Zum Teufel mit dem Drachen. Das Leben wäre so viel einfacher ohne ihn.

Amy Birkett, beim Versuch, im Bett das Kreuzworträtsel der Tageszeitung zu lösen, dachte ebenfalls noch einmal kurz an den Drachen. So wie Anne Todd hatte auch sie eine

Idee, wie man helfen könnte, doch schlummerte diese Idee vorerst schön im Hinterkopf, sie benötigte noch etwas Zeit heranzureifen. Ohnehin blieb Amy Birkett nur noch zwei Tage hier, und sie würden die Familie Knox nicht wiedersehen, das Thema also auch nicht mehr zur Sprache bringen.

Danach fing für Tony die Schule wieder an, Laura und Stoker verschlossen das Haus und zogen für die Wintermonate in die Stadtwohnung.

8

Lunch und die sanfte Kunst des Briefeschreibens

Drei Monate lang, also fast den ganzen Winter über, arbeitete Laura in London. Ein paarmal traf sie sich mit Adrian und erfuhr dabei, dass er zu Sibyl nur sporadisch Kontakt hatte. Er hoffte, sie würde einmal in die Stadt kommen, doch sie sprach nie davon und ging auch nicht auf seine, wie er meinte, zarten Andeutungen einer möglichen Stippvisite seinerseits in Low Rising ein.

»Lange halte ich das nicht mehr aus«, gestand er Laura eines Tages beim Essen. »Briefe allein, das reicht nicht. Und so allerliebst Sibyls Briefe sind, so kurz und nichtssagend sind sie auch. Außerdem würde ich gerne endlich einmal lesen, was sie sonst so schreibt. Es ist bestimmt vorzüglich, und ich würde mich freuen, es zu veröffentlichen, dafür wäre sie mir dann sicher dankbar.«

»Sie brauchen keine Dankbarkeit«, sagte Laura. »Sie brauchen Liebe, guter Mann, die Liebe eines unschuldigen Mädchens.«

»Dankbarkeit wäre ein erster Schritt auf dem Weg dahin.«

»Im Gegenteil, es wäre ein Rückschritt. Überhaupt. Wofür soll sie dankbar sein? Sie würden ihr Buch doch nicht veröffentlichen, wenn es kein Geld einbringt. Sie sind ein

Gauner«, sagte Laura nüchtern, »der sich auf Kosten von Witwen bereichert. Obwohl, ich muss zugeben, ich habe mich nie als Witwe betrachtet. Ich bin einfach nur ich selbst. Ist Ihnen schon mal aufgefallen, dass echte Witwen nach dem Tod ihrer Männer schrumpfen? Sie sacken in sich zusammen und gehen gebeugt. Ich schrumpfe nicht. Wahrscheinlich fehlt mir dazu der nötige Witwengeist. Zudem ist es sehr angenehm, allein zu wohnen, außer manchmal, wenn man sich wie das fünfte Rad am Wagen vorkommt und gern jemanden zum Ausgehen hätte. Aber um all das zu verstehen, sind Sie zu jung, Adrian, und Sie wollen ja über Sibyl sprechen, nicht über mich.«

»Meine Liebe, Sie sind eine himmlische Närrin, wie ich Knox gegenüber einmal bemerken durfte.«

»*Das* haben Sie zu George Knox gesagt? Nun ja, Sie werden wohl recht haben. Solange ich nicht Parzival für Sie bin, im Nachthemd, über der Rüstung, zwei Schritte vor, einer zurück, während hinter mir die Kulisse verschoben wird.«

Adrian beruhigte sie.

»Es wäre ein Denkzettel für Johns and Fairfield, wenn ich Sibyls Buch herausbrächte. Ich frage mich, ob die überhaupt wissen, dass sie schreibt.«

»Sie hält jedenfalls nicht hinterm Berg damit. Sie sollten es sich schriftlich von ihr geben lassen, dass Sie ein Vorkaufsrecht haben.«

»So was Ähnliches habe ich schon, Laura. Ich zeige Ihnen ihren Brief, wenn Sie möchten.«

»Klingt rührend, wenn Sie von ›ihrem‹ Brief sprechen, Sie verliebter Trottel«, sagte Laura freundlich. Adrian lief rot an, erwiderte jedoch nichts, sondern zog einen Notizblock hervor und übergab Laura den darin liegenden Brief.

»Darf ich mich ab jetzt als Mitwisserin betrachten?«, fragte sie.

»Ja.«

Lieber Mr. Coates, fing der Brief an.

»Meine Güte!«, sagte Laura. »Sind Sie über Mr. und Miss noch nicht hinaus?«

»Ich finde es hochfein von ihr, nicht gleich zu den Vornamen überzugehen«, alberte Adrian.

»Sagen Sie bloß, Mr. Coates? Das ist doch mal was Neues. Wahrscheinlich kämen Sie sogar ganz schön ins Schwitzen, wenn man Sie nach den Vornamen Ihrer Freunde fragt. Aber weiter im Text.«

Lieber Mr. Coates, las sie.

> *Vielen Dank für Ihren Brief. Ja, die Hunde sind wohlauf. Sheila hat vergangene Woche geworfen. Die Hunde werde ich verkaufen und behalte nur den anderen für die Züchtung.«*

»›Den anderen‹ – diese Zartfühligkeit gefällt mir«, bemerkte Laura.

> *Sie möchten sicher keinen Welpen haben, oder doch? Sie sind überaus liebe Geschöpfe, und Ihnen würde ich das Junge natürlich auch nicht verkaufen. Ich würde es Ihnen schenken.«*

»Was wollen Sie mit dem Hündchen machen, Adrian?«

»Das weiß ich noch nicht. Ich muss das Angebot wohl annehmen, weil es so charmant ist von ihr, aber das Tier wäre schon eine verdammte Plage in meiner Wohnung.«

»Bitten Sie sie doch, es für Sie zu verwahren. Dann könnten Sie sagen, Sie müssten ab und zu hinfahren, um es zu besuchen.«

Daddy geht es sehr gut. Er fängt ein neues Buch an, über Königin Elizabeth. Vielleicht fahren wir nachher zu Granny in die Stadt, aber ich lasse die Hunde nicht gern allein. Vielen Dank für das Buch, das Sie mir geschickt haben, es ist sehr schön, auch wenn ich kaum zum Lesen gekommen bin, weil Jane so schlecht gelaunt war. Sehr nett von Ihnen, dass Sie meine Geschichte sehen wollen, aber ich halte sie noch nicht für gelungen. Dennoch, lieber zeige ich sie Ihnen als irgendjemandem sonst.

Hochachtungsvoll Ihre

Sibyl Knox

Laura gab Adrian den Brief zurück, der ihn ehrfürchtig in sein Notizbuch legte und fragte, was sie davon hielt.

»Es ist Ihnen ja wohl klar, dass Sie wegen der Hunde auf dem Land leben müssen, wenn Sie verheiratet sind. Und was das Buch betrifft, sind Johns and Fairfield offenbar nicht eingeweiht. Zeigen Sie es mir, wenn sie es Ihnen geschickt hat.«

»Gut. Mache ich. Sie werden meine Leserin sein und mir Ihren Eindruck schildern.«

Laura war so gefangen von der Idee, dass sie alles andere um sich herum vergaß und überhaupt nicht mehr auf ihre Haltung achtete, die Ellbogen auf den Tisch gestützt, die Füße hinter die Stuhlbeine geklemmt. »Hören Sie zu, Adrian«, sagte sie. »Ich lade Sie in den Osterferien ein. Anne Todd und ich halten Ihnen auch den Drachen vom Leib. Und Sie können mit Sibyl lustwandeln auf blumigen Pfaden, dem Kuckuck lauschen, Butterblumen und Veilchen pflücken, warmen Mutterboden schnuppern, auf Meere von Glockenblumen blicken. Verliebt im wunderschönen Monat Mai.«

An dieser Stelle brach sie plötzlich zu ihrer eigenen Verwunderung in Tränen aus.

»Laura, meine Liebe«, sagte Adrian aufs Äußerste besorgt. »Nicht weinen. Ich weiß, der Frühling ist aufwühlend, aber nehmen Sie es sich nicht so zu Herzen.«

»Frühling und junge Liebe wühlen mich immer auf«, sagte Laura, die mit ihrer geröteten, glänzenden Nase und den verquollenen Augen ein wenig derangiert wirkte. »Jedes Jahr das Gleiche mit dem Frühling, wie bei Heine. Ich habe Sie wirklich gerne bei mir, Adrian, nur fühle ich mich dann immer ein bisschen alt. Na ja, wie dem auch sei, der Drachen wird mir die Frühlingsgefühle schon austreiben. Jetzt muss ich los. Aber erst möchte ich Ihnen noch den Brief von Tony zeigen. Ich hätte Sie nicht damit behelligt, aber Sie haben mir Sibyls Brief gezeigt, also ist es nur gerecht. Es ist ein Valentinsgruß«, sagte sie stolz, »und er kam gestern, zwei Wochen zu spät.«

»Auf Tony habe ich seit dem Gedicht über das Moorhuhn schon allein aus beruflichen Gründen ein wachsames Auge«, sagte Adrian. »Zeigen Sie mal.«

Ein in roter und blauer Tinte fein säuberlich geschriebener Brief, fehlerhaft, dafür reich verziert mit pfeildurchbohrten, bluttriefenden Herzen.

Liebe Mutter

Ich bitte demütig um Nachsicht für die Verspätung, aber man findet hier an diesem alten muffigen Ort einfach nichts. Also

Oh Liebelein
Willst Du sein mein
Im Mondesschein
Am plätschernden Bach waldein
Dein Haar verflochten fein
Wie eine Rebe Wein
So sagte einst Einstein
Über einen Schrein
Doch hier verliert der Reim
Drum noch einmal
Oh Liebelein
WILLST DU SEIN MEIN.

Dein dich liebender Sohn
TONY

P.S. Dies habe ich ganz allein geschrieben
P.S. Nr. 2: Unser Boxkampf ist am 23. März. Ich hoffe, du kommst. Centurio dixit me mediorem esse quam ultimus terminus. γοσδβϊἐ

»Ein sehr hübscher Valentinsgruß« sagte Adrian, und Lauras Augen leuchteten vor Stolz. »Aber die alten Sprachen waren noch nie meine Stärke. Können Sie mir das übersetzen?«

»Gott sei Dank bin ich ungebildet, aber ich glaube, mit *centurio* ist der Schul-Sergeant gemeint, der die Boxkämpfe leitet.«

»Aber warum sollte der Sergeant sagen, Tony sei besser als das vergangene Schuljahr? Das scheint mir kein passender Vergleich. Oh, jetzt verstehe ich, er meint, Tony sei besser als im vergangenen Schuljahr.«

»Besser als im vergangenen Schuljahr, was denn sonst«, sagte Laura, die sich wunderte, dass Männer manchmal so begriffsstutzig waren. »Und den letzten Teil kenne ich, das hat er schon mal geschrieben. Ich habe mal angefangen, Griechisch zu lernen, um den Jungen bei ihren Hausaufgaben helfen zu können, aber ich bin nicht mal über das Alphabet hinausgekommen, dann habe ich aufgegeben. Auch gut, denn egal, wobei ich den Jungen geholfen habe – wir haben uns immer gestritten. Also dann, Adrian, auf Wiedersehen, und danke für die Einladung zum Essen. Bevor ich Schriftstellerin wurde, habe ich immer gedacht, Verleger würden einen dauernd zum Essen einladen. Aber bei Ihnen reicht es immer nur für zwei Mittagessen pro Jahr, und darum muss ich auch noch bitten. Ach so, was war das für ein Buch, das Sie Sibyl gegeben haben und das sie nicht gelesen hat?«

»Robert Bridges' *Testament of Beauty.*«

»Sie armer Kerl«, meinte Laura mitleidig. »Ein schönes Testament. Das bindet besonders. Nun ja, ich hoffe, Ihre Liebe sie verwehrt, bis Juda sich bekehrt, wenn das Ihrer Vorstellung von Verliebtsein entspricht. Zu meiner Zeit schenkte man sich die *Sonette aus dem Portugiesischen*, aber das waren stürmische Zeiten ...«

Wenige Tage darauf bekam Laura ein Typoskript zugeschickt mit einem Begleitbrief von Anne Todd.

Liebe Mrs. Morland,

anbei die Seiten 120–157. Sie werden sehen, es ist alles korrekt. Ich hätte sie Ihnen früher geschickt, wenn meine Mutter letzte Woche nicht so krank gewesen wäre. Dr. Ford war jeden Tag hier und hat sich wie ein Engel um sie gekümmert. Meine Mutter lebt wirklich gerne, aber diese Herzattacken sind kein Zuckerschlecken, jedenfalls ist sie arg geschwächt. Sollte sie mal nicht mehr da sein, gäbe es für mich auch keinen Grund weiterzuleben, es sei denn die Arbeit für Sie und das Fraueninstitut, das werde ich wohl weiter leiten. Stoker hat Ihnen sicher von ihrem Erfolg an dem Folktanz-Abend erzählt. Sie kam um zu lästern, und am Ende tanzte sie eine geschlagene Stunde lang – allerdings ohne Mantel und Hut abzulegen, um deutlich zu machen, dass sie ja eigentlich gar nicht anwesend war. Sie erntete kräftigen Applaus, und es würde mich nicht wundern, wenn Brown aus der Werkstatt sie gefragt hat, ob er sie einmal ausführen darf.

Von der Familie Knox habe ich in letzter Zeit nicht allzu viel mitbekommen. Sibyl sieht adrett aus, sehr attraktiv – das Resultat einer zarten Leidenschaft, nehme ich an. Sie können Mr. Coates ausrichten, dass er sich wegen möglicher Rivalen keinen Kopf zu machen braucht. Der Drachen scheint fester entschlossen denn je, was Mr. Knox betrifft, verliert aber gleichzeitig auch Sibyl nicht aus dem Auge und bindet sie ans Haus, wann immer sie kann. Ob als Anstandsdame oder um zu verhindern, dass sie andere junge Männer anzieht – ich kann mir keinen Reim darauf machen. Mr. Knox wirkt dagegen etwas unruhig. Er war in letzter Zeit oft bei uns und kommt sehr gut bei meiner Mutter an, die regelrecht aufblüht und heftig mit ihm flirtet. Ich soll ihm bei dem Buch über Queen Elizabeth helfen, aber ich glaube, da halte ich mich lieber raus, sonst bringt mich der Drachen noch um. Mr. Knox hängt dem rührenden Glauben an, jeder, der sich mit moderner Kleidung auskennt, wüsste auch alles über historische Kleidung, doch bei Halskrausen und Reifröcken bin ich überfragt, fürchte ich. Trotzdem, Queen Elizabeths Garderobe hätte ich gerne mal gesehen. Dr. Ford ist nicht ganz einverstanden mit Mr. Knox' häufigen Besuchen, aber ich kann daran nichts finden. Besser, meine Mutter hat ihren Spaß, als den ganzen Tag mit mir eingesperrt zu sein.

Anfang kommender Woche schicke ich die nächste Lieferung. Wie läuft der Verkauf in Amerika?

Ihre

ANNE

Laura freute sich darüber, dass George Knox die alte Mrs. Todd so aufmunterte, die Unterhaltung tat der kranken Dame sicherlich gut. Was mischt sich Dr. Ford da ein, dachte sie, hatte aber die Sache schnell wieder vergessen, da sie mitten in den Vorbereitungen für eine Fahrt zu Tonys Schule steckte, um dort bei den Birketts zu lunchen und sich anschließend Tonys Boxkampf anzuschauen.

Der Lunch bei den Birketts verlief hektisch, da Bill Birkett Schiedsrichter sein sollte und Edward ständig mit Nachrichten vom Schul-Sergeant angerannt kam. Ausgerechnet heute hatte Wesendonck beschlossen, die Rückwand des Fives Court zu erklimmen, was streng verboten war, und oben für eine Schar ihn bewundernder Freunde einen Kriegstanz aufzuführen, bis er abstürzte, sich das Fußgelenk brach und diverse Blutergüsse zuzog; und Johnson, dem der Haarfestiger gehörte, hatte sich eine Grippe eingehandelt. Alle Paarungen für die Kämpfe mussten folglich neu ausgelost werden.

Nach dem Lunch begleitete Amy ihre Freundin zur Schulaula. Die vorderen Reihen waren für Lehrer und Ehrengäste reserviert. Auf den restlichen Plätzen drängten sich die Eltern, die Bänke in den hintersten Reihen hatten sich die Schüler erobert, die Empore war so voll, dass Laura befürchtete, jeden Moment könnten menschliche Leiber zwischen den Geländerstangen hervorquellen wie Zahnpasta aus einer Tube. Hinter dem Boxring kauerte, in weißen Westen und Shorts, eine Schar Knaben, ihre Blazer oder Jerseys nachlässig um die Schultern gehängt.

»Wir hatten alle Hände voll zu tun, sie sauber zu bekommen«, sagte Amy. »Die Hausmutter hat sie wie eine Verrückte angehalten, sich vor dem Mittag die Knie zu schrubben, aber nach einer halben Stunde Stillsitzen waren sie natürlich wieder schmutzig. Du kennst dich ja mit Jungen aus.«

»Ich glaube«, sagte Laura, »dass alle Jungen mit einem Sack voller Dreck geboren werden, und solange der nicht ganz ausgeschüttet ist, können sie gar nicht sauber sein. Ich habe keine andere Erklärung. Du kannst sie waschen, so viel du willst, und sie anschließend in einen leeren Raum sperren oder sogar ins Bett packen. Hilft alles nichts. Zehn Minuten später strotzen sie wieder vor Dreck. Manche tragen größere Säcke mit sich herum als andere, und meine Familie scheint besonders geschlagen.«

»Ich weiß nicht. John schien mir immer einigermaßen sauber zu sein. Nur Gerald, der war meist ein Dreckspatz. Ist er noch auf Forschungsreise?«

»Nett, dass du es diesmal richtig behalten hast, Amy. Ja, er ist immer noch in Mexiko. Seine amerikanischen Freunde wollen, dass er zurück nach New York kommt und ihnen bei einem Buch hilft. Vielleicht fliege ich im Herbst einmal hin und besuche ihn, wenn meine Tantiemen aus den Verkäufen in Amerika ausreichen. Oh, Ruhe jetzt, Bill fängt gleich an zu blaffen.«

Der Rektor setzte zu seinem berühmten Bellen an, und sofort herrschte knisternde Stille unter den Versammelten, während zwei zwergenhafte Gestalten den Ring betraten. Ein Lehrer, Mr. Ferris, tauchte unter den Seilen durch, mit denen in der Mitte der Aula ein Viereck abgezirkelt worden war, und hielt eine Ansprache, die von dem schrillen, spitzen Geschrei und Gekreisch aufgeregter kleiner Jungen erstickt wurde. Der Rektor erhob sich halb von seinem Sitz und schaute böse um sich. Das Flüstern flaute ab, Mr. Ferris schloss seine Rede mit den Worten: »... zu meiner Rechten Swift-Hetherington, J. W., zu meiner Linken Fairweather, A. L.«, wies sodann artig zu beiden Seiten, wiederholte: »Rechts Swift-Hetherington, links Fairweather«, und tauchte wieder unter den Seilen durch. Ein anderer Lehrer schlug den Internatsgong, sagte: »Sekundanten aus dem Ring«, und Swift-Hetherington und Fairweather traten ins Zentrum der freien Fläche.

Swift-Hetherington trug eine rote Schärpe, Fairweather eine blaue. Sie traten in der Halbfliegengewichtsklasse gegeneinander an, und während Swift-Hetherington mit seinen fünfundzwanzig Kilogramm gegenüber Fairweather mit vierundzwanzigeinhalb leicht im Vorteil war, erreichten sie ein gemeinsames Alter von annähernd fünfzehn Jahren. Die weißen Söckchen ordentlich über die weißen Turnschuhe gerollt, die Boxhandschuhe grotesk und riesig an den Enden der Spaghettiärmchen. Die Stärken und Schwächen von kleinen Jungen haben für ein empfindsames Gemüt etwas Rührendes. Viele Jungen haben kräftige Fußballerwaden und eine fast männliche Brust, Arme und Schultern dagegen sind der Kinderstube noch nicht entwachsen. Die Kragenweiten, von einem Bandmaß objektiv erfasst, sind unfassbar klein.

Nach einem virilen Handschlag gingen die beiden Kämpfer mit schlackernden Armen ernsthaft aufeinander los, betupften gegenseitig ihre roten Wangen und tänzelten in bester Boxsportmanier auf Zehenspitzen umeinander herum. In der Aufregung, endlich im Ring zu stehen, erwiesen sich die mühsam beigebrachten Lektionen des Sergeants als nutzlos. Swift-Hetherington versuchte es mit wildem Dreschen, landete aber kaum je einen Schlag, während Fairweather in seinem Rausch krallenhafte Bewegungen vollführte und dabei gelegentlich Swift-Hetheringtons Brust streifte. Beide atmeten schwer und blickten zutiefst erleichtert, als der Gong ertönte. Sie flohen in ihre jeweilige Ecke, wo sie den Geschmack des Ruhms kosten durften, sich genüsslich räkelten, die ausgebreiteten Arme auf den Seilen abgelegt, die Füße über dem Boden baumelnd, während ihre Sekundanten, ältere Semester von zwölf, dreizehn Jahren, ihnen mit Handtüchern teilnahmsvoll Luft zuwedelten und mit Schwämmen Zunge und Gesichter benetzten.

»Früher fand ich diese Schwämme immer bedenklich«, sagte Amy zu Laura, »aber mittlerweile bin ich einverstanden. Wenn man einmal gesehen hat, dass mit demselben Wasser an einem Nachmittag dreißig verschiedene Zungen befeuchtet werden, kann man sich jede Vorsorge gegen Infektionskrankheiten sparen. Was nutzt ein desinfizierendes Gurgelmittel gegen Grippe, wenn sie sich solche Sachen hier erlauben.«

»Kann man nicht einfach Desinfektionsmittel in den Eimer schütten?«

»Nein, meine Liebe, das geht nicht. Der Sergeant würde es nicht gestatten, es verstieße gegen alle Regeln. Bislang hat es noch nie jemandem geschadet. Und wenn sich zu viel Blut ins Gebräu mischt, holt Edward manchmal einen Eimer frisches Wasser.«

Während Laura noch darüber nachdachte, wurde die zweite Runde eingeläutet. Die Unterstützer auf dem Balkon johlten, winkten und strampelten mit Armen und Beinen, die zwischen den Gitterstäben des Geländers steckten, und wurden vom Direktor niedergebellt. Swift-Hetherington tat sein Bestes, doch die Unterlippe bebte unheilverheißend, die Augen wurden feucht, und die schlotternden Arme gebärdeten sich immer wilder. Laura klammerte sich an Amy, sie dachte an die vielen Boxkämpfe, in denen sie den einen oder anderen ihrer Söhne in ähnlicher Bedrängnis erlebt hatte. Genau in dem Moment, als es unerträglich zu werden drohte, sprang der Direktor auf. »Das reicht.« Fairweather wurde der Sieg zugesprochen. Swift-Hetherington besaß genug Geistesgegenwart, seinem Gegner die Hand zu reichen, sank dann aber gedemütigt zusammen. Der bewunderungswürdige Edward nahm sich des tränenüberströmten Kriegers an, kniete in der Ringecke neben ihm, wischte ihm die Tränen ab und munterte ihn auf.

»Wenn wir unseren Edward nicht hätten«, sagte Laura. »Dem Himmel sei Dank, dass Bill den Kampf abgepfiffen hat.«

»Echte Schiedsrichter würden wahrscheinlich anders entscheiden«, sagte Amy. »Aber wenn Tränen fließen, lässt Bill die Jungen nicht weiterkämpfen. Das würde ihnen nur den Mut für das nächste Mal rauben. Bei deinem Dick hat es jedenfalls funktioniert. Das arme Kind hat mir mit seiner jammervollen Miene zu Beginn des Kampfes fast das Herz gebrochen, aber dann hat er sich zu einem der besten Boxer entwickelt.«

»Ja, es war schrecklich, seine Boxkämpfe mit ansehen zu müssen. Ich weiß nicht, wie man so etwas aushält. Trotzdem, er war immer mit Eifer dabei, auch wenn er geheult hat. Einem Jungen, der ohne Vater aufwächst, möchte man im Ausgleich so einen blutrünstigen Sport erlauben.«

»Dummerchen«, sagte Amy liebevoll. »Aber du hast dich tapfer gehalten. Die arme Mrs. Watson, die Frau eines unserer Hausvorsteher, hält es schlicht nicht aus, obwohl ihr Junge ein ausgezeichneter Boxkämpfer ist. Sie verlässt regelmäßig den Raum, wenn er aufgerufen wird, und versteckt sich in einem Klassenzimmer, Gesicht zur Wand, bis der Kampf vorbei ist. Du wirst sie gleich sehen.«

Allmählich stieg man zur Fliegengewichtsklasse auf, die Spaghettiärmchen wurden kräftiger, die Schläge härter, und ein junger Mann vergoss echtes Blut. Zu Lauras heimlicher Erleichterung überstanden Tony und sein Gegner ihren Kampf ohne Blut und Tränen, und obwohl Tony geschlagen wurde, galt es als achtbare Niederlage. Nachdem dieser abscheuliche Moment vorüber war, konnte sich Laura dem Geschehen etwas entspannter widmen. Mit Tony in sicherer Verwahrung, galt ihre Aufmerksamkeit für den restlichen Nachmittag ganz den drei anwesenden Sergeants. Zwei von ihnen waren als Richter aus der Oberstufe hinzugeholt worden, der dritte war der derzeitige Boxinstruktor, ein breitschultriger, leichtfüßiger, hübscher Mann, der Laura an Trooper George aus Dickens' Roman *Bleak House* erinnerte. Die ganze Zeit über saß er wie ein Fels in der Brandung, Beine leicht gespreizt, Hände auf den Knien, nur die Augen gingen zwischen den Kämpfern hin und her. Ihm gegenüber der frühere Boxinstruktor der Oberstufe, ein ehemals berühmter Armeeboxer, bei Lehrern und Jungen gleichermaßen beliebt und bekannt als Benny. Sein Augenlicht war nicht mehr sonderlich gut, weswegen er die beiden Wichte im Ring durch dicke Brillengläser betrachtete, und gelegentlich wandte er sich um und erklärte einem der kleineren Jungen in seiner Nähe etwas, der daraufhin vor Stolz und Freude glühte.

Mason dagegen, der Sergeant der Unterstufe, verfolgte das Geschehen andächtig. Er war in einer anderen Welt. Seine Augen klebten an jeder noch so winzigen Regung seiner Schüler, die locker geballte Faust ahmte jede Bewegung der Boxhandschuhe nach, er keuchte, während seine Lippen lautlos Worte der Ermahnung und Anweisungen formten.

»Und wenn sein Haus lichterloh brennen würde«, sagte Amy, »oder ein Feuerwerkskörper neben ihm explodierte, ich glaube, solange der Boxkampf läuft, hat Mason alles andere um sich herum ausgeschaltet. Als dein Dick und ein gewisser Jones mal im Endkampf standen …«

Was mit Dick und Jones geschah, ging im Lärm eines kleinen Gerangels im Publikum sang- und klanglos unter. Amy drehte sich um.

»Ach, das ist nur Mrs. Watson«, sagte sie, einigermaßen stolz auf ihr Paradebeispiel. »Sie hat sich in Mr. Ferris' Klassenzimmer eingeschlossen und wird erst nach Watsons Kampf wieder daraus hervorkommen. Edward sagt ihr immer Bescheid. Da, schau her: Mr. Watson verlässt den Tisch der Kampfrichter. Aber wohl nicht aus Angst davor, dass sein Junge zerknautscht wird, sondern aus Skrupel, eine Entscheidung für oder gegen den eigenen Sprössling treffen zu müssen. Wenn man sich den kleinen Watson mal ansieht, wird einem klar, wie absurd das ist, denn er schwärmt fürs Boxen, und er ist nur glücklich, wenn er Boxhandschuhe trägt. Wie so hasenfüßige Eltern ein Kind mit dieser Kämpfernatur produzieren konnten, ist mir wahrlich ein Rätsel.«

Und tatsächlich, der kleine Watson, der in diesem Moment bescheiden, aber selbstbewusst in den Ring trat, war der Letzte, um den man besorgt sein musste, nicht mal als Eltern. Angriffslustig umkreiste er seinen Gegner, trieb ihn vor sich her, platzierte gezielt seine Schläge und schien das Rinnsal Blut, das ihm übers Gesicht lief, fast zu genießen. Mason hatte einen regelrecht verklärten Gesichtsausdruck, wie er nur dem heiligen Johannes bei der Offenbarung gleichkam, und hätte Watson beinahe umarmt, als dieser triumphierend das Schlachtfeld verließ. Edward wurde gesichtet, wie er sich durch die Menge schlängelte, auf dem Weg zu Mr. Ferris' Klassenzimmer. Mrs. Watson kam hervor, bleich, aber glücklich. Mr. Watson nahm seinen Sitz am Kampfrichtertisch wieder ein, und das Spektakel wurde fortgesetzt.

Laura blieb nur wenig Zeit, um mit Tony ein paar Worte zu wechseln, sie musste zurück in die Stadt. Er nahm ihre Glückwünsche mit demonstrativem Desinteresse entgegen und platzte offensichtlich vor Begierde, ihr etwas zu erzählen.

»Mutter, Mutter, darf Donki in den Ferien zu uns kommen?«

»Wesendonck?«

»Ja. Oh, bitte, Mutter? Er hat ganz viele Schienen und eine Spiritus-Lok, damit könnten wir eine große Eisenbahn im Garten aufbauen. Bitte, Mutter, darf er kommen? Er ist ganz in Ordnung, und er kennt einen Jungen, der eine richtige Schmalspurbahn hat, mit Waggons, in denen man sitzen kann. Bitte, Mutter, oh, bitte.«

»Ich glaube, das lässt sich einrichten, Tony. Soll ich Mrs. Wesendonck schreiben?«

»Ja, bitte. Oh, Mutter. Wäre das nicht schön, so eine

Schmalspurbahn im Garten? Dann könnte ich Sibyls Hunde spazieren fahren, Mutter.«

Laura küsste ihren monomanischen Sohn und eilte davon, um sich von Amy zu verabschieden.

»Komm in den Ferien wieder, Amy«, sagte sie, »und bring Bill mit. Ich wünschte, ich könnte mich auch um die Mädchen kümmern, aber so ist es nun mal.«

Amy versprach zu kommen, für Bill konnte sie nichts versprechen.

»Was macht der Drachen?«, erkundigte sie sich, als Laura ins Auto stieg.

»Gut in Form.«

Laura ließ den Motor an. »Wie heißt sie doch gleich?«, rief Amy.

»Miss Grey!«

Amy ging zurück ins Schulgebäude und sprach mit zahllosen langweiligen Müttern und Vätern, die alle gleich aussahen, beglückwünschte Mason zur Tapferkeit seines Schülers, beruhigte die Hausmutter, die sich über die Unmengen dreckstarrender und blutbefleckter weißer Turnhosen und -hemden aufregte, begutachtete Wesendoncks verstauchtes Fußgelenk, erkundigte sich nach dem Befinden des an Grippe erkrankten Johnson, dankte Edward für seine Hilfe und den Dienstmädchen dafür, dass alles glatt gelaufen war, munterte Bill während des kalten Abendessens, unvermeidliche Folge jeder Schulfestivität, auf, schrieb an Rose und Geraldine, die irgendwo im Ausland bei einer Gastfamilie weilten, um die Landessprache zu erlernen, und erledigte diverse andere kleine Dinge, die alle zur unbezahlten Arbeit einer Rektorengattin gehörten. Gleichzeitig beschäftigte sie die ganze Zeit ein Gedanke, und sie fragte sich, ob sie ihn Laura mitteilen sollte oder nicht. Möglicherweise würde er Laura nur noch mehr verunsichern, und vielleicht hatte sie ja auch gänzlich unrecht, obwohl das eher unwahrscheinlich war, man brauchte nur zwei und zwei zusammenzuzählen. Ohnehin war es immer besser abzuwarten, bis sich die Dinge beruhigt hatten. Doch der Gedanke war in der Welt, und dort sollte er ruhen, bis zu den Osterferien. Falls dann Laura oder die nette Tochter von Knox Hilfe bräuchten, läge er bereit.

9

Peinliche Begegnung am Nachmittag

Ein paar Tage darauf spazierte Laura im Hyde Park und schaute den Reitern auf der Rotten Row zu. Eine große Schar, vermutlich Reitschüler, kam von den Kensington Gardens herübergetrottet. Der Reitlehrer faszinierte sie, ein Gigolo aus der *haute école* sozusagen, eine dunkle Schönheit mit Reiterhut, einem Sombrero nicht unähnlich, von schlanker, geschmeidiger Gestalt, die einen sogleich an argentinische Weiten denken ließ. Sehr D.H. Lawrence-haft, dachte Laura. Einer, der sich, erfüllt von einem finsteren Urgeheimnis, urplötzlich in ein Halbblut verwandeln und seine Mitmenschen unterwerfen kann. Aber es war unwahrscheinlich, dass er auf der Rotten Row seine Macht ausüben würde, und als er seine Stimme hob, um einen Schüler zu korrigieren, hörte man so lupenreines Cockney, dass sich das Bedrohliche des Mannes sofort verflüchtigte. Laura wandte sich ab und stieß dabei gegen eine Person.

»Nanu, Mrs. Morland!«

Laura sammelte sich und erkannte Miss Grey.

»Oh, guten Tag!«, sagte sie und riss sich von den Pueblos oder Haciendas oder was auch immer los, wo kräftige, leicht trottelige, primitive Männer dumpf die brandende Kraft der Erde einsaugten, Männer, die nur aus Lenden und

Haaren zu bestehen schienen und nur mit dem Finger zu schnippen brauchten, um scharenweise Frauen anzulocken, die nach heimlicher, inniger Vereinigung mit ihren – im höheren, edleren Wortsinn – tierhaften Leibern lechzten.

»Ich wusste nicht, dass Sie sich in der Stadt aufhalten«, sagte Laura.

»Ich recherchiere für Mr. Knox ein bisschen im British Museum. Wir kommen gut voran mit dem Buch über Queen Elizabeth.«

»Wie schön«, sagte Laura töricht.

»Ich wohne bei der alten Mrs. Knox in Rutland Gate«, fuhr Miss Grey fort. »Wollen Sie nicht auf eine Tasse Tee vorbeikommen? Mrs. Knox würde sich bestimmt freuen.«

Überwältigt von der Selbstsicherheit des Drachens, sagte Laura kurzerhand und widerstandslos zu. Erstaunlich genug, dass die alte, für ihre Bösartigkeit und Übellaunigkeit berüchtigte Mrs. Knox die Sekretärin ihres Sohnes beherbergte, aber dass diese es sich erlauben durfte, fremde Menschen zum Tee einzuladen, war schier unglaublich. In all den Jahren ihrer Bekanntschaft mit der alten Mrs. Knox hatte sich Laura nie wohl in ihrer Nähe gefühlt, und nun gebärdete sich diese Sekretärin wie die Tochter des Hauses. Wenn doch bloß Anne Todd hier wäre, dachte Laura, als sie mit Miss Grey durch Knightsbridge lief, Rutland Gate entlang, und sich alle Mühe gab, höflich auf Miss Greys beflissene Fragen nach ihren Söhnen zu antworten. Auf den Stufen der Eingangstreppe öffnete Miss Grey ihre Handtasche und holte den Hausschlüssel hervor. Ganz die auf Rache sinnende Tochter des Hauses. Laura verschlug es die Sprache. Offenkundig nutzte Miss Grey die Gelegenheit, um ihr vorzuführen, wie heimisch sie sich hier bei Mrs. Knox fühlen durfte. Laura hatte die Problematik dieser Frau schon beinahe vergessen, und sie war immer geneigt, es im Leben bedächtig anzugehen, doch jetzt drängte sich die ganze unangenehme Situation förmlich in den Vordergrund. Ihr schoss der Gedanke durch den Kopf, sich einfach zu entschuldigen, ihr sei nicht wohl, ihr sei schwindlig, oder sie habe eine Verabredung vergessen, doch ihr Erfindungsgeist war wie gelähmt, und sie folgte der Sekretärin von George Knox nach oben, hörte, wie sie die Tür aufschloss und sie, die alte Freundin von George Knox, bat einzutreten und in den Salon zu gehen. Der Drachen benahm sich wie ein schüchternes Mädchen auf seiner ersten Party.

Mrs. Knox' Salon war ein prächtiges Relikt des vergangenen Jahrhunderts. Nachdem der alte Mr. Knox mit der Heirat einer Französin die einzige ungewöhnliche Tat in seinem ansonsten konventionellen Leben begangen hatte, führte er seine Braut heim in das Haus, in dem schon seine Eltern ihr gesamtes Eheleben verbracht hatten. Mrs. Knox, die alles Äußerliche vornehm missachtete, ertrug die schweren viktorianischen Möbel, Wandspiegel, dunklen Vorhänge und gasbetriebenen Kronleuchter mit stoischer Geduld und drückte ihre Individualität mittels Kleidung und Schmuck aus. Im Laufe der Zeit wurden nur wenige Veränderungen vorgenommen, die der Entwicklung immer zehn Jahre hinterherhinkten. Elektrisches Licht ersetzte irgendwann das Gas, kurz vor Kriegsbeginn wurden Telefone installiert, Diener jedoch weiterhin mittels eines weitverzweigten Systems von Drähten, die alle in ein Reihe diverser Glöckchen im Durchgang zur Küche endeten, gerufen, schwere Tabletts noch immer die Küchentreppe hinauf- und hinuntergetragen, Mahlzeiten noch immer auf einem Kohleherd zubereitet, welcher in unregelmäßigen Abständen auch heißes Wasser lieferte, und im Winter noch immer zahllose Kohleschütten hinauf in den Salon und die Schlafzimmer geschleppt. Es grenzte an ein Wunder, dass Mrs. Knox überhaupt noch Diener bekam und sie bei ihr blieben.

Als Lauras Mann und George Knox' Frau noch am Leben waren, hatte sie hier etliche steife Dinnerpartys durchgestanden. Soweit man wusste, hatte George nur geheiratet, um seiner Mutter zu entkommen, und bereitwillig das grässliche Haus gegen seine Freiheit eingetauscht. Seine Frau hatte auf ihre gefürchtete Schwiegermutter nie einen sonderlichen Eindruck gemacht, ihr Tod ausgenommen, der Mrs. Knox in tiefe Trauer stürzte. George reiste daraufhin mit Sibyl für ein halbes Jahr ins Ausland. Er vertrug sich einigermaßen gut mit seiner Mutter und stattete ihr hin und wieder einen Pflichtbesuch ab. Sibyl, gutmütig, aber zu unbedarft, um ihre schreckliche Großmutter zu durchschauen, war der einzige Mensch, der sich bestens mit ihr verstand. Gerne – vorausgesetzt, keiner der Hunde hatte Staupe oder war trächtig – verbrachte sie gleich zwei volle Wochen mit der alten Mrs. Knox, spielte Karten mit ihr, unternahm kleine Spaziergänge und sprach Französisch, ihre Muttersprache und die ihres Vaters.

Als sie den Salon betraten, saß Mrs. Knox auf einem hässlichen Sofa vor dem Kamin. Spitzengardinen, Samtvorhänge und halb heruntergezogene Jalousien verdunkelten den Raum. Die hohen Spiegel an der Wand gegenüber dem Kamin und der Tordurchgang zwischen kleinem und großem Salon waren mit Samtdecken verhängt. Der vertraute Muff von staubigen Gegenständen begrüßte Laura, und für einen Moment dachte sie an ihren unbeweinten Mann, mit dem sie häufig diese deprimierende Atmosphäre inhaliert hatte. Doch Gedanken, die keine Rührung auslösen, sind immer flüchtiger Natur.

Miss Grey näherte sich Mrs. Knox und sagte mit ihrer einschmeichelnden Stimme, die öfter zu vernehmen durchaus attraktiv gewesen wäre: »Ich habe eine sehr alte Freundin von Ihnen mitgebracht, Mrs. Knox.«

Das »sehr alt« war vielleicht nicht nötig gewesen, fand Laura, dennoch gab sie der alten Dame mit größtmöglicher Anmut die Hand und ließ sich neben ihr nieder.

»Wie reizend von meiner kleinen Freundin, Sie hereinzubitten«, sagte Mrs. Knox. »Wo haben Sie sie aufgegabelt, mein Kind?«

Laura war unsicher, wer mit »Kind« gemeint war, doch ehe sie antworten konnte, hatte Miss Grey es auf sich bezogen.

»Im Park, Mrs. Knox. Sie sah den Pferden zu.«

»Aha«, bemerkte Mrs. Knox – eine irritierende Verwendung dieser Interjektion, die den Angesprochenen zweifeln ließ, ob damit Zustimmung, Interesse oder Ablehnung ausgedrückt werden sollte.

»Ich war ziemlich überrascht, Miss Grey zu sehen«, sagte Laura. »Ich wusste nicht, dass sie in der Stadt ist.«

»Sie wohnt bei mir und bringt mich zum Lachen«, sagte Mrs. Knox. »Sie bringen mich nicht zum Lachen, Laura. Warum nicht?«

»Wahrscheinlich bin ich nicht witzig genug«, gab Laura

offenherzig zu. Mrs. Knox brach in lautes Gelächter aus, und Miss Grey schoss einen wütenden Blick in Lauras Richtung. Die alte Dame streckte eine faltige, juwelengeschmückte Hand nach dem bemalten Porzellangriff des Klingelbandes rechts des Kamins aus und zog daran, was im ganzen Haus ein Echo hervorrief. Während die drei auf den Tee warteten, unterhielt Miss Grey ihre Gastgeberin und Laura mit einem Bericht von ihrer Arbeit im Lesesaal und sprach dabei mit ihrem leicht übertriebenen irischen Akzent, der für englische Ohren so überaus attraktiv klingt, solange es nicht um politische Themen geht. Tatsächlich konnte sie amüsant erzählen. Wenn Laura nicht den Verdacht gehabt hätte, dass Miss Grey ihren Charme bewusst einsetzte, wäre sie ihm vollkommen erlegen, doch die Erinnerung an den Silvesterabend und die vielen Demütigungen, die Miss Grey so töricht gewesen war, anderen zuzufügen, hatten Laura immun gegen ihren Zauber gemacht. Sehr gerissen von Miss Grey, dachte sie, sich der alten Mrs. Knox, die eine wertvolle Verbündete werden könnte, so freundlich anzudienen. Des Öfteren bereits hatte Mrs. Knox bedauert, dass George offenbar nicht den Wunsch hegte, sich wieder zu verheiraten. Wahrscheinlich mochte sie Sibyl viel zu gern, um dem Kind eine beinahe gleichaltrige Stiefmutter vorzusetzen, doch falls Sibyl Adrian heiraten sollte, wäre sie möglicherweise eher bereit, ihren Sohn in Miss Greys Arme zu treiben. Wenn ja, würde das für George keinen großen Unterschied bedeuten, gehörte er doch zu der Sorte Männer, die gar nicht bemerkten, ob sie verheiratet waren oder nicht. Für Georges Freunde dagegen wäre der Unterschied erheblich.

Ein Butler, assistiert von einem Diener, servierte den Tee auf einem riesigen Silbertablett, auf dem eine ausladende schwere silberne Kanne und ein Salzstreuer standen. Mrs. Knox bat Miss Grey, den Tee zuzubereiten. Laura, auf dem kleinen Sofa neben der Hausherrin, hatte den Eindruck, dass Miss Grey, die ihr gegenüberstand, hinterm Teetisch, und mit überwältigender Liebenswürdigkeit sehr kompetent Tee ausschenkte und Kuchen verteilte, viel eher wie die Dame des Hauses und nicht wie eine bezahlte Sekretärin aussah.

»Was gibt es Neues von Ihren Kindern?«, fragte Mrs. Knox.

Laura fasste kurz und bündig den weiteren Lebenslauf ihrer vier Söhne zusammen, seit Mrs. Knox sie zuletzt gesehen hatte. Ungeachtet Adrians Bemerkung, preisen wolle er berühmte Kinder, war ihr nichts so verhasst, wie über ihre Sprösslinge zu sprechen, außer mit wenigen Freunden, und ihre zurückhaltende Art ließ viele in dem Glauben, sie sei farblos.

»Als ich Sie kennenlernte, hatten Sie noch nicht so viele Kinder«, sagte Mrs. Knox. »Nur zwei kleine Jungen. Früher haben Sie mit Ihrem Mann häufiger bei uns diniert. Sie waren viel zu gut für ihn, Laura. Er war eine Null, ganz ehrlich. Wie Sie es mit ihm ausgehalten haben, geht über meinen Verstand. Ein gutaussehender Nichtsnutz, genau wie Georges arme Frau. Zu schade, dass die beiden nicht geheiratet haben. Aber dann hätten sie nur dumme Gören in die Welt gesetzt, während Ihre Kinder schlau und intelligent sind. Was Georges Tochter Sibyl betrifft, schlägt sie teilweise nach ihrer Mutter. Sie ist keine Geistesgröße, aber ein gutes Kind. Wenn ich mal tot bin, bekommt sie meinen gesamten Schmuck. Warum haben Sie George nicht geheiratet, Laura? Dann hätte ich Ihnen einen Teil des Schmucks vererbt. Perlen stünden Ihnen ausgezeichnet. Diamanten nicht. Sibyl soll die Diamanten tragen. Warum überlegen Sie es sich nicht? Sie und George würden ein hübsches Paar abgeben.«

»Er hat mir nie einen Antrag gemacht«, sagte Laura mit ihrer tiefen neutralen Stimme.

»Ach was!«, sagte Mrs. Knox verächtlich. »Antrag! Miss Grey«, wandte sich die alte Dame mit, wie Laura schien, einer Spur Schadenfreude an ihren anderen Gast, »was meinen Sie? Würde meine liebe Mrs. Morland nicht eine charmante Gattin für den armen George abgeben?«

Miss Grey tat sich offenbar sehr schwer mit einer Antwort, worauf Mrs. Knox noch einmal nachlegte. »Eine wunderbare *ménage, hein*? Sie würden zusammenarbeiten und doppelt so viel verdienen. Was meinen Sie?«

Miss Grey murmelte etwas unverständlich, ja, das sei sicher sehr schön. Laura, die Miss Greys Verlegenheit nicht mit ansehen konnte, sprang der Jüngeren zur Seite.

»Sie können nicht einfach Leute miteinander verheiraten, Mrs. Knox«, sagte sie. »In Frankreich schon, ich glaube, da werden Ehen arrangiert, aber doch nicht hier bei uns, egal, was in der *Times* steht. Keine vier Wochen, und George hätte mich in den Wahnsinn getrieben. Nein, nein, wir haben andere Sorgen.«

»Jede dumme Kuh würde ihn heiraten«, sagte die liebende Mutter. »Und irgendwann wird eine kommen und ihn sich schnappen.«

»Ich ganz bestimmt nicht«, sagte Laura. »Ich habe Wichtigeres zu tun.«

»Was denn, meine Liebe? Ihrem kleinen Verleger hinterherzulaufen?«

Laura musste unwillkürlich lachen.

»Das meine ich damit nicht. Ich meine Bücher, Mrs. Knox. Ich muss meine Verträge einhalten, wenn Tony auf der Schule bleiben soll. Reden wir nicht weiter von George.«

»Ehrlich, meine Liebe, Sie enttäuschen mich. Ich hatte die Hoffnung, dass Sie und George heiraten. Aber ich kann es Ihnen nicht verübeln. Er ist ein dicker Tollpatsch, ohne Intelligenz, stimmt's?«

In diesem Moment fand endlich Miss Grey ihre Stimme wieder.

»Wie können Sie so etwas über Mr. Knox sagen? Nehmen Sie nur die vielen Bücher. Bücher schreiben kann man nicht ohne Intelligenz. Oder, Mrs. Morland?«

»Ich kann das«, sagte Laura. »Ich bin freilich auch nur ein guter Zeilenschinder.«

»Aber Mr. Knox' Bücher sind großartig. Sie haben das sicher nur im Scherz gesagt, nicht wahr, Mrs. Knox?«

»George hat Talent zum Schreiben«, räumte seine Mutter ein, »aber er ist kein Genie. Laura dagegen schon. Trotzdem, überleben werden ihrer beider Bücher sie nicht. Nur denkt sich Laura ihre Bücher wenigstens selbst aus«, fuhr sie fort, schielte zu Miss Grey, ob sie auch ordentlich entsetzt war, und freute sich königlich darüber, dass ihre Vermutung zutraf. »George braucht dazu jemand anders. Er hat noch nie ein Buch ohne die Hilfe einer Sekretärin geschrieben.«

»Wohl wahr«, quittierte Laura diese Bemerkung unvoreingenommen.

»Ach, Mrs. Knox, Sekretärinnen sind reines Beiwerk. Ich schlage nur Sachen für ihn nach und mache mir Notizen, aber er diktiert mir alles und arbeitet wirklich schrecklich hart«, entrüstete sich Miss Grey.

»Wenn Sie sie nicht nachschlagen würden, mein Kind, würde es jemand anders tun, und wenn es keiner täte, würde sich George gar nicht die Mühe machen, das Buch zu schreiben. So ist das. Besser, er heiratet Sie gleich und spart sich die Kosten«, sagte Mrs. Knox mit der Impertinenz alter Leute.

Sosehr ihr Miss Grey auch zuwider war, diese Hetze ging Laura zu weit. Sie stand auf und klopfte sich Krümel von der Kleidung.

»Auf Wiedersehen, Mrs. Knox«, sagte sie betont laut, weil die alte Dame es nicht ausstehen konnte, für schwerhörig gehalten zu werden, und weil Laura der Meinung war, sie habe eine kleine Strafe verdient. »Ich muss nach Hause. Ich habe viel zu tun.«

Mrs. Knox hielt ihr ungnädig die Hand hin und sagte auf Wiedersehen. Begleitet von Miss Grey, ging Laura die Treppe hinunter. Unten angekommen, blieb sie stehen und sagte, sehr freundlich: »Beachten Sie Mrs. Knox nicht weiter. Sie war schon immer so. Sie verunsichert andere Menschen gerne. Lassen Sie sich nicht auf den Arm nehmen von ihr.«

Für einen Moment wurden Miss Greys Gesichtszüge weicher, als überlegte sie, sich für Lauras Mitgefühl zu bedanken, doch mit ihrer Antwort verhärteten sie sich sogleich wieder. »Ich bin Ihnen sehr verbunden, Mrs. Morland, aber ich kenne Mrs. Knox so gut, dass ich ihre Gepflogenheiten durchaus einzuschätzen weiß. Und ich komme sehr gut alleine zurecht – ohne fremde Hilfe«, fügte sie mit solcher Boshaftigkeit hinzu, dass Laura bereute, überhaupt etwas gesagt zu haben.

»Na gut«, sagte sie obenhin und entschwand. Auf dem Heimweg jedoch führte sie sich die Situation nochmal vor Augen, und sie missfiel ihr. Miss Grey hatte sich in Rutland Gate eingenistet, stellte ihren vertrauten Umgang mit Mrs. Knox zur Schau, eine Intimität, die Laura in den langen Jahren ihrer Bekanntschaft mit ihr nie erreicht hatte. Wenn Mrs. Knox tatsächlich der Meinung war, ihr Sohn sollte seine Sekretärin heiraten, dann würde sie die Regie übernehmen und die Ehe arrangieren. Und wenn Miss Grey tatsächlich etwas für George Knox empfand, dann wäre sie gut beraten, seine Mutter auf ihre Seite zu ziehen, und mochte es noch so unangenehm sein. Unheimlich an der ganzen Sache war nur Miss Greys offenkundige Abneigung ihrer Person, die durch Mrs. Knox' wohldosierte Andeutungen einer Ehe zwischen George und ihr nicht gerade gemildert wurde. Der unverhohlene Hass in Miss Greys Augen, als Laura sich von ihr verabschiedete, war erschreckend. Zu gerne hätte sie gewusst, wie George zu alldem stand, doch da er sich über seine Gefühle nur selten im Klaren war, standen die Chancen, mehr zu erfahren, schlecht, und ihn rundheraus danach zu fragen verbot sich. Wenn die Menschen sich doch nicht immer verlieben würden! Das Leben wäre viel einfacher.

Wie dem auch sei, es hatte keinen Sinn, sich Sorgen zu

machen. Sie ging zurück in ihre Wohnung, legte sich in die Badewanne, nahm ein kleines, aber exquisites Abendesen ein und plauderte mit Stoker. Danach gehörte der Abend dem Schreiben, und George und seine Probleme waren vergessen.

10

Moderne Liebe

Nach dem Schuljahr, das viel zu schnell vorüberging, fuhr Laura zusammen mit Stoker und Tony nach High Rising. Einige Tage später traf Master Wesendonck ein, in der einen Hand einen kleinen Koffer mit Kleidung, in der anderen einen großen voller Eisenbahnschienen, Lokomotiven und Waggons. Ostern war spät dieses Jahr, das Wetter schön, und Laura erlaubte den Jungen, die Eisenbahn im Garten aufzubauen, womit sie von morgens bis abends beschäftigt waren. Wenn nur Tony nicht ganz so anmaßend und Wesendonck ein klein wenig selbstbewusster gewesen wäre, doch solange sich die beiden nicht zankten, durfte sie sich nicht beklagen.

In Low Rising herrschte derweil Angst und Schrecken, denn George Knox hatte eine Grippe. Wie die meisten gesunden Männer glaubte er, dass jede Krankheit zum Tod führe. Zwei Tage lang sprach er über nichts anderes als seine Symptome. Die Quecksilbersäule auf dem Fieberthermometer wollte nicht fallen, obwohl Sibyl und Miss Grey sich beim Schütteln beinahe die Handgelenke verrenkt hätten. Sibyl rief Dr. Ford, der George sogleich Bettruhe verordnete und zu einer Krankenschwester riet, falls sich sein Zustand verschlimmerte. Dagegen hatten Miss Grey und Sibyl protestiert, worauf Dr. Ford vorerst klein beigab.

»Dieser Drachen«, sagte er zu Anne Todd, deren Mutter er wenig später außer der Reihe aufsuchte, »ist die kurioseste Mischung, die mir je untergekommen ist. Eifersüchtig und neurotisch wie man nur sein kann, aber eine wunderbare Krankenschwester. Ja, bei meiner Berufsehre, ich muss gestehen, dass sie so gut ist wie Sie. Ordentlich und pünktlich, und sie versteht, dass mit der Verordnung ›ein gestrichener Esslöffel alle drei Stunden‹ nicht irgendein Löffel gemeint ist, den sie nach Belieben verabreichen kann. Die arme Sibyl ist leider zu gar nichts nutze, außer laut vorzulesen, und ich verstehe nicht, warum sie mit einem infektiösen Patienten im Zimmer eingesperrt sein sollte. Sie steckt sich nur an, und dann brauchen sie auf jeden Fall eine Krankenschwester. Warum also nicht gleich eine?«

»Es würde die Stellung des Drachens ungeheuer stärken, wenn sie Mr. Knox die ganze Zeit über pflegen dürfte«, stellte Anne Todd fest.

»Allerdings. Bei Knox' Sinn fürs Dramatische würde ich sogar eine Trauung am Totenbett für möglich halten.« Nach einer kurzen Pause fuhr er abrupt fort: »Ich will Ihnen reinen Wein einschenken, Miss Todd. Ich bin nicht gerade zufrieden mit Ihrer Mutter. Sie reagiert nicht auf das wärmere Wetter wie erhofft.«

»Kann ich irgendetwas tun?«, fragte Anne Todd.

»Leider nein. Wir können nur ihren Zustand stabil halten, mehr nicht. Und in der Hinsicht tun Sie bereits alles Menschenmögliche. Sie armes Kind«, sagte Dr. Ford und hielt Annes Hand.

»Danke«, sagte Anne, ohne ihm die Hand zu entziehen.

»Wenn Sie nicht wären und Mr. Knox gelegentlich vorbeischauen würde und ich mich auf Mrs. Morland freuen könnte, wäre es doch allzu einsam um mich herum. Aber es geht mir gut, wirklich.«

»Schön, dass Knox Sie besuchen kommt. Sie brauchen mehr Abwechslung.«

»Ich freue mich immer über seinen Besuch«, sagte Anne und nahm ihre Hand ruhig wieder in Besitz. »Egozentrische Menschen wie Mr. Knox finde ich sehr anregend. Sie machen mir bewusst, wie geringfügig meine eigenen Sorgen sind. Und Sibyl mag ich wirklich herzlich gerne.«

»Ich habe mich oft gefragt, warum Knox nie um Mrs. Morlands Hand angehalten hat«, sagte Dr. Ford, der Klatsch und Tratsch liebte. »Spricht sie manchmal über ihn?«

»Oh, ja, aber nicht in dem Sinn. Die beiden gäben ein komisches Paar ab. So liebenswürdig und einfühlsam Mrs. Morland auch sein mag, sie führt ihr eigenes Leben, und ich glaube nicht, dass sie daran etwas ändern oder es mit einer so ungestümen Person wie Mr. Knox teilen möchte. Aber der will sich sowieso nicht binden. Da könnte er ebenso gut mich zur Frau nehmen.«

»Vielleicht überlegt er es sich ja. Es wäre kein abwegiger Gedanke.«

Anne Todd lachte. »Wie kommen Sie darauf? Aufgrund einiger Besuche? Nein, nein. Außerdem bin ich für so was nicht geeignet.«

»Wofür?«

»Heiraten.«

»Oh«, sagte Dr. Ford.

Schweigen. Dann stand Dr. Ford auf, trat Mrs. Todds abscheulichen kleinen Köter vom Kaminvorleger und stellte sich mit dem Rücken zum Kaminfeuer.

»Anne Todd«, fing er an, »ich wollte es Ihnen eigentlich noch nicht sagen, aber unser Gespräch hat mich aufgeschreckt. Wenn Mr. Knox mit seiner reizenden, einnehmenden Art Sie in seine Fänge bekommt, schwinden meine Chancen.«

Anne Todd blickte schweigend zu ihm auf.

»Ich nehme an«, fuhr er fort, »dass Sie in mir nur den Arzt sehen, einen Allgemeinmediziner mittleren Alters, mehr nicht. Ich dagegen, ich sehe in Ihnen viel mehr. Ich sehe, wie Sie mit der anstrengenden alten Dame umgehen, Ihrer Mutter, freundlich, verbindlich und fürsorglich. Sie selbst nehmen sich völlig zurück. Ich weiß, was das bedeutet, diese dauernde Aufmerksamkeit gegenüber einer sehr eigenwilligen alten Person. Ich bewundere Sie über alle Maßen, Anne Todd. Und ich habe mir Gedanken über Ihre Zukunft gemacht. Wie viel Geld werden Sie zur Verfügung haben, wenn Ihre Mutter stirbt?«

Anne Todd, durch diese unerwartete Frage keineswegs aus der Fassung gebracht, antwortete: »Die Rente meines Vaters läuft nach ihrem Tod aus. Mir bleiben etwa zwei Pfund pro Woche.«

»Wie wollen Sie damit auskommen?«, fragte er gereizt.

»So gut ich kann. Solange Mrs. Morland Bücher schreibt, darf ich weiterhin Arbeit von ihr erwarten. Aber es gibt noch mehr. Lord Stoke würde sich freuen, wenn ich mich halbtags um die Bibliothek von Castle Rising kümmere. Und in meiner Freizeit schreibe ich Artikel über Mode.«

»Eine so zarte Person wie Sie kann das alles gar nicht schaffen«, sagte Dr. Ford erbost. »Und überhaupt, was ist denn das für ein Leben, so von der Hand in den Mund? Hier ein Job, da ein Job. Ehe Sie sichs versehen, sind Sie zehn Jahre älter und werden von den jüngeren Frauen verdrängt.«

»Man muss sich eben anstrengen. Ich bin hart im Nehmen.«

»Ja, solange Sie Ihre Mutter haben. Sie machen auch noch so weiter, bis Sie schließlich neunzig sind, falls Ihre Mutter dann noch lebt. Ich kenne solche Leute wie Sie, Anne. Die stehen immer stramm, wenn sie sich für jemanden aufopfern können. Irgendwann kommt der Zusammenbruch, dann der Neuanfang, und dann wollen Sie mithalten mit all den fünfundzwanzigjährigen Frauen, deren Gesundheit und Nerven noch nie im Leben auf die Probe gestellt wurden.«

»Was soll ich machen?«, sagte Anne ruhig. »Man muss eben sein Bestes tun.«

»Wie wäre es mit Heiraten?«

»Ich habe Ihnen doch schon gesagt, dass ich für die Ehe nicht geschaffen bin.«

»Natürlich sind Sie dafür geschaffen, wenn Sie nicht so eine verdammte Idiotin wären«, sagte Dr. Ford wütend, so dass Anne ihn verdutzt ansah. »Ist Ihnen nicht aufgefallen, dass ich Sie bewundere und dass ich Sie gernehabe? Mit jedem Mal mehr. Ist Ihnen nie der Gedanke gekommen, dass ein Allgemeinmediziner mittleren Alters auch nur ein Mensch ist, der Gefühle hat, und dass er nicht mit ansehen kann, wie ein liebes Geschöpf sein Leben und seine Jugend wegwirft, ohne ihm helfen zu wollen? Muss ich Ihnen noch sagen, dass ich Sie liebe, Anne?«

»Ja, das müssen Sie wohl«, sagte Anne. »Es kommt etwas plötzlich.«

»Machen Sie sich nicht über mich lustig, Sie Unhold in menschlicher Gestalt«, erzürnte sich Dr. Ford. »Es kommt überhaupt nicht plötzlich, und wenn doch, dann nur, weil Sie blind sind. Ich weiß, dass ich nicht viel zu bieten habe, aber es könnte schlimmer sein. Sie dürfen weiter für Mrs. Morland arbeiten, wenn Sie möchten. Mrs. Mallow hätte gerne jemanden zum Verwöhnen. Wir könnten sehr glücklich miteinander werden, Anne. Wäre das nicht eine Überlegung wert?«

Anne sah ihn mit glasigen Augen an.

»Oh, unbedingt, unbedingt, aber nicht für mich.«

»Ist es wegen Ihrer Mutter? Sie können mit ihr in mein Haus ziehen und sie weiterpflegen.«

»Nein, es ist nicht wegen meiner Mutter«, sagte Anne mit tränenerstickter Stimme. »Es wäre auch nicht angebracht, sie mit in Ihr Haus zu nehmen. Sie ist eine sehr aufreibende, liebe alte Dame, und allein bin ich besser dran mit ihr.«

»Ihre Mutter wird nicht ewig leben, Anne. Ich kann solange warten, bis Sie frei sind, und bis dahin werde ich Sie mit keinem Wort mehr behelligen. Versprochen. Würde Ihnen das reichen?«

»Nein, nein. Warten Sie nicht auf mich. Es würde nichts nützen.«

»Hören Sie, Anne«, sagte Dr. Ford und ließ sich in einem Sessel nieder, auf dem der kleine Hund lag. Er kreischte auf. »Verfluchter Köter«, sagte Dr. Ford, packte ihn am Genick, ließ ihn unbarmherzig in sein Körbchen fallen und setzte sich wieder hin. »Hören Sie, Anne, und sehen Sie mich an. Ich habe vier Jahre gebraucht, um es Ihnen zu sagen, und wahrscheinlich werde ich nicht den Mut für ein zweites Mal aufbringen: Wollen Sie mich heiraten? Wenn Sie ja sagen, warte ich bis zum Jüngsten Tag.«

»Es tut mir wirklich sehr leid, aber ich kann nicht.«

»Ist das Ihr letztes Wort?«, sagte Dr. Ford und stand wieder auf.

»Mein allerletztes«, sagte Anne Todd und stand ebenfalls auf.

»Dann stimmt es also mit Mr. Knox? Die Frage ist unverschämt, ich weiß, aber eines Tages werde ich es sowieso erfahren.«

»Mr. Knox würde mich gar nicht beachten«, sagte Anne. »Er beachtet überhaupt niemanden.«

»Ich verstehe. Na gut, Anne Todd. Das wäre alles. Ich werde nicht weiter in Sie dringen. Ich mache mir einfach zu viel aus Ihnen. Wenn ich Sie das nächste Mal wegen Ihrer Mutter aufsuche, dann nur als Arzt. Und sollten Sie mich jemals brauchen, sagen Sie nur ein Wort. Je eher desto lieber. Gott segne Sie.«

Er nahm Anne Todd in den Arm, drückte sie so fest an sein abgenutztes altes Tweedjackett, dass sie beinahe erstickt wäre, und verließ das Haus. Miss Todd brachte ihre Frisur in Ordnung und ging nach oben zu ihrer Mutter, der sie bis zum Abendessen vorlas. Danach spielte sie Kribbage mit ihr, bis es Zeit für die Nachtruhe der alten Dame wurde, und tippte anschließend noch ein paar Seiten für

Laura. Gegen halb zwölf ging sie zu Bett. Sie saß vor ihrem Spiegel und betrachtete sich. So also sah Anne Todd aus, die gerade einen Liebhaber abgewiesen hatte. Eigentlich sah sie aus wie immer, nur war ihr Blick verschleiert, ihr Gesicht verquollen. Tränen liefen ihr über die Wangen. »Nicht, weil ich ihn liebe«, sprach sie zu sich, »denn ich liebe ihn nicht, ich liebe ihn nicht. Er tut mir nur so leid, und ich bin ihm dankbar für seine Güte. Was er über Mr. Knox gesagt hat, ist Unsinn. Mr. Knox würde mich gar nicht beachten, genauso gut könnte ich tot sein.«

Miss Todd, die soeben einen Liebhaber abgewiesen hatte, kroch ins Bett und weinte sich in den Schlaf.

Dr. Ford verbrachte den Abend bei einer Partie Bridge im Pfarrhaus, kehrte gegen Mitternacht nach Hause zurück, wo im Sprechzimmer von Mrs. Mallow bereitete Sandwichs und heißer Kaffee auf ihn warteten. Wenn das Leben hin und wieder auch einsam ist, obwohl ich Mrs. Mallow an meiner Seite habe, um mich zu trösten und aufzumuntern, so muss es für eine Frau, dachte er, die eine schwere Bürde trägt, ihre alternde, infantile Mutter pflegt und selbst einer unsicheren Zukunft entgegengeht, noch ungleich einsamer sein. Ein so feiner und tapferer Mensch wie Anne Todd hatte ein besseres Schicksal verdient, und wenn er es ihr nicht bieten konnte, dann durfte man jeden anständigen Kerl, der dazu in der Lage war, nur beglückwünschen. Dr. Fords Gesicht sah im Licht des Behandlungszimmers verbraucht aus, und Mrs. Mallow beklagte sich tags darauf bei Stoker, die sie beim Metzger traf, der Doktor sei gestern Abend nach seiner Rückkehr stundenlang auf und ab gegangen. Stoker vermutete eine Magenverstimmung, was für eine gewisse Kühle zwischen ihr und ihrer Freundin sorgte, bis Stoker aus Anstand sagte, wahrscheinlich sei doch das Pfarrhausessen schuld, und in der einmütigen Ächtung der Pfarrersköchin war aller Streit vergessen.

11

Ein Schriftsteller auf dem Krankenlager

Nach ihrer Ankunft hielt sich Laura zunächst einige Tage von den Knoxes fern, da sie, mit Tony und Master Wesendonck im Haus, keine Ansteckung riskieren wollte. Anne Todd wusste jedoch Neues von ihnen zu erzählen, und Sibyl hatte ihr telefonisch etwas ausrichten lassen. Anne war bei Sibyl gewesen, um sich nach ihrem Vater zu erkundigen. Ihre Beschreibung der Zustände im Haus war bedrückend. Miss Grey okkupierte das Krankenzimmer und verwehrte Sibyl praktisch den Zutritt. George schrieb täglich kleine Zettel für Sibyl, richtete ihr Grüße aus und bat sie, ihn nicht zu besuchen, bis es ihm besser ginge. Sibyl bettelte um Erlaubnis, das Zimmer zu betreten, doch Miss Grey blieb hart und so abweisend, dass sie keinen Widerspruch wagte. Die erbosten Hausangestellten ärgerten sich über Miss Greys Anweisungen, verbargen jedoch aus Loyalität gegenüber Sibyl ihre wahren Gefühle.

»Aber ich bin reingekommen«, sagte Anne ruhig.

»Tja, Sie …!«, antwortete bewundernd ihre Arbeitgeberin. »Und wie?«

»Durch eine Intrige«, sagte Miss Todd. »Dr. Ford hat mich netterweise hingefahren, aber ich bin im Auto sitzen geblieben. Er hat, wie verabredet, den Drachen in den Salon bestellt, und in der Zeit bin ich in Mr. Knox' Zimmer geschlichen. Er hat sich gefreut wie ein Schneekönig. Eigentlich ist er längst wieder gesund, nur ein bisschen schwach auf den Beinen. Er möchte unbedingt, dass Sie ihn besuchen, Mrs. Morland. Ich glaube, es würde ihm sehr guttun.«

»Wie soll ich das schaffen? Der Drachen bewacht die Tür mit einem Flammenschwert!«

»Sie schaffen es. Ich habe Dr. Ford eingeschärft, dem Drachen gehörig Angst einzujagen: Wenn sie nicht an die frische Luft käme, würde sie auch noch krank, und dann müsste er eine Krankenschwester bestellen. Wieder zu Hause, habe ich sie angerufen und zu einem Spaziergang morgen eingeladen. Sie hat zugesagt.«

»So ein Glück, Anne.«

»Ich habe noch durchblicken lassen, dass Sie den ganzen Tag über nicht da sein werden. Sie wägt sich also in Sicherheit. Es stimmt ja auch, Sie sind zum Lunch im Castle Rising, aber das muss Sie ja nicht hindern, um drei Uhr nach Low Rising zu fahren und bis vier oder noch länger zu bleiben, oder? Ich halte den Drachen solange zum Tee bei mir fest. So hat Sibyl auch Gelegenheit, mit Ihnen zu sprechen.«

»Oh, Annie«, sagte Laura, die aus dem Bewundern gar nicht wieder herauskam.

Als Laura am nächsten Tag mit klopfendem Herzen in Low Rising ankam, fiel ihr Sibyl zur Begrüßung stürmisch um den Hals.

»Oh, liebe Mrs. Morland, wie schön! Ich dachte schon,

wir würden Sie hier nie mehr sehen. Miss Grey ist eine wunderbare Krankenschwester, aber sie sperrt meinen Vater ein, als hätte er die Staupe. Ich weiß, dass er sich nach Ihnen sehnt. Gehen Sie gleich nach oben zu ihm. Um vier Uhr komme ich mit dem Tee, und wir plaudern.«

»Hat Miss Todd Miss Grey abgeholt?«

»Ja. Beinahe hätten sie sich noch gestritten. Miss Grey meinte plötzlich, sie könne nicht aus dem Haus gehen, sie müsse bei Daddy bleiben. Ich glaube, sie hat Verdacht geschöpft. Aber Miss Todd war herrlich und hat mit ihr geschimpft: ›Seien Sie nicht albern, meine Gute‹«, sagte Sibyl, deren Augen vor Ehrfurcht leuchteten, »und sie hat Miss Grey gründlich den Bauch gepinselt, wie hilfsbereit sie sei, und Dr. Ford habe ihr doch dringend geraten, sich unbedingt zu schonen. Daraufhin ist sie ihr brav wie ein Lamm gefolgt. Zufällig weiß ich, dass Miss Todd mit ihr nach Stoke Dry gefahren ist, anschließend sind sie bei ihr zum Tee, vor fünf also auf keinen Fall zurück. Hurra!«

»Na gut. Ich gehe rauf zu George«, sagte Laura und zog ihren Mantel aus. »Und Sie, Sibyl? Haben Sie Adrian Ihr Manuskript geschickt?«

Sibyl lief rot an. »Ja, vergangene Woche. Ich glaube, es ist misslungen. Aber das konnte ich ihm schlecht sagen, weil er so liebenswürdig zu mir war.«

Mit Genugtuung bemerkte sie, dass sie auf dem Wörtchen »er« einen Moment verweilte.

»Schon was gehört?«, hakte sie nach.

»Nein. Er hat nur geschrieben, er habe es erhalten und werde es selbst lesen und sich dazu äußern, wenn er Sie besucht. Wann kommt er denn?«

»Übernächste Woche. Ist das zu lange hin?«, sagte Laura lachend, schon auf dem Weg hinauf zu George Knox' Zimmer. Der Patient saß in einem Sessel vor dem Kamin und sah durch seine Grippekrankheit sehr mitgenommen aus.

»Du bietest ein Bild des Elends, George. Bleib sitzen«, sagte sie und ließ sich ihm gegenüber nieder. »Wie geht es dir?«

»Wenn ich dich sehe, meine Liebe, gleich besser. Es war das reinste Fegefeuer, ein Inferno, das meinen Körper und meine Seele über Tage und Nächte ausgezehrt hat. Ich weiß nicht, wie lange das so ging. Ich habe jedes Zeitgefühl verloren.«

»Falls es dich interessiert, heute ist der achte Tag.«

»Der achte Tag. Er sei gesegnet, denn er beschert mir deine Anwesenheit, Laura. Wie der Hirsch nach Wasser schreit, so habe ich mich nach dir gesehnt. Doch bin ich ein hilfloses Wesen, ein Wickelkind in den Händen von Frauen.«

»Anscheinend hat man sich sehr gut um dich gekümmert«, sagte Laura.

»Mein Leib musste in Eisen liegen«, verkündete George Knox nachdrücklich. »Lass dir gesagt sein, liebe Laura, als ich hier schwach und krank in meinem Bett vor mich hin dämmerte, bat ich um eine Krankenschwester, eine Berufskrankenschwester, die ihre tägliche Arbeit wie eine Maschine verrichtet und sich keinen Deut um einen maladen alternden Mann schert. Aber selbst das wurde mir verwehrt. Miss Grey, verständnisvoll und die Güte in Person, aber, wie ich leider sagen muss, Laura, die reinste Nervensäge, beharrte darauf, mich zu pflegen. In jedem Fall entwürdigend, doch das Schlimmste kommt noch: Darf man eine Sekretärin bitten, ihren Chef zu rasieren? Nein! Ich habe es trotzdem getan, aber sie wollte oder konnte nicht. Du kannst dir nicht vorstellen, wie ich aussah, Laura, bärtig wie ein Pardel, und mit jedem Tag wurde ich kratzbürstiger und mochte mich selbst immer weniger und schämte mich unsagbar für meine Verfassung. Aber ich war ohnmächtig.«

»Warum hast du nicht den Gärtner gefragt? Oder dich mit einem Rasierhobel rasiert?«

»Meine liebe Laura«, sagte George Knox beleidigt, »dir ist wohl nicht klar, wie schwach, wie ungeheuer schwach ich war. Zwei Tage lang hatte ich über vierzig Fieber, und als das Fieber sank, war ich ohne Kraft, lag in meinem Bett wie ein Neugeborenes, und die Frau kostete ihren Sieg aus. Sie verbot mir, mich zu rasieren, sie setzte mir Schweinefraß vor, ich durfte nicht mal meinen Schlafanzug wechseln, erst am dritten Tag.«

»Heul nicht so rum«, erwiderte Laura scharf. »Wenn du so schwer krank warst, wie du sagst, konnte Miss Grey dir schlecht einen sauberen Schlafanzug anziehen. Es hätte sie in größte Verlegenheit gebracht. Und überhaupt, so furchtbar schlimm sind drei Tage nun auch nicht. Jetzt jedenfalls bist du frisch rasiert. Du solltest dankbar sein.«

»Dir besonders, Laura. Aber nochmal zum Thema Rasieren: Zuletzt habe ich aufbegehrt, rebelliert. Gestern und heute bin ich ins Badezimmer getorkelt und habe mich rasiert. Ganz alleine. Morgen stehe ich auf, gehe nach unten und stelle mich der Welt.«

»Deine Krankenschwester kann einem leidtun«, sagte Laura aufrichtig. »Ich könnte dich nicht pflegen. Aber warum lässt du dich auch von Miss Grey so herumkommandieren? Sie ist doch nur monatsweise angestellt, oder?«

»Offiziell, ja. Faktisch nein. Monatsweise, Laura, das ist reine Fiktion. Nach der Tortur, die ich unter ihrer Herrschaft durchmachen musste, würde ich sie mit Freuden ziehen lassen. Aber was soll ich machen? Sie ist mutterseelenallein auf der Welt. Ich habe eine ausgezeichnete Stelle für sie gefunden, als Sekretärin bei meiner guten Freundin Miss Hocking, sie soll ihr bei der Betreuung ausländischer Studenten helfen. Ich habe mich nur noch nicht getraut, es ihr zu sagen. Schon die Andeutung, dass sie Low Rising verlassen müsste, würde sie furchtbar aufregen. Außerdem hängt sie sehr an Sibyl. Was soll ich machen, eine hilflose Figur in der Hand des Schicksals.«

»Ein hilfloser Idiot bist du«, sagte Laura. »Wenn Miss Grey das nächste Mal für dich in die Stadt fährt, schick sie zu Miss Hocking, und wenn Miss Hocking sie mag, dann mach die Sache sofort klar. Es ist nicht verboten, seine Sekretärin zu wechseln, und vielleicht gefällt es Miss Grey ja, die ausländischen Studenten zu becircen.«

»Sehr gut, sehr gut«, sagte George verzückt. »Du bist meine Rettung, Laura. Du bist mein Leuchtfeuer, das mich durch unruhiges Gewässer geleitet. Dein Mut, dein Verstand, deine aufmüpfigen Romane, deine Schönheit, ich bewundere alles an dir. Schwacher hilfloser Invalide, der ich bin.« George stand auf und stapfte energisch im Zimmer umher. »Ich bete dich noch immer an, so wie Petrarca seine Laura angebetet hat.«

»Das ist wirklich sehr freundlich von dir, George, aber jede Wette, dass du Miss Grey nicht an Miss Hocking loswirst. Wenn du nicht aufpasst, wird sie dich heiraten«, packte Laura den Stier bei den Hörnern.

George Knox stutzte und sah Laura an, von Panik ergriffen.

»Du liebe Güte, Laura, du hast schon wieder recht. Ich Dummkopf. Es ist mir vorher nie aufgefallen. Schriftsteller heiraten immer ihre Sekretärinnen. Bin ich jetzt durch Miss Greys Krankenwache bereits korrumpiert? Oh, Gott, oh, Gott!«

»Setz dich, George. Du bist alles andere als korrumpiert, du verstehst nur wie üblich keinen Spaß. Keiner kann dich ohne deine Zustimmung heiraten. Frauen laufen Männern nicht hinterher und zwingen sie in eine Ehe, das passiert nur in meinen Romanen. Normalerweise warten Frauen, bis man sie fragt – auch wenn sie schon mal ein bisschen nachhelfen können.«

George Knox sank wieder in seinen Sessel und tupfte sich die schweißnasse Stirn ab. »Ich bin doch schwächer, als ich dachte«, kam es müde aus ihm heraus.

»Du musst mir nicht imponieren, George.«

»Das kann ich gar nicht, Laura. Du rückst mir immer den Kopf zurecht. Du stützt mich, Laura, das gibt mir Kraft. Ich möchte dir so viel sagen, Laura, aber ich möchte es dir nicht hier sagen, nicht in diesem Leprosenhaus, diesem pestverseuchten Domizil. Jeden Augenblick kann Sibyl mit dem Tee hereinplatzen und Miss Grey heimkehren. Bist du nächste Woche in der Stadt, Laura?«

»Sehr wahrscheinlich«, antwortete Laura überrascht. »Ich muss Donnerstag dort einiges erledigen, ich bleibe über Nacht.«

»Dann komme ich auch. Möchtest du Donnerstagabend mit mir ins Theater gehen?«

»Sehr gerne. Bist du im Rutland Gate?«

»Nein. Ich übernachte in meinem Klub. Mama ist nicht da, und die Möbel im Haus sind abgedeckt, wie ich gehört habe. Es ist nur die Küchenhilfe da, eine abstoßende Frau, die nicht kochen kann.«

»Deine Mutter mag Miss Grey offenbar ganz gern, George.«

»Meine liebe Laura. Kein Mensch weiß, wen oder was Mamma gerne mag oder nicht. Wenn überhaupt, dann mischt sie sich gerne ungefragt ein und bringt andere Menschen in Verlegenheit.«

Georges Ton war so warmherzig, dass Laura sich fragte, ob seine Mutter ihm Miss Grey möglicherweise bereits als Braut offeriert hatte.

»Es bleibt also bei Donnerstag, Laura. Wir essen zu Abend und gehen dann ins Theater. Was soll es sein?«

»Die Repertoire-Aufführung von *König Lear* soll sehenswert sein«, sagte Laura ohne große Überzeugung.

»Wo immer du hinwillst, meine liebe Laura. Wenn du *König Lear* sehen willst, dann soll es *König Lear* sein, obwohl das Stück an sich unmöglich ist, teilweise schrecklich vulgär und peinlich. Aber vielleicht führen sie es ja in zeitgenössischer Kleidung auf, oder im Dunkeln oder auf Trittleitern stehend. Man kann nie wissen. Gucken wir uns also *König Lear* an. Der Gedanke an einen Abend mit dir, liebe Laura, fern von diesem Haus der Krankheit und des Verderbens, spült frisches Blut in meine Adern, Götterblut und Lebenselixier. Mein Verstand ist ein fauliger träger Sumpf. Selbst Wordsworth war in diesem Zustand interessanter als ich. Eigentlich müsste ich an meinem Buch über Queen Elizabeth arbeiten, aber ich kann keinen einzigen klaren Gedanken fassen, kann mich nicht konzentrieren. Es ist alles weg. Einfach weg. Ich bin am Ende.« George hielt sich stöhnend mit beiden Händen den wuchtigen Kopf.

»Kein bisschen. Das ist nur eine kleine postgrippale Depression. Fahr mit Sibyl ins Ausland. Du könntest Miss Grey kündigen, ihr noch vier Wochen Gehalt zahlen, und ihr fahrt los, wann immer ihr wollt.«

»Ja, ja, das könnte ich machen, Laura. Aber erst nach unserem gemeinsamen Abend. Darauf freue ich mich unbändig. Mit diesem Ziel vor Augen werde ich umso schneller gesunden, täglich kleine Fortschritte machen. Ich werde in der Sonne sitzen, falls sie scheint, im Garten umherspazieren, falls es nicht regnet, und auf die Krönung meiner Genesung hinarbeiten. Ach, da ist ja Sibyl, mein liebes Kind, und bringt den Tee, just in dem Moment, taktloserweise, da ich dir so viel sagen will.«

Sibyl betrat den Raum, gefolgt von Anne mit dem Tablett. Für einen invaliden Schriftsteller bewies George erstaunlich guten Appetit, unterhielt sich prächtig, schwadronierte, stopfte sich Teekuchen in den Mund und spülte ihn mit großen Schlucken Tee hinunter.

»Mit Ihrem Vater ist alles in Ordnung, Sibyl«, sagte Laura. »Er badet nur in Selbstmitleid. Ich habe ihm geraten, Miss Grey an Miss Hocking abzugeben, ihr den Abgang mit einem guten Gehalt zu versüßen, und mit Ihnen ins Ausland zu fahren.«

»Aber erst, wenn ich mich mit Mr. Coates getroffen habe«, sorgte sich Sibyl.

»Coates? Wieso Coates?«, sprach George Knox mit vollem Mund.

»Du weißt doch, Daddy. Er wollte sich mal angucken, was ich geschrieben habe. Du hast mir doch dringend geraten, es bei ihm zu versuchen. Deswegen muss ich erst abwarten, was er dazu meint.«

»Ach ja, richtig. Du musst wissen, Laura, mein eigenes Kind würde mir niemals auch nur eine einzige Zeile von sich zeigen. Aber ich weiß auch so, dass sie das Zeug zum Schreiben hat. Nicht umsonst ist sie meine Tochter.«

»Du bist ganz schön eingebildet, George«, entrüstete sich Laura. »Wahrscheinlich wird es von dir bald nur noch heißen, das ist der Vater von Miss Knox.«

»Glaubst du wirklich, Laura?«, sagte George bedrückt. »Soll ich also nur an ihrem Rockzipfel hängend in die Geschichte eingehen?«

»Aber nicht doch, Daddy«, rief Sibyl, aufgebracht über die Herabsetzung ihres Vaters. »Mrs. Morland hat es nicht so gemeint. Du bist tausendmal besser, als ich je sein könnte, habe ich nicht recht, Mrs. Morland?«

»Das vermag ich erst zu beurteilen, wenn ich Ihr Buch gelesen habe, Sibyl. Ich nehme an, dass Sie sich beide nicht viel tun werden, und ich bin genauso gespannt wie Sie, was Adrian davon hält.«

»Das ist der Lauf der Natur«, sagte George aufheiternd. »Jedes Jahr wachsen frische Blumen auf den verrottenden Blüten des Vorjahrs, die Jahre erneuern sich, Zeus stürzt Kronos vom Thron und wird wiederum seinerseits entthront, in Ragnarök gehen die Götter unter, das goldene Zeitalter der Welt kehrt wieder, sieben Städte wurden errichtet, wo einst Troja stand.«

»Hör auf, wie ein wandelndes Lexikon zu reden, George«, sagte Laura mit ihrer tiefsten Stimme. »Sag doch gleich, dass Spinnenweibchen ihre Männchen fressen und Mäuse ihre Jungen verschlingen. Ich muss jetzt gehen, ehe unsere Florence Nightingale zurückkommt und mich hier vorfindet.«

»Ich kann deine Anspielung auf die Frau mit der Lampe kaum nachvollziehen, Laura.«

»Herrgott, drück dich nicht so floskelhaft aus, George. Ich meine deine liebe Krankenschwester, deine Sekretärin, deine Miss Grey.«

Laura stand auf, blickte in den Spiegel über dem Kaminsims, stopfte ein paar Haarsträhnen unter ihren Hut und sagte auf Wiedersehen.

»Kommen Sie in vierzehn Tagen zum Lunch, und bleiben Sie den Nachmittag über«, verabschiedete sie sich von Sibyl. »Adrian wird dann auch da sein. Aber wir beide sprechen uns vorher noch.«

Aus reiner Notwehr hatte Laura veranlasst, dass die jungen Herren Morland jr. und Wesendonck ihr Essen immer schon um halb sieben bekamen, damit die beiden genügend Gelegenheit hatten, sich umfassend über ihre Arbeit auszutauschen, mit der sie den ganzen Tag beschäftigt gewesen waren. Sie selbst nahm ihre Mahlzeit für gewöhnlich an einem Teewagen im Salon ein, während die Jungen sich die Zeit mit ihren langwierigen und vergeblichen Waschungen vertrieben. Am darauffolgenden Tag brachte Stoker ihr das

Abendessen und stellte es schweigend neben sie. Stokers Schweigen war stets beredtes Schweigen, Laura brauchte nur abzuwarten.

»Ich habe Ihnen den Burgunder mitgebracht«, sagte Stoker finster. »Die Flasche muss ausgetrunken werden, und ich nehme an, Sie können den Schluck gebrauchen, wenn Sie das gehört haben.«

»Was?«

»Das habe ich zu Mr. Knox' seiner Annie auch gesagt.«

»Was hatte Annie denn mitzuteilen? Irgendwas über Flo oder das Fraueninstitut, nehme ich an, oder?«

»Mit dem Fraueninstitut würde ich mich nicht befassen, schließlich bin ich Mitglied vom Frauenausschuss«, sagte Stoker überheblich.

»Ich kann Ihren Ausführungen nicht ganz folgen, Stoker. Worum geht es?«

Stoker lehnte sich an den Schreibtisch und machte sich bereit, als wollte sie eine Rede schwingen.

»Mr. Knox' seine Annie ist heute mit dem Fahrrad gekommen«, fing sie an. »Wir haben zusammen Tee getrunken. Sie glauben nicht, was sie gehört hat.«

»Das kann ich schlecht, wenn Sie es mir nicht sagen, Stoker«, erwiderte Laura, die spürte, dass Stoker zum Reden gebracht werden wollte.

»Also, es ist so. Annie hat sich furchtbar aufgeregt, dass Mr. Knox Grippe hat und Madam den ganzen Tag in seinem Zimmer ein und aus geht. Das schickt sich doch nicht.«

»Seien Sie nicht albern, Stoker. Irgendjemand muss ihn schließlich versorgen.«

»Ja, schon. Aber nicht mal Miss Knox darf das Zimmer

betreten, und Madam huscht durchs Haus, morgens, mittags und abends, und gibt der Köchin Anweisungen, dabei weiß die so gut wie jeder andere auch, was ein hinfälliger Gentleman braucht und was nicht. Eines Abends nun, Madam war gerade im Bad, kam Annie zufällig an Mr. Knox' Tür vorbei und hörte ihn rufen. Sie ging hinein, ob der Herr irgendwas brauche. Und nach wem, glauben Sie, hat er gerufen? Nach Ihnen, Mum«, sagte Stoker, die in der Aufregung die korrekte Anrede vergessen hatte. »›Laura, Laura‹«, hat er gesagt, so deutlich, dass Annie es mit dem Gruseln bekam.«

»Wahrscheinlich hat er geträumt, Stoker, oder im Fieberwahn dahergeredet.«

»Nicht alle Träume sind Schäume«, sagte Stoker unheilvoll. »Meine Tante hat früher auch im Schlaf gesprochen. Einmal hat sie ›Henry, Henry!‹ gerufen, und am nächsten Tag war Onkel Alf tot. Da sieht man's doch.«

»Kann ich nicht behaupten, Stoker. Aber es tut mir leid, dass Mr. Knox schlecht geträumt hat.«

»Das ist noch nicht alles. Als Madam gestern nach ihrem Besuch bei Miss Todd nach Hause kam, sah sie drei Tassen die Treppen hinunterwandern.«

Stoker hielt inne, um das volle Gewicht dieser Information sacken zu lassen. Laura überlegte, ob Miss Grey vielleicht betrunken gewesen war, Halluzinationen gehabt hatte oder vielleicht selbst schlecht geträumt, aber dann wurde ihr klar, dass Stoker damit nur sagen wollte, Annie habe das Teegeschirr in die Küche hinuntergetragen. Gespannt wartete sie, was nun folgte.

»Sie hat Annie gefragt: ›Wer hat hier Tee getrunken?‹

Annie war so dumm und hat es ihr verraten, worauf Madam fürchterlich getobt hat. Es soll ein Hochgenuss gewesen sein, laut Annie. Miss Knox ist auf ihr Zimmer gerannt, und Mr. Knox hat sich übers Geländer gebeugt und gerufen, was los sei, ob das Haus brenne, und Madam ist auf ihr Zimmer gegangen und hat die Tür hinter sich zugeknallt.«

Lauras schreckensbleiches Gesicht war Lohn genug für Stoker.

»Annie musste auch noch die Scherben auflesen.«

»Welche Scherben?«

»Vom Geschirr. Als Madam das Tablett umgehauen hat, sind alle Tassen und Untertassen auf den Boden gefallen. Annie und die Köchin wollen kündigen. Annie hat alles ihrer Mutter erzählt, und die meinte auch nur, es sei höchste Zeit, bei dem Treiben.«

»Ach herrje, Stoker, das ist ja schrecklich. Richten Sie Annie bitte aus, sie soll noch etwas Geduld haben, Miss Grey verlässt uns vielleicht schon bald. Aber sagen Sie ihr nicht, das käme von mir. Jedenfalls sollen sie und die Köchin bis nach den Osterfeiertagen warten. Und bitte, Stoker, hängen Sie es nicht an die große Glocke, und wenn möglich, halten Sie auch Annie davon ab. Es ist schlimm genug für Miss Knox.«

»Ich werde schweigen wie ein Grab«, sagte Stoker. Laura glaubte ihr kein Wort. »Und noch etwas: Haben Sie den jungen Herren erlaubt, die alte Hundehütte für ihre Modelleisenbahn zu benutzen? Ich habe sie nämlich damit hantieren sehen. Master Tony will die Rückwand herausschlagen, damit die Züge durchfahren können.«

»Nein, Stoker, das habe ich ihnen nicht erlaubt. Jedenfalls nicht, die Rückwand herauszuschlagen. Ich sage es Tony morgen. Und sie sollen sich auch kein Küchenutensil ohne meine Erlaubnis nehmen. Letztes Jahr hat er unseren gesamten Salzvorrat aufgebraucht, um damit ein Schneetreiben zu simulieren.«

Stoker sang ein paar unzusammenhängende Noten und verzog sich wieder in die Küche.

Laura und Anne Todd begannen sich danach wie in einem bleiernen endlosen Albtraum zu fühlen, in dem hinter jeder Wegbiegung Miss Grey lauerte. Als sie sich am Montagvormittag wieder an die Arbeit machten, kam Sibyl herein, aufgebracht und den Tränen nahe. Stokers Schilderung der Verhältnisse in Low Rising schien auf einmal nicht mehr übertrieben.

»Sie hat Annie das Tablett aus den Händen geschlagen, und alle Tassen sind hingefallen und zerbrochen, Mrs. Morland. Sie ist auf ihr Zimmer, hat die Tür hinter sich zugeknallt und sich den Rest des Tages nicht mehr blicken lassen. Daddy hat den Lärm gehört und war furchtbar wütend. Er hat gesagt, sie müsse gleich morgen gehen. Aber am nächsten Morgen, wie immer, ist er schwach geworden. Miss Grey hat geweint, sie sei ganz allein auf der Welt, und Daddy hat gesagt, er wolle sehen, was er tun könne. Dann ist etwas Schreckliches passiert, Mrs. Morland.«

Sibyl machte eine lange Pause, blickte die älteren Damen aus tränenverquollenen Augen mitleiderregend an, so dass beide gleichzeitig fragten: »Was denn?«

»Es kam heraus, dass Sie mit Daddy nächste Woche ins Theater gehen, Mrs. Morland. Miss Grey hat angefangen zu jammern, sie sei noch nie im Theater gewesen und würde sich das niemals leisten können, und da hat …«

»Da hat Ihr Vater sie eingeladen mitzukommen«, ergänzte Laura.

Sibyl nickte verzweifelt.

»Das überrascht mich nicht. Ihr Vater, meine liebe Sibyl, ist wahrscheinlich der größte Hornochse auf der ganzen weiten Welt. So viel dazu. Ich werde mich hüten, mit ihm ins Theater zu gehen.«

»Nicht doch, Mrs. Morland. Sie dürfen unmöglich zulassen, dass diese Person allein mit ihm ins Theater geht.«

»Seien Sie nicht albern, Sibyl. Sie wird ihn schon nicht entführen. Vielleicht findet er sie danach ja noch unausstehlicher als vorher. Heute ist Montag. Mit etwas Glück hat sie sich ja bis Donnerstag vielleicht noch eine Grippe eingefangen.«

»Sie bekommt ganz bestimmt keine Grippe«, sagte Sibyl. »Und freiwillig wird sie niemals unser Haus verlassen. Wenn sie nur nicht so nett wäre, wenn sie mal nicht biestig ist.«

»Das verstehe ich«, sagte Laura mitfühlend. »Wenn sie nett ist, kann man vergessen, wie biestig sie sonst ist. Aber bleiben Sie dran, Sibyl. Und Sie, Anne, haben sicher auch was von ihrem Zorn abbekommen.«

»Nein«, sagte Anne Todd. »Ich war gewappnet. Ich wusste ja, dass Sie zum Lunch auf Stoke Castle waren, und es ist nicht meine Schuld, dass Sie sich abgesetzt und heimlich mit Mr. Knox getroffen haben. Der Drachen und ich hatten reichlich Gesprächsstoff. Wir haben uns über das schwere Los der Alleinstehenden unterhalten. Ich glaube, ich habe viel über Mrs. Hocking gesprochen, die jungen Männer aus den Kolonien, die in ihrem Haus verkehren. Der Drachen hat aufmerksam zugehört. Ein Anstoß in die Richtung, und wir sind sie endgültig los.«

»Und wer soll diesen Anstoß geben?«, fragte Laura.

»Die Zeit, möglicherweise. Kommt eigentlich Mrs. Birkett über die Feiertage zu Ihnen, Mrs. Morland?«

»Ja, in der zweiten Woche, wenn Adrian wieder weg ist.«

»Na gut, dann will ich bis dahin die Hoffnung nicht aufgeben. Ich frage mich, ob sie nicht als eine Art Maskottchen fungieren könnte.«

»Ich muss wieder nach Hause«, sagte Sibyl. »Seit diesem grässlichen Samstagabend fühle ich mich müde und fiebrig.«

»Nicht, dass Sie sich auch noch einen Infekt eingefangen haben«, sorgte sich Laura.

»Vielleicht das Beste, was ihr passieren kann«, entgegnete Anne Todd.

Und tatsächlich, noch am Abend lag Sibyl mit Grippe im Bett. Am Dienstag schickte man nach Dr. Ford, der nur einen leichten Infekt diagnostizierte, Sibyl solle für ein paar Tage das Haus hüten. Als Vertreter der seltenen und begehrenswerten Spezies Mann, der eine Zurückweisung so versteht, wie sie gemeint ist, hatte Dr. Ford die freundlichen Visiten bei der alten Mrs. Todd und ihrer Tochter nicht unterbrochen; heute Abend sprach er mit ihnen über Sibyl.

»Der Drachen pflegt sie wie ein Engel«, sagte er. »Donnerstagabend will sie wohl in die Stadt fahren, Anne, aber Annie wird da sein, um Sibyl zu versorgen. Es ist keine ernsthafte Erkrankung, aber Vorsicht ist die Mutter der

Porzellankiste. Ich sage dem Drachen morgen, dass sie reinen Gewissens fahren kann.«

»Lieber nicht. Es ist besser, wenn sich der Drachen um Sibyl kümmert«, sagte Anne bedächtig. »Fragen Sie mich nicht warum, Dr. Ford, aber glauben Sie mir. Sagen Sie ihr lieber, dass nur ihre Pflege allein unsere Sibyl wieder gesund macht, oder etwas Sinngemäßes.«

»Wie Sie wollen, Anne, aber das wird sie nicht sonderlich beeindrucken.«

»Vielleicht doch. Und richten Sie ihr bitte meine Grüße aus – von mir aus auch meine herzlichsten Grüße – und dass ich sie morgen besuchen werde. Sollte es mir gelingen, sie davon zu überzeugen, dass sie ein wunderbares, aufopferungsvolles Werk vollbringt und dass es Mr. Knox schwer imponieren wird, wenn sie ihr eigenes Vergnügen hintanstellt und bei Sibyl bleibt, dann wäre ich stolz auf mich«, sagte Anne.

Dr. Ford versprach es ihr. Und so konnte Anne Donnerstagmorgen Laura die frohe Botschaft übermitteln, dass der Drachen brav zu Hause bleiben und tapfer Krankenwache bei Sibyl halten werde. Schade nur, fügte sie hinzu, dass Mr. Knox tief beeindruckt sei von Miss Greys Opferbereitschaft, aber das sei nun mal nicht zu ändern.

»Sie sind eine Magierin, Anne«, sagte Laura.

»Man versucht sein Bestes. Aber sicher bin ich mir erst, wenn der heutige Tag vorüber ist. Ich habe das Gefühl, dass sie doch noch einen Anfall bekommt, sich auf ihren Besenstiel schwingt und durch die Lüfte fliegt und Sie verhext.«

12

Die Shakespeare-Tradition

Laura erhielt selten Einladungen. Ihr Leben in London bedeutete harte Arbeit, und abends war sie meist zu müde, um noch auszugehen. Wenn man nichts unternimmt, lernt man keine neuen Freunde kennen. Und eine Frau ohne männliche Begleitung ist niemals die Krönung einer Gesellschaft, falls nicht sogar unerwünscht. Laura stellte sich dieser Tatsache ganz unaufgeregt. Zu Lebzeiten ihres Mannes sehr umtriebig, war sie jetzt darauf verfallen, ihre Abende in Pantoffeln zu Hause zu verbringen, höchstens ins nächste Kino zu gehen. Sie war noch jung genug, um attraktiv auf Männer zu wirken, wenn sie es darauf angelegt hätte, doch danach verlangte ihr ausdrücklich nicht. Ihr erster Mann war Strafe genug gewesen. Sie führte daher eine friedliche Existenz, unterbrochen nur durch Feiertage, an denen immer einer ihrer Söhne nach Hause kam. Dann kleidete sie sich sorgfältig, nahm Kontakt zu alten Freunden auf, schloss neue Bekanntschaften, besuchte Theatervorstellungen, lud Gäste zum Dinner und blieb lange auf. Wenn Gerald, John oder Dick dann wieder weg waren, verdrückte sie eine Träne, seufzte erleichtert und nahm ihre Mahlzeiten wieder an einem Teewagen ein.

Georges Einladung ins Theater, wenn auch nur Shakespeare, war daher ein besonderer Anlass. Laura verfiel beinahe in Hektik beim Ankleiden, während Stoker, die sie für den Abend herbestellt hatte, während die Jungen in der Obhut von Annies Mutter waren, ihr bei der Toilette half und ungefragt Kritik übte. Es gehörte seit langem zu Stokers diversen Kümmernissen, dass ihre Herrin sich keine Dauerwelle in ihr langes, dichtes Haar machen lassen wollte.

»Mit einer Dauerwelle sähen Sie nochmal so jung aus«, sagte die treue Magd.

»Im Gegenteil, Stoker. Ich weiß genau, wie ich mit Dauerwelle aussähe. Aber Sie können sich gerne eine machen lassen.«

»Eines Tages vielleicht«, sagte Stoker und schielte selbstgefällig über Lauras Schulter hinweg in den Spiegel. »Es würde zu mir passen. Aber für den Theaterbesuch heute Abend hätten Sie sich Ihre Haare wenigstens ondulieren lassen können.«

»Dafür war keine Zeit mehr, Stoker. Damit ist das Thema erledigt. Übrigens nehme ich den Schlüssel mit. Wenn Sie also ins Kino wollen, brauchen Sie sich auf dem Rückweg nicht zu beeilen. Stellen Sie mir nur einen kleinen Imbiss hin, falls ich Hunger habe, und vielleicht bitte ich Mr. Knox noch auf ein Glas herein.«

Laura schüttete den Inhalt ihrer Handtasche in eine andere, warf sich ihren Pelzmantel um und machte sich auf zu ihrem Treffen mit George Knox. Dieser erwartete sie bereits, hatte einen Tisch bestellt und auch schon das Essen.

»Wie schön, dass du dich schon um die Speisekarte gekümmert hast. Das macht die Sache spannender. Man weiß nicht, was man gleich serviert bekommt.«

»Ich bin zwar kein populärer Schriftsteller, Laura, aber immerhin verstehe ich etwas von Speisen. Das hat mir meine französische Mutter in die Wiege gelegt. Auch Sibyl kennt die Tafelfreuden. Sie ist eine ausgezeichnete Haushälterin. Was wollen wir trinken, Laura, um auf meine Genesung anzustoßen? Zu diesem erfreulichen Anlass passt doch wohl nur Champagner, oder?«

»Für mich lieber nicht, George. Champagner führt bei mir unweigerlich dazu, dass ich mich missverstanden fühle. Und meine Knie beugen sich automatisch in die falsche Richtung. Wasser, bitte.«

»Laura, ich flehe dich an. Darf ich keinen Trinkspruch auf dich ausbringen? Ich würde furchtbar gerne sehen, wie sich deine Knie in die falsche Richtung beugen. Gönn mir ein einziges Mal diesen Anblick.«

»Du kannst so viele Trinksprüche ausbringen, wie du willst, George, ich werde nicht mit dir anstoßen. Gegen einen von mir aus sündhaft teuren Likör nach dem Essen, zum Kaffee, hätte ich nichts einzuwenden. Trink du nur.«

George wandte sich an den Weinkellner und bestellte Champagner. Der Mann wollte gerade eine Flasche holen gehen, da rief Laura ihn zurück.

»Hör zu, George«, sagte sie mit tiefer, klarer Stimme, die den kleinen Gastraum füllte. »Kein Champagner für dich. Du bist noch zu schwach nach der Grippe. Der Champagner würde dir zu Kopf steigen, und das Risiko will ich nicht eingehen. Eine Flasche Rotwein, eine kleine Flasche

Rotwein muss reichen, oder, wenn dir das lieber ist, ein Whisky Soda, aber nicht mehr.«

»Laura, ich bin doch kein Trinker! Kein Schluckspecht oder Tresenhocker«, protestierte George mit ebenso klarer, doch weitaus kräftigerer Stimme. »Vertiere ich zu einem Schwein am Boden? Nein! Kellner! Bringen Sie den Champagner!«

»Einen Moment«, sagte Laura zu dem Kellner, der bei ihrem Mrs.-Crummles-Blick erstarrte. »Ich bin zum Essen eingeladen, George, nicht du. Also kein Champagner.«

George blickte im ersten Moment verärgert, fing sich dann aber. »Du hast recht, Laura, absolut recht, wie immer. Kellner, bringen Sie mir eine halbe Flasche Nr. 43. Ich bin dir dankbar, Laura. Ich führe ein einsames Leben. Ich werde bäuerlich, derb, grob, ungeeignet für die Gesellschaft mit Frauen wie dir. Ich brauche deine Ruhe, deinen gesunden Menschenverstand, deine Aufrichtigkeit. Ohne all das bin ich aufgeschmissen.«

»Ist ja gut«, sagte Laura. »Ich hätte gerne Kaviar, George. Nicht, weil er gut schmeckt, sondern weil ich meine, dass es dazugehört. Kaviar soll in meinem neuen Buch vorkommen. Glaubst du, dass uns der *König Lear* gefallen wird?«

»Ehrlich gesagt – falls du Ehrlichkeit erwartest, meine liebe Laura – nein.«

»Oh George.«

»Na ja, du kennst das doch, Laura. Es ist verblüffend, wie laut Shakespeare-Schauspieler sprechen können und trotzdem völlig unverständlich sind.«

»Das ist wohl die berühmte Shakespeare-Tradition.«

»Ach, Tradition! Ein dröhnender Lärm, aus dem keiner

schlau wird. Eine Sprechübung für Rohrdommeln. Warum können sie kein vernünftiges Englisch reden?«

»Glaubst du, dass die Schauspieler zur Zeit Königin Elisabeths deutlicher artikuliert haben als unsere heute?«

»Daran besteht kein Zweifel, meine liebe Laura. Wenn nicht, hätte man bis zum Erscheinen der Quartos gar nicht gewusst, worum es in Shakespeares Stücken überhaupt geht. Und selbst dann muss die außergewöhnliche Schreibweise und die abstoßende Erscheinung die Leute vergrault haben. Du musst dir vorstellen, Laura, Shakespeares Quartos waren keine Bücher, die man einfach so in die Tasche stecken und lesen konnte, während man vor dem Globe-Theatre auf Einlass wartete. Nein, nein, wir müssen davon ausgehen, dass sich die Bühnenschauspieler im elisabethanischen Zeitalter, genauer gesagt, unter James I, denn wie dir bekannt sein dürfte, wurden Shakespeares Stücke während Elisabeths Regentschaft nicht verlegt, durch eine klare Aussprache auszeichneten. Ein Thema übrigens, das ich in meinem Buch zu vertiefen beabsichtige.«

»Dann tu bitte nicht so, als sei dieser Gedanke auf deinem Mist gewachsen, George. Er stammt von mir. Oh, Wachteln! Ich mag Wachteln. Du bist ein prächtiger Gastgeber, George!«

»Und du ein prächtiger Gast für jeden Gastgeber«, antwortete George Knox frei nach Sir Richard Whittington im Dialog mit Heinrich V und der Queen. »Du stellst alle anderen Schönen der Nacht um uns herum weit in den Schatten, meine liebe Laura. Es zählt zu den wenigen vortrefflichen Merkmalen dieser trostlosen Phase der Zivilisation – wenn wir sie so nennen dürfen, ist sie doch eigentlich eine Rückkehr, eine *dégringolade* ins Mittelalter –, dass die Wertschätzung der Schönheit höher entwickelt ist als zu irgendeinem anderen Zeitpunkt in der Menschheitsgeschichte.«

»Ich nehme an«, erwiderte Laura, die das beste Stück der Wachtel, die Schenkel, mit den Fingern erledigte, »du willst damit sagen, dass es haufenweise Romane mit mittelalterlichen Frauen als Heldinnen gibt. Sie machen Verjüngungskuren und legen sich Liebhaber und was weiß ich nicht zu. Abscheulich. Und völlig unpassend. Wenn du meinst, ich sähe heute Abend schön aus, dann ist das nett gemeint, George, und ich bin dir sehr verbunden, aber mach nicht so viel Aufhebens davon. Stoker meint, ich sollte mir eine Dauerwelle zulegen.«

»Niemals!«, sagte George Knox und schlug mit der Faust auf den Tisch. »Willst du aussehen wie ein geföhnter Pudel?«

»Nein. Den Anblick erspare ich dir. Ich würde sowieso nicht wie ein Pudel aussehen, und ich habe gar nicht die Absicht, Stokers Rat zu befolgen. Ich befolge nie ihre Ratschläge. Aber sie gibt sie trotzdem gerne.«

Danach wendete sich das Tischgespräch George Knox' neuem Buch zu, und Laura durfte in Frieden ihren sehr teuren Likör genießen, während Georges Wortkaskaden über sie hinwegsprudelten. Dass sie beide das Interesse der meisten anderen Gäste weckten, störte Laura nicht im Geringsten, sie war daran gewöhnt. Die Aufmerksamkeit, die George in der Öffentlichkeit erregte, übertrug sich stets auf seine Begleiter, und so ließ sie ihn gewähren, bis es

Zeit wurde, zum Theater aufzubrechen. »Wir müssen los, George«, unterbrach sie ihn und winkte dem Kellner.

George erhob sich abrupt und bezahlte die Rechnung.

»Das gefällt mir besonders bei Einladungen zum Essen«, sagte Laura, »dass ich mich nicht um das Trinkgeld kümmern muss. Ich fürchte mich immer davor, Trinkgeld zu geben. Wenn ich erst mal vermögend bin, werde ich sicher zu viel geben, aus purer Angeberei und um mir Servilität zu erkaufen.«

»Das sollte eigentlich kein Problem sein«, sagte George, der sich mit seinem Mantel abmühte. »Zehn Prozent der Rechnung, aber deiner Großzügigkeit sind keine Grenzen gesetzt. Ruf uns ein Taxi.«

»Ich kann keine Prozentrechnung«, sagte Laura mitleidheischend. »Mit Stift und Papier ja, aber nicht im Kopf. Der Kellner würde sehen, wie sich meine Lippen bewegen, und mich verachten.«

»Dich kann man gar nicht verachten«, sagte George und schob sie in ein Taxi.

»Ach nein? Apropos Trinkgeld, wie viel hast du dem Portier gegeben?«

»Einen Schilling natürlich.«

»Was ist daran natürlich? Ein Schilling sind zehn Prozent von? Zehn Schilling. Ist die Leistung des Portiers wirklich die kapitale Summe von zehn Schilling wert?«, sagte Laura mit äußerst geschäftsmäßiger Miene.

»Meine liebe Laura. Ich bin geneigt, dich mit einem Ausdruck zu belegen, den Coates einmal benutzt hat, der mir jedoch als dein Gastgeber nicht zusteht.«

»Du meinst göttliche Närrin, ja?«, fragte Laura höchst

interessiert. »Guck nicht so belämmert, George. Ich habe ihn selbst aus Adrians Mund gehört. Mir gefällt er.«

George Knox küsste ihr unter Aufbietung aller während einer holprigen Taxifahrt aufzubietenden Galanterie die Hand. »Hiermit«, sagte er, »möchte ich der göttlichen Närrin meine Ergebenheit bekunden.«

»Vielen Dank«, sagte Laura, als das Taxi vor dem Theater hielt. »Und wie viel sind zehn Prozent auf einen Schilling und drei Pence?«

»Neun Pence, wenn ich in Begleitung einer Dame bin.«

»Oje«, sagte Laura, als sie den Eingang zum Theaterraum erreichten. »Es hat schon angefangen. Jetzt stören wir alle und ernten hasserfüllte Blicke.«

»Wenn ich meinen Shakespeare richtig kenne, nicht«, höhnte George.

Wie recht er hatte. Es hätten noch so laute Fanfaren Lauras und Georges Eintritt ankündigen können, sie wären bei dem ohrenbetäubenden Lärm, der von der Bühne herüberschwappte, völlig unbemerkt geblieben. Wie George prophezeit hatte, war kein einziges Wort zu verstehen, obwohl sich die Schauspieler unendliche Mühe gaben, den Eindruck zu erwecken, sie würden etwas sagen. »Shakespeare-Tradition«, flüsterte Laura George zu, als sie ihre Plätze einnahmen. Ihre Haare kitzelten sein Ohrläppchen, was ihm sehr gefiel, und er nickte heftig. Nach etwa zehn Minuten hatte sich ihr Gehör an die Eigentümlichkeiten Shakespeares gewöhnt, und sie konnten das Stück genießen, sofern man bei *König Lear* überhaupt von Genuss sprechen kann. Laura, die kaum je ins Theater ging, war wie gefesselt von dem Stück, saß aufrecht auf der Stuhlkante, den Blick gebannt auf die Bühne gerichtet, und fühlte sich nacheinander in jede Figur ein. Unbemerkt fielen ihre Handschuhe und ihre Tasche zu Boden. George, von Bühnenillusionen generell unbeeindruckt, teilte seine Aufmerksamkeit zwischen den Schauspielern und Laura, die ihm jung erschien, im gedämpften Licht, erwartungsvoll, aufmerksam. Mit dem Ende des ersten Aktes ließ Lauras Spannung nach. Sie lehnte sich zurück und bemerkte erst jetzt den Verlust der Tasche und der Handschuhe.

»Ach Gottchen«, sagte sie ungestüm, »meine Sachen sind hinuntergefallen«, und fing an, den Boden abzusuchen.

»Lass nur, Laura. Ich hebe sie auf«, sagte George und beugte sich ebenfalls vor, doch Laura hatte bereits alles eingesammelt und war einigermaßen derangiert aus den Tiefen wieder hervorgetaucht.

»Ist gut, George. Ich habe sie. Aber wenn du noch irgendwo Haarnadeln siehst, würde ich mich freuen. Sie sind verlorengegangen, als ich unter dem Sitz nachgeschaut habe.«

George Knox bückte sich erneut und tauchte mit mehreren Schildpatt-Haarnadeln wieder hervor. Laura steckte sie sich ins Haar, offenbar zufrieden mit dem Ergebnis, nur George blickte verstört.

»Sie werden sich jeden Moment wieder lösen, Laura«, sagte er besorgt. »Und hinten ragt ein großes Teil hervor. Kannst du das nicht in Ordnung bringen?«

»Du hast nicht zufällig noch eine Haarnadel bei dir, oder?«, fragte sie ihn hoffnungsvoll.

»Ich muss doch sehr bitten, Laura. Sehe ich so aus, als hätte ich Haarnadeln dabei?«

»Ja, doch, manchmal reinigst du damit deine Pfeife. Ich habe sogar schon mal bei Woolworth welche für dich gekauft. Aber egal, es geht auch so.«

Mit einigem Kraftaufwand bündelte sie das Haar am Hinterkopf und spießte es triumphierend auf, bevor das Licht im Saal erlosch. Während das Stück von einer düsteren Szene zur nächsten glitt, blieb Laura wie aus Stein gemeißelt auf ihrem Stuhl sitzen, bis zu jenem Moment, in dem Gloucester beide Augen ausgestochen wurden und sie George und ihre Nachbarn mit der eindringlichen Bitte »Sagt Bescheid, wenn es vorbei ist« überraschte. Sie kniff die Augen zu und hielt sich die Ohren zu. So wild entschlossen war sie, nichts hören und sehen zu wollen, dass George sie am Arm packen und kräftig schütteln musste, um sie wieder in die Welt zurückzuholen. In der Pause entschuldigte sie sich.

»Die Szene mit den Augen hatte ich ganz vergessen«, sagte sie ernst. »Dauert es noch lange, George?«

»Hast du keine Lust mehr?«

Laura gab sich Mühe, Höflichkeit zu wahren. »Es ist ein wunderbares Stück, George, aber es verlangt ganz schön viel von einem, findest du nicht?«

»Möchtest du lieber gehen?«

»Ach, George – wenn das möglich wäre.«

Hastig wickelte sie sich in ihren Mantel, sammelte ihre Habseligkeiten und zwängte sich durch die Stuhlreihen. Sie verließen das Theater und nahmen sich ein Taxi.

»Du kommst doch noch auf ein Glas zu mir, George, ja?«, sagte Laura. »Sag dem Fahrer, er soll zu meiner Wohnung fahren. Es tut mir schrecklich leid, dass ich so ein unwürdiger Gast bin. Ich hatte mich auf das Stück gefreut, ehrlich, aber nach dem Lärm anfangs und dann noch der grässlichen Szene mit den Augen war es mir nicht mehr möglich. Schlimm?«

»Nein. Überhaupt nicht«, sagte George Knox betont laut. »Gibt es ein größeres Vergnügen auf der Welt, als eine Theateraufführung vor dem Ende zu verlassen? Höchstens noch Karten für ein Theaterstück zu kaufen, gut zu speisen, nach dem Essen schließlich sitzen zu bleiben und überhaupt nicht ins Theater zu gehen. Das wäre doch geradezu himmlisch.«

Das Taxi brachte sie zu dem Häuserblock, in dem Laura wohnte. George Knox gab dem Fahrer so viel Trinkgeld, dass der arme Kerl ihn so lange festhielt, bis er ihm gebührend gedankt hatte. George betrat das Foyer und stieß auf eine höchst ungehaltene Laura.

»Bitte vergiss nicht: Ich bin eine wehrlose Witwe«, jammerte sie. »Wie kannst du so lange mit diesem ölverschmierten Automechaniker verkehren, während ich ermordet werde.«

»Du bist ermordet worden?«, fragte George Knox besorgt.

»Nein, aber es hätte leicht passieren können. Du prahlst vor dem Taxifahrer, ich warte solange geduldig, und inzwischen kommt hier einer die Treppe heruntergesaust und hätte mich beinahe umgestoßen. Und meine Handschuhe und meine Handtasche habe ich auch schon wieder fallen lassen.«

»Wer war es?«

»Ich habe ihn nicht erkannt. Er ist einfach nur wie der

Blitz die Treppe hinunter- und an mir vorbeigefegt. Es ist ziemlich dunkel im Foyer. Ich mache Licht, dann kannst du die Tasche und die Handschuhe für mich suchen. Wenn du nicht die Gesellschaft eines Droschkenkutschers statt der einer kultivierten Frau unbestimmten Alters vorgezogen hättest, wäre das nicht passiert.«

Schuldbewusst sammelte George Knox Lauras verstreute Habseligkeiten ein, und sie gingen hinauf in ihre Wohnung, wo die gute Stoker Lauras Anweisungen entsprechend einen kleinen Imbiss bereitgestellt und Kohle aufgehäuft hatte.

»Schür bitte das Feuer, George«, sagte Laura, warf den Mantel auf einen Sessel und setzte sich. »Wir kennen uns seit über zwanzig Jahren, ich darf also so mit dir reden.«

»Mir kommt es eher wie sieben mal sieben Jahre vor«, sagte George galant und stocherte kräftig mit dem Schüreisen, so dass der Haufen zusammenbrach und eine klare Glut zurückließ.

»Wie meinst du das?«, fragte Laura. »Ist wohl als Kompliment gedacht, aber du hättest es schöner formulieren können. Gibst du mir bitte etwas Kaffee, George. Du kannst dir einen Whisky einschenken, wenn du möchtest.«

Für ein paar Minuten aßen und tranken sie im Schein des Feuers und genossen die Stille.

»Meine Güte, was für ein Schauspiel«, entfuhr es Laura plötzlich; sie meinte das Meisterwerk des Barden aus Avon, dem sie soeben entkommen waren. »Aber zu Töchtern ist es ungerecht. Ich hatte nie eine, aber ich bin sicher, dass sie eigentlich ganz lieb sind. Darling Sibyl ist manchmal ebenso töricht wie Cordelia, aber dass sie sich wie Regan verhielte, kann man sich kaum vorstellen, und wenn man sie noch so sehr provozieren würde.«

Ihr schoss der Gedanke durch den Kopf, dass Miss Grey schon eher zu solch einem Verhalten fähig wäre. Ob George den gleichen Gedanken hatte, vermochte sie nicht zu sagen, jedenfalls erwähnten sie sie mit keinem Wort.

»Sibyl ist so liebevoll wie Cordelia«, sagte George Knox mit gravitätischer Stimme, »aber ihre Dummheit sucht ihresgleichen.«

»Ja, George. Ich meinte nur, dass sie ein reizendes anschmiegsames Wesen ist, ohne viel Verstand. Die Cordelias dieser Welt brauchen immer jemanden zum Anklammern. Wenn es nicht der Vater ist, dann ist es eben France. Du würdest Sibyl natürlich niemals vor die Tür setzen, aber wenn France sich schon mal anbietet, warum nicht.«

»France?«, sagte George, immer noch einigermaßen gravitätisch. »France wer? Welcher France?«

»Nicht France wer, George. Aber natürlich könnte es auch ein Soundso France oder France Soundso sein.«

»Liebste Laura. Mein Verstand ist durch die große, noch nicht überwundene Unpässlichkeit leider etwas geschwächt. Kein France wer, aber es könnte auch ein Soundso France oder France Soundso sein? Hab Mitleid mit einem alternden Mann, dessen Geist krankheitsbedingt leicht vernebelt ist. Drücke dich bitte klarer aus.«

»Also«, setzte Laura geduldig an. »Cordelia heiratet doch France, das heißt den König von Frankreich, aber Shakespeare nennt ihn einfach nur France, um Zeit zu sparen, oder weil man Könige eben so nennt, nach ihrem Land. So wie Kleopatra für Ägypten steht.«

George Knox blickte noch unverständlicher drein als zuvor.

»Also«, wiederholte Laura, seine ostentativ verdutzte Miene ignorierend, »so wie Cordelia, die ihren Vater bewundert, einen König heiratet, weil man sie vor die Tür gesetzt hat, könnte Sibyl doch auch heiraten, oder nicht? Natürlich keinen König, denn dazu muss man vor die Tür gesetzt werden, aber einen netten Bürgerlichen.«

»Laura«, rief George theatralisch, »was willst du damit sagen?«

»Du hast mich sehr gut verstanden, George. Sibyl wird in Bälde heiraten. Sie ist sehr attraktiv, und wenn sie auch etwas einfältig ist, steht das doch einer Ehe nicht im Weg. Du brauchst gar nicht so beleidigt zu gucken.«

»Aber sie ist doch noch ein Teenager!«

»Nein. Sie ist zwanzig. Da ist man aus dem Teenager-Alter heraus. Ist dir noch nicht aufgefallen, dass sie eine erwachsene Frau ist, George?«

George starrte sie an, goss sich noch einen Whisky ein, starrte Laura erneut an und explodierte.

»Du hast recht, Laura. Du hast ja so recht! Ich habe mein Kind noch nie als erwachsenen Menschen betrachtet. Als Kind, Freundin, Gefährtin, ja, aber nicht als erwachsenen Menschen. Und es braucht eine fremde Person – verzeih, Laura, nicht eine fremde Person; denn: sind unsere Wege nicht schon immer einträchtig nebeneinanderher verlaufen, seit dein sehr uninteressanter Mann dich das erste Mal nach Rutland Gate gebracht hat und Mamma so grob zu ihm war? –, sagen wir also besser, eine liebe Freundin, auch wenn wir nicht durch Blutsverwandschaft miteinander verbunden sind, es braucht also eine liebe Freundin, um mir zu eröffnen, dass mein Kind ein erwachsener Mensch ist. Warum habe ich das nie gesehen?«

»Du hättest es jeden Tag sehen können, wenn du genauer hingeschaut hättest, George, aber dazu bist du zu beschränkt.«

»Warum«, wiederholte George Knox, der Lauras Einwurf geflissentlich überhörte, »habe ich das nie gesehen? Was bin ich bloß für ein Vater? Ich bin nur auf mich bedacht, egoistisch, unachtsam, während in einer einzigen Nacht diese erlesene Knospe zur Blüte heranreift. Das Kind ist in einem heiratsfähigen Alter, ehemündig.«

»Es reicht, George«, sagte Laura streng. »Weiter in dem Ton, und du hörst dich an wie Shakespeare, schlimmer noch, wie die Bibel. Ich wollte dich nur auf eins hinweisen: Du kannst schlecht erwarten, dass Sibyl ihr ganzes Leben zu Hause bleibt. Also gewöhn dich schon mal an den Gedanken.«

George Knox stellte sich innerlich bereits auf ein Leben als rührender alternder Graubart ein, allein am verwaisten Herd. Schon hatte er ein Bild von sich, als einem, der nur für die seltenen Besuche seiner verheirateten Tochter und für das Getrappel von Kinderfüßen lebte. Frische junge Stimmen brachten Leben in sein altes Haus, und mit der fröhlichen Jugend erneuerte sich seine eigene Jugend, bis sie verblassten, diese Traumkinder, und ihn einsam zurückließen. Doch nein, nicht gar so einsam – denn wer war diese anmutige Gestalt, die aus dem Haus auf ihn zukam, während er angestrengt den abreisenden Lieben hinterherblickte. Eine vornehme, matronenhafte Gestalt in schweren Gewändern, das noch immer füllige Haar silbergesprenkelt. »George!«, rief sie mit ihrer tiefen, voluminösen Stimme, die er so liebte, »komm herein. Der Nachttau fällt schnell, und die Luft kühlt ab.« Er drehte sich um und begleitete sie ins Haus.

»Laura!« George schüttelte sich wach. »Seit wann fällt der Nachttau? Ich dachte immer, der kommt aus dem Boden heraus.«

»Du kannst Fragen stellen. Fast so schlimm wie Tony. Woher soll ich das wissen? In der Dichtkunst darf Tau fallen, auch wenn ich es noch nie mit eigenen Augen gesehen habe. Man würde es fälschlich für Regen halten. Vielleicht sind wir schon oft durch Regen spaziert, und in Wirklichkeit war es Tau. Wieso?«

»Nur so ein Gedanke«, sagte George geistesabwesend. »Ich werde viel allein sein, wenn Sibyl verheiratet ist.«

»Daran musst du dich gewöhnen. Sollte Sibyl tatsächlich heiraten, heißt das ja nicht, dass damit die Pest in Low Rising Einzug hält. Alle anderen sind ja noch da, der Pfarrer und Dr. Ford, Anne Todd und meine Wenigkeit, und Lord Stoke wohnt auch nicht weit entfernt.«

»Ja, Laura, meine Freunde sind noch da, nicht zuletzt du. Du wirst mich nicht verlassen, oder?«

»*König Lear* ist dir wohl zu Kopf gestiegen.« Laura beäugte ihn misstrauisch und steckte sich ein paar Haarnadeln tiefer ins Gestrüpp. »Warum sollte dich jemand verlassen? Ich bin kein ungeschlüpftes, frisch gereiftes – ich meine, kein frisch geschlüpftes, unreifes Küken. Ich kenne dich seit über einem Vierteljahrhundert, und ich habe nicht die Absicht, dich fallen zu lassen, nur weil Sibyl, die noch nicht mal verlobt ist, vielleicht heiraten wird. Sei nicht albern, George.«

»Wenn ich daran denke, wie lange wir schon befreundet sind«, sagte George Knox. »Du warst der einzige Lichtblick auf den fürchterlichen Dinnerpartys meiner Mutter. Vergnügt und lebenslustig, trotz deines Gatten, dieses Fettkuchens, und du warst liebenswürdig zu meiner armen blassen Frau. Ich habe das Gefühl, deine fortwährende Freundschaft ist alles, wofür es sich zu leben lohnt.«

Übellaunig trank er sein Glas leer und stierte in die Flammen.

Laura erhob sich empört.

»George Knox«, sagte sie, »die arme Rhoda war ganz sicher eine blasse Person, und sie so zu nennen, dazu hast du alles Recht, aber den guten alten Henry als Fettkuchen zu bezeichnen, geht eindeutig zu weit. Ich kann das nur damit entschuldigen, dass Menschen nach überstandener Grippe häufig den Verstand verlieren. Und jetzt löst sich wieder mein Haar auf, und ich muss gehen und es neu richten. Das habe ich nun davon. Wenn ich wiederkomme, wirst du dich entschuldigen, und danach«, ließ sie sich von Georges leidgeprüfter Miene erweichen, »machen wir weiter wie bisher.«

Sie ging aus dem Zimmer und ließ George Knox mit seiner Schwermut allein. Im Flur fiel ihr Blick automatisch auf den Briefkasten an der Wohnungstür, in dem ein Couvert lag. Stoker musste die letzte Lieferung offenbar verpasst haben, sonst hätte es mit der anderen Post auf dem Tisch im Flur gelegen. Sie holte es heraus, vermutlich eine Rechnung oder Wurfsendung, denn die Adresse war maschinengeschrieben, der Umschlag unfrankiert, und ging damit ins Schlafzimmer, setzte sich vor die Frisierkommode und steckte sich die Haare neu. Als sie fertig war, nahm sie das Couvert und öffnete es. Auf üblichem Schreibmaschinenpapier fein säuberlich getippt, stand da:

Mrs. Morland,

der Mann, den Sie zu heiraten beabsichtigen, ist ein Nichtsnutz. Er würde mit jeder ins Bett gehen. Denken Sie an Ihre Familie, und lassen Sie die Finger von ihm.

Ein Freund

Das Datum darunter, Donnerstag, den 13. April, mit einem Gummistempel aufgedruckt.

Laura war fassungslos. Zuerst regte sich Wut in ihr, Wut über den anonymen Verfasser. »Blödmann. Ich habe gar nicht die Absicht, irgendwen zu heiraten«, sagte sie laut und empört zu ihrem Spiegelbild. Sie war ratlos. Hatte vielleicht eine heimliche Verehrerin von Adrian von seinem vergeblichen Antrag erfahren und diese Zeilen in einem Eifersuchtsanfall niedergeschrieben? Sehr unwahrscheinlich. Sie hatte keinem davon erzählt, außer Anne Todd, und auf deren erwiesene Treue würde sie ihre Seele verwetten. Was Adrian betraf, würde er ganz bestimmt auch nicht hinausposaunen, was für ein Narr er gewesen war, und im Augenblick hatte er ohnehin nur Sibyl im Kopf. Für einen Moment konzentrierten sich ihre Gedanken auf jene Quelle allen Übels, den Drachen, doch auch Miss Grey wusste nichts von der Geschichte und konnte schlecht in London herumspazieren und anonyme Botschaften in Briefkästen stecken, während sie gleichzeitig auf dem Land die kranke Sibyl pflegte. Sehr rätselhaft das Ganze, beunruhigend. Wenn doch Anne Todd oder Amy Birkett hier wären, dachte sie, die beiden könnte sie um Rat fragen. George würde seinem Zorn nur wortreich Luft machen und es sofort allen weitererzählen. Die arme Laura, aufgeregt, beschämt, wütend, elend, nahm den Brief, zerknüllte ihn und warf ihn in den Papierkorb. Dann gab sie sich einen Ruck und kehrte zurück in den Salon, die Wangen gerötet und mit vor ohnmächtigem Zorn funkelnden Augen.

»Es tut mir leid, George«, sagte sie, »aber ich muss dich hinausbitten. Ich habe höllische Kopfschmerzen. Es würde mich nicht wundern, wenn ich auch noch die Grippe bekäme. Ich schlucke vorsorglich gleich mal ein paar Aspirin und verziehe mich ins Bett.«

George Knox' Miene zeigte ehrliche Besorgnis. »Ich lasse dich ungern allein, Laura, wenn du dich nicht wohlfühlst. Soll ich nicht doch lieber hierbleiben, bis Stoker nach Hause kommt? Ich würde dich auch nicht stören.«

»Lieb von dir, George, aber ich komme schon alleine zurecht. Es war ein wunderschöner Abend, ich habe mich sehr gefreut, herzlichen Dank. Und wenn du jetzt nicht gehst, werde ich ungehalten.«

Lauras fiebrige Erscheinung riss George Knox endgültig aus seiner üblichen Selbstversunkenheit, und er begann, sich ernsthaft zu sorgen.

»Na gut, Laura.« George erhob sich gehorsam. »Ich kann dir gar nicht sagen, wie leid es mir tut, dass der Abend so unschön geendet hat. Ich wollte dir noch so viel sagen –

Dinge, die mir nicht leichtfallen zu äußern, es sei denn, ich bin mit dir allein. Wann sehen wir uns wieder?«

»Schon bald. Jederzeit. Wenn es mir morgen besser geht, fahre ich nach High Rising. Ich bleibe so lange, bis die Schule wieder anfängt. Gute Nacht, George.«

»Ich muss leider noch ein paar Tage hier in der Stadt verbringen«, sagte George Knox, »aber ich rufe dich an.«

»Ja, tu das, jederzeit, aber bitte, sei so gut, und geh jetzt.« Laura hielt ihm den Mantel hin, schüttelte ihm herzlich die Hand und scheuchte ihn aus der Wohnung. George ging nach unten, setzte sich in der Eingangshalle auf eine harte schmale Bank, ohne Rückenlehne, und wartete – zu seinem unsterblichen Ruhm – eine Dreiviertelstunde lang auf Stokers Rückkehr. So gewohnt war er es, sich auf Laura zu verlassen, dass der Anblick einer kranken, unzufriedenen Laura ihn ebenfalls unzufrieden machte. Ihm schwebte eine Idee vor, noch unausgegoren, die Vorstellung nämlich, Low Rising wäre nach Sibyls theoretischer Hochzeit nicht gar so einsam, wenn Laura das Leben mit ihm teilte. Zugegeben, es war alles sehr nebulös. Schon während er, steif und leicht unterkühlt, in der kleinen Eingangshalle saß, kam er ins Grübeln. Sosehr er Laura liebte und bewunderte, schüchterte sie ihn auch ein, was, jedenfalls vom männlichen Standpunkt aus betrachtet, keine gute Grundlage für ein Ehebündnis war. Dann dachte er an ihre große, weitverzweigte Familie. Die vornehme Gestalt, die ihn in seiner Traumvision aus dem Nachttau ins Haus gerufen hatte, war ja sehr anziehend, doch flankiert von drei erwachsenen Stiefsöhnen, verlor sie etwas an Attraktivität. Sollte Laura seinen Antrag annehmen, würde sie wohl auch von ihm erwarten, dass er Low Rising an Sibyl und ihren Fantasiemann abtrat und er selbst zu ihr nach High Rising zog, was selbstverständlich nicht in Frage kam. Er brauchte Ruhe zum Schreiben. Manchmal waren ja schon Sibyls Hunde schlimm genug, doch Tonys Monologe und seine Modelleisenbahnen, von Gerald, John und Dick, die in den Ferien jedes Mal zu Hause einfallen würden, ganz zu schweigen – wie sollte er sich da konzentrieren? Laura, kinderlos, mit guten Stenografiekenntnissen, wäre die perfekte Ehefrau. Eine bessere Miss Todd. Eigentlich ungerecht, dass Laura so eine ausgezeichnete Sekretärin wie Miss Todd zu ihrer privaten Verfügung hatte. Bei einer Ehe mit Laura würde Miss Todd vielleicht sogar zur Mitgift gehören. Miss Todds praktische Einstellung im Umgang mit ihrer Mutter hatte er schon immer bewundert. Sie wäre in vielerlei Hinsicht sehr nützlich, man müsste sich nur mit ihr handelseinig werden. Vielleicht würde es sich lohnen, ihr nochmal das Cottage anzubieten, wenn ihre Mutter nicht mehr lebte. Bei der Gelegenheit fiel Mr. Knox zum ersten Mal auf, dass er Miss Todd bei seinen Besuchen fast nie allein antraf, sondern in Gesellschaft von Dr. Ford. Er wäre ebenfalls eine gute Partie für sie, so gut, dass es vielleicht längst beschlossene Sache war und man nur auf das Ableben ihrer Mutter wartete. Mit solchen und anderen müßigen Überlegungen, verbunden mit der Sorge um Laura, vertrödelte er die Zeit, bis endlich um halb zwölf Stokers rundliche Gestalt die Stufen hinaufwogte.

»Erschrecken Sie nicht, Stoker«, sagte er, sich erhebend. »Mrs. Morland war unpässlich, deswegen warte ich hier in der Eingangshalle.«

»Und wozu soll das gut sein?«, sagte Stoker mit leutseliger Verachtung, »Was hat sie denn?«

»Kopfschmerzen. Vielleicht ist eine Grippe im Anzug.«

»Sie gehen jetzt besser nach Hause«, sagte die ergebene Magd. »Hier rumzusitzen nützt ihr herzlich wenig. Morgen fühlt sie sich bestimmt schon besser.«

Mit diesen aufmunternden Worten schloss sie sich in der Aufzugkabine ein und stieg majestätisch auf, während George Knox das Haus verließ und sich zurück zu seinem Klub begab.

Laura war umgehend zu Bett gegangen. An Schlaf war nicht zu denken, doch bei rasenden Schmerzen war das Bett wie ein Zufluchtsort, und mit einem guten Buch, *Ein Kübel Blut, oder Die Rache des Metzgers* vertrieb sie sich die Sorgen. Stoker klopfte an die Tür und trat ins Zimmer.

»Kopfschmerzen?«, fragte sie.

»Ja, starke«, sagte Laura. »Morgen bin ich wieder auf den Beinen. Wenn Mr. Knox weiter so auf mich eingeredet hätte, wäre es noch schlimmer geworden, deswegen bin ich ins Bett gegangen.«

Stoker verließ wortlos den Raum und kehrte wenig später mit einer Tasse Tee zurück.

»Danke, Stoker. Sie sind ein wahrer Engel.«

»Wie lange hat Mr. Knox im Flur gesessen?«, wollte Stoker wissen.

»Im Flur? Er ist mindestens vor einer Stunde gegangen.«

»Ich meine den Hausflur unten«, erklärte Stoker. »Ich habe ihm gesagt, es gäbe keinen Anlass zur Sorge. Danach ist er abgezogen.«

Stumm würdigte Laura dieses Zeichen der Ergebenheit.

Es war wirklich sehr lieb, wenn nicht ein bisschen dämlich von George, unten im Hausflur zu warten, nur weil ihr der Kopf weh tat.

»So, so«, lautete ihr abschließender Kommentar. »Ach, Stoker, fischen Sie mir bitte noch den zerknüllten Brief aus dem Papierkorb, bevor Sie gehen.«

Stoker kramte den Brief hervor, gab ihn ihrer Herrin und fügte hinzu: »Marlene war wunderbar.«

Laura verstand diese Äußerung vollkommen richtig, wie sich zeigte, als eine Anerkennung der körperlichen und moralischen Reize von Marlene Dietrich, brachte ihre Freude zum Ausdruck, dass Stoker einen angenehmen Abend verbracht hatte, und wünschte gute Nacht. Vorm Einschlafen dachte sie nochmal an den anonymen Brief. Es war nicht ihre erste anonyme Post, indirekt hatte sie bereits Erfahrung damit, denn für Madame Koska war keine Woche sinnvoll verbracht, wenn nicht wenigstens eines dieser kuriosen Sendschreiben sie erreicht hätte. Laura war es bislang erspart geblieben. Was würde Madame Koska an meiner Stelle tun, überlegte sie. Manchmal riss sie die Briefe voller Verachtung in Stücke und warf sie ins Feuer, manchmal allerdings verstaute sie sie auch mit einem dünnen, rätselhaften Lächeln im Privatsafe, um bei Gelegenheit ihre Konkurrenten damit zu düpieren. Ein Feuer brannte nicht in ihrem Zimmer, und so entschied sich Laura für das dünne, rätselhafte Lächeln, faltete den Brief sorgsam zusammen und steckte ihn wieder in seinen Umschlag. Wie befürchtet, wollte sich kein Schlaf einstellen, und erst um zwei Uhr in der Früh schlief sie über dem letzten Kapitel von *Ein Kübel voll Blut* bei brennendem Licht ein. Stunden später wachte sie griesgrämig und übermüdet auf und war froh, als sie wieder in High Rising war, in der Tasche das schreckliche Dokument, das sie sogleich in einer Schublade verschloss und Anne Todd bei nächster Gelegenheit zu zeigen gedachte.

13

Frühlings-Intermezzo

Am Freitag der darauffolgenden Woche erhielt Laura ein Paket und einen Brief von Adrian. Das Paket enthielt, wie sie gleich erkannte, ein Manuskript, genauer gesagt, ein Typoskript. Adrian schickte ihr hin und wieder Romane zur Begutachtung, weil er ihre scharfsinnigen und unkonventionellen Kommentare schätzte. Es war tatsächlich ein Roman, dennoch verhielt es sich diesmal anders, wie aus Adrians Schreiben hervorging.

Liebe Laura,

Sie haben mir versprochen, sich Sibyls Manuskript anzuschauen und mir Ihre Meinung mitzuteilen. Hier ist es, und es bringt mich in große Verlegenheit. Nach der Lektüre werden Sie verstehen, warum. Ich stecke in einer schrecklichen Zwickmühle, wie man sie sich peinigender kaum vorstellen kann. Was soll ich machen? Ich liebe Sibyl über alles, daran wird sich nichts ändern, doch jetzt muss ich befürchten, dass sie nie wieder ein Wort mit mir wechselt. Vom verlegerischen Standpunkt aus kommt eine Veröffentlichung natürlich nicht in Frage, aber wie bringe ich ihr das als Freund bei? Ich bin für jeden Vorschlag dankbar. Ich habe es noch keinem ande-

rem gezeigt – das verbietet sich einfach. Schreiben Sie mir nicht, ich bin ja Samstag zum Lunch bei Ihnen, aber wenn Sie mir irgendwie beistehen können, bitte, tun Sie es. Seit Tagen denke ich an nichts anderes, ich bin nicht mal in der Lage, Sibyl zu schreiben.

Immer Ihr

ADRIAN

Voller Vorahnungen betrachtete sie das Paket. Besaß Sibyl etwa das seltsame Talent der Jugend für obszöne Literatur? Oder hatte sie ihre Freunde böswillig karikiert, so dass höchstwahrscheinlich Verleumdungsklagen ins Haus flattern würden? Oder war das Manuskript so exquisit, so zart, so kostbar, dass sich überhaupt kein Markt dafür fand? Die einzige Möglichkeit, das herauszufinden, war eine gründliche Lektüre. Laura sorgte dafür, dass Tony und Master Wesendonck mit dem Bau von Bahndämmen beschäftigt waren, wozu sie sich Sand von Mrs. Mallows Cousin, dem Bauarbeiter, borgten, verkürzte die morgendliche Besprechung mit Stoker und verzog sich dann mit dem Paket nach oben auf ihr Zimmer und machte sich ans Lesen.

Jeder, der Laura einigermaßen kannte, hätte am Zustand ihrer Frisur erkennen können, wie irritiert, ja fassungslos sie war. Mit dem Bleistift durchs Haar gepflügt, Strähnen aus der Stirn gestrichen und gedankenverloren Haarnadeln wieder befestigt, die sich im Affekt beim Kopfschütteln gelöst hatten, sah sie zum Schluss aus wie Medusa nach einem anstrengenden Waschtag.

»Oh Gott«, sagte Laura, die in Selbstgesprächen selten starke Ausdrücke benutzte. »Oh Gott, oh Gott, was sollen wir bloß tun? Adrian, dieser Trottel! Warum konnte er das Mädchen nicht in Ruhe lassen? Mist, so ein Mist. Das wird sie niemals verschmerzen, dabei hatte ich gedacht, alles wäre bestens.«

Nichts war bestens. Anne Todd war seit Lauras Rückkehr nicht mehr bei ihr gewesen, weil die alte Mrs. Todd schwächelte und ihre Tochter stärker als sonst beanspruchte, und mit dem Abtippen war Anne ebenfalls im Rückstand. George hielt sich noch in der Stadt auf. Sibyl erholte sich von ihrer Grippe, doch Laura wollte sie nicht besuchen, nur um dann dem Drachen gegenüberzustehen, der sich als Hausherrin aufspielte. Und Adrian würde erst morgen kommen. Niemand da, an den sie sich wenden konnte, außer ihrem Schöpfer, doch ihr leidenschaftlicher Appell an ihn blieb ohne Antwort. Schließlich meldete sie ein Telefongespräch mit Adrian an.

»Adrian«, drängte sie, kaum stand die Leitung. »Ich möchte am Telefon nicht darüber sprechen, also hören Sie zu: Machen Sie morgen eher Schluss, und seien Sie um halb eins hier. Sibyl kommt zum Lunch, aber ich muss Sie vorher unbedingt sprechen. Es ist absolut wichtig.«

Adrians Stimme klang tonlos und brüchig, als er Laura treu und brav versicherte, er werde morgen um halb eins bei ihr sein. Danach rief sie Dr. Ford an, der zum Glück zu Hause war.

»Würden Sie mir freundlicherweise einen Gefallen tun und Sibyl morgen zum Lunch herbringen – ich meine, mit dem Auto? Sie sind selbstverständlich auch eingeladen. Adrian kommt extra wegen Sibyl angereist, und ich möchte nicht, dass uns der Drachen dazwischenfunkt.«

Dr. Ford unterdrückte ein Lachen. »Da sind Sie nicht die Erste«, sagte er.

»Wie meinen Sie das?«

»Anne Todd hat den Drachen morgen zum Lunch eingeladen, und ich habe Anweisung, Miss Grey persönlich abzuholen, damit sie nicht noch wegrennen kann. Am besten hole ich beide Damen ab und bringe Sibyl bei Ihnen vorbei. Leider kann ich nicht zum Lunch bleiben, ich muss um zwei am anderen Ende von Stoke Dry sein, da esse ich zwischendurch zu Hause einen Happen.«

»Vielen Dank. Wie geht es Mrs. Todd?«

»Sie gefällt mir gar nicht.« Mehr war von ihm nicht zu erfahren.

Vergeblich versuchte sie, sich auf das morgendliche Martyrium vorzubereiten. Tonys und Master Wesendoncks kindisches Geplapper ging ihr auf die Nerven. An Arbeit war nicht zu denken, Essen unmöglich. *Das blutige Leichentuch*, ein neues Buch aus der Bibliothek, besaß keine Spannung, und ob die Person, die den Kopf des Opfers mit einer Rasierklinge abgetrennt und den Rumpf bis zur Unkenntlichkeit verbrannt hatte, die blonde Sekretärin war oder Ti Lung, der Affe mit der Papageienfratze, war ihr herzlich egal. Um die Zeit totzuschlagen, fuhr sie schließlich mit Tony und Master Wesendonck nach Stoke Dry ins Kino und quälte sich zweieinhalb Stunden durch Slapstick und Horror, an dem die beiden Jungen gehörigen Spaß hatten.

Der Samstag dämmerte hell und mild herauf. Die Sonne schien, aus einem nahegelegenen Gehölz tönte der Ruf des Kuckucks, und andere, schwieriger zu unterscheidende Vögel steuerten ihr passendes Gezwitscher bei. In dem Wäldchen wuchsen Primeln in obszönem Überfluss, ein blauer Dunstschleier zeigte an, dass bald die Glockenblumen blühen würden, die Waldwiesen waren übersät mit Buschwindröschen. Alle Bäume, die früh ausschlagen, waren hellgrün, alle anderen, so wie die Natur es vorsah, noch braun und bildeten einen hübschen Kontrast. Ein mit Butterblumen gesäumtes Bächlein plätscherte sanft dahin, es hörte sich an wie brutzelnde Bratwürstchen in einer Pfanne. Die Natur war voll im Gange, denn wenn sie sich einmal entschieden hat, ist sie nicht mehr zu stoppen.

Was hilft all das der Krone der Schöpfung, wenn gramzerfurcht ihr Gemüt? Eisige Winde, und hätten sie dunkle Sturmwolken herbeigeweht, hätte Donner gegrollt, Graupel die Blüten von Obstbäumen gefegt und Schmetterlingen auf den Wiesen die Flügel gebrochen, Laura hätte nicht niedergeschlagener sein können. Tony, der ihr eine kurze, selbst verfasste Kriminalgeschichte vorlas, wurde barsch angeschnauzt, des unverhüllten Plagiats und einer gemeinen Gesinnung bezichtigt. Stoker angefahren, sie solle still sein und den Jungen zum Mittagessen geben, was sie wollten. Sogar Master Wesendonck, der mühsam einen Eimer Kohle zum Güterbahnhof der Modelleisenbahn geschleppt hatte, damit er echter aussah, wurde brüsk angewiesen, alle Kohlen wieder vom Rasen aufzuheben und sie dorthin zurückzubringen, wo er sie hergeholt hatte.

Als der vereinbarte Zeitpunkt immer näher rückte, streifte Laura wie ein nervöser Panther durch den Salon, auf und ab, auf und ab. Überpünktlich – sonst wäre sie auch noch verrückt geworden – fuhr Adrian vor, sprang aus dem Wagen, knallte die Tür zu, ermahnte die Jungen, es ja nicht anzurühren, und eilte ins Haus. Trotz seiner ausgesucht feinen Garderobe wirkte er angespannt, mitgenommen und übermüdet.

»Laura!«, rief er.

»Adrian!«, schrie Laura mit gleicher Inbrunst. »Ich bin Ihnen sehr dankbar, mein Lieber. Noch nie ist mir so etwas Schreckliches widerfahren. Da liegt es! Was sollen wir bloß damit anfangen?« Sie zeigte auf Sibyls Manuskript, doch Adrian nahm es nicht in die Hand, starrte nur darauf, als wäre es eine Schlange, die ihn hypnotisiert hatte.

»Ist es nicht grauenhaft?«, brachte er schließlich hervor.

»Mir fehlen die Worte. Setzen Sie sich, Adrian. Ich wollte meinen Augen nicht trauen beim Lesen.«

»Ich auch nicht, Laura. Was soll ich machen?«

»Da gibt es nur eins«, antwortete Laura wild entschlossen, »ihr die Wahrheit sagen.«

»Wie? Schließlich habe ich sie gebeten, mir das Manuskript zu schicken. Ich fühle mich verantwortlich.«

»Unsinn! Wir haben nicht viel Zeit, Adrian. Also, passen Sie auf: Nach dem Lunch gehen Sie mit ihr in den Wald, auf einen Spaziergang, und sagen ihr die Wahrheit. Sie werden ganz auf sich allein gestellt sein.«

»Ich komme mir vor wie ein Mörder: Ihr beibringen zu müssen, dass sie keinen blassen Schimmer von Handlungsaufbau, Stil, Grammatik, Orthografie oder sonst was hat.« Er rang verzweifelt die Hände.

»Es geht nicht anders«, sagte Laura. »Ihnen glaubt Sie, Adrian. Ich dachte, ich werde verrückt, als ich das Machwerk las. Dieses untalentierte, biedere, schwachsinnige, sentimentale Schulmädchen-Geschreibsel sollte von unserer Sibyl sein? Unfassbar. Dreimal habe ich es mir zu Gemüte geführt, um vielleicht doch irgendwo etwas Gutes zu erkennen, aber da ist nichts. Für eine Schülerzeitung mag es reichen, obwohl ich selbst das bezweifeln würde. Sie tun ihr einen Gefallen, wenn Sie ihre Hoffnungen frühzeitig zunichtemachen. Ich sage Ihnen, was sonst passiert: Johns and Fairfield bekommen das Manuskript in die Finger und machen sich einen Jux daraus. Es erscheint in hoher Auflage, und die Leute werden glauben, Sibyl wolle witzig sein, dabei ist es ihr todernst damit. Ihr Vater würde den Coup sofort durchschauen und einen Tobsuchtsanfall bekommen. Hätte sie ihm das Buch vorher gezeigt, hätte er die Sache rechtzeitig gestoppt. Aber aufgeblasen, wie er ist, glaubt er fest, seine Tochter sei wer weiß wie schlau. Nur eins gereicht ihr zum Vorteil: Sie hat einige meiner abstoßenderen Manierismen übernommen. Adrian, ich bin Sibyl wirklich sehr verbunden und Ihnen, auf andere, angemessene Art, ebenfalls. Deswegen sage ich Ihnen mit allem gebührenden Ernst: Sibyls Schreibversuche müssen im Keim erstickt werden, ein für alle Mal. Sie hatte gar nicht vor, Ihnen ihr Buch zu zeigen, aber Sie haben sie dazu gedrängt. Jetzt haben Sie den Salat und müssen sich der Situation stellen. Wenn Sie das nicht tun, werde ich ihr sagen, dass Sie mir einen Antrag gemacht haben, allerdings glaube ich«, ergänzte sie, als sie Adrian stumme Qualen leiden sah, »dass das gar keine Rolle spielen würde. Sie hat Sie eben noch nie als harten Geschäftsmann erlebt, der die Tantiemen für seine am Hungertuch nagenden Autoren herunterhandelt, und sie glaubt fest an Sie.«

»Ja«, sagte Adrian, »das wäre ihr egal.«

»Sie nehmen sich ganz schön viel heraus«, blaffte Laura, deren Geduld und Gemüt arg strapaziert waren.

»Entschuldigen Sie, Laura. Es sollte nicht überheblich klingen, ich urteile nur nach Gefühl. Ich habe wegen dieser Sache zwar Höllenqualen ausgestanden, aber es macht mir nicht das Geringste aus, dass Sibyl in literarischer Hinsicht ein dummes Ding ist. Ja, ich glaube, dafür liebe ich sie umso mehr. Sie ist auf eine solche Weise einfältig, dass ich sie dafür schon bewundere. Nur sie zu verletzen, das ertrage ich nicht.«

Laura sah ihn mit einer Mischung aus nachsichtiger Verachtung, Zuneigung und Neid an, wollte etwas erwidern, überlegte es sich dann anders, verließ den Raum und kam mit einem Glas zurück.

»Brandy«, sagte sie. »Trinken Sie das. Ich höre Dr. Fords Auto vorfahren.«

»Auf Sie«, prostete Adrian ihr zu, nahm einen Schluck und musste husten.

»Nicht doch.« Seine entnervte Gastgeberin klopfte ihm kräftig auf den Rücken. »Wer will schon einen spuckenden Idioten um sich haben?«

Als Sibyl, gefolgt von den beiden Jungen, das Zimmer betrat, hatte Adrian sich wieder erholt und war, gestärkt durch den Brandy, in der Lage sich zusammenzureißen. Bevor die kleine Mittagsrunde peinlich zu werden drohte, gestattete Laura ihrem Sohn, am Gespräch der Erwachsenen teilzunehmen, was einem Freibrief gleichkam. Derzeit galt sein ganzes Interesse einer Modelleisenbahn-Ausstellung, die – unglückseligerweise – in London stattfand. Tony und Master Wesendonck sprachen von nichts anderem und wären am liebsten noch heute nach London gefahren, um sie zu besuchen. Tonys detaillierte Beschreibung des elektrischen Signalsystems einer Modelllok hätte die Erwachsenen zu jedem anderen Zeitpunkt rasend gemacht und zu raschem Sympathieverlust geführt. Die ergänzenden Erläuterungen des Elektroexperten Master Wesendonck waren auch nicht faszinierender. Heute jedoch waren alle drei Erwachsenen, nervös und in höchster Verlegenheit, dankbar für diesen Redefluss und belohnten Tony und seinen Freund mit einer für ihre Verhältnisse ungewohnten Aufmerksamkeit.

Beim Kaffee schließlich blickte Laura wild um sich.

»Mir brummt der Schädel, ich habe gestern Nacht kein Auge zugetan«, sagte sie mit Grabesstimme. »Sibyl, meine Liebe, ich muss mich hinlegen. Seien Sie so nett, gehen Sie mit Adrian im Wäldchen spazieren. Die Jungen sind den ganzen Nachmittag am Bahnhof Stoke Dry beschäftigt. Ich brauche Ruhe. Wenn ich Sie jetzt auch noch reden höre, werde ich endgültig verrückt.«

Sibyl blickte völlig verängstigt drein und stand sofort auf. Laura lehnte alle Hilfsangebote ab, ging nach oben auf ihr Zimmer und genoss, von der Gardine verborgen, wie das junge Paar durch den Garten und durch das Törchen hinaus in den Wald schlenderte. Mit einem Seufzer der Erleichterung streifte sie ihre Schuhe ab und legte sich aufs Bett. Schon nach wenigen Minuten war ihr *Das blutige Leichentuch* aus der Hand geglitten, und sie versank selig in den wohlverdienten Schlaf.

Man konnte sich keinen besseren Ort vorstellen als dieses Wäldchen, um seiner Angebeteten an einem milden

Aprilnachmittag sein Herz auszuschütten. Für Adrian jedoch spendete die Sonne kein Licht, als er mit Sibyl den schmalen Pfad entlangging, und die Vögel trällerten ein besonders böses Spottlied. »Dummkopf«, sangen sie, »alles nur deine Schuld. Du hättest dir denken können, dass sie es aus reiner Zuneigung macht, aus keinem anderen Grund. Sie braucht etwas, an das sie ihr Herz hängt. Sie hat ihren Vater, und sie hat ihre Hunde. Und wenn du dich nicht so blöd angestellt hättest, hätte sie dich jetzt dazugewonnen. Du hast sie dazu gedrängt, dir ihre kleine Geschichte zu zeigen. Sie war schlauer als du. Sie wusste, dass sie nichts taugt, und sie hatte recht. Was hast du nun vor? Tirili, tirila, jetzt stehst du da, du Trottel«, schlossen sie ihren verzückten Chorgesang.

Sibyl blieb stehen. »Singen die Vögel nicht himmlisch?«

Adrian, der großes Verständnis hatte für Wilddiebe, Jäger und insbesondere für Italiener, die seltene Vögel fingen und in Käfige sperrten, sagte, ja, ja.

»Setzen wir uns«, schlug Sibyl vor. »Hier kann man nur im Gänsemarsch gehen.«

Sie ließen sich auf einer Baumwurzel nieder. Um sie herum liebliche Anmut. Ein Becher Mandel-Wolfsmilch, zwei in einem, bot sich ihnen dar. Alles verhielt sich der Tradition englischer Lyrik gemäß. Doch darf bezweifelt werden, dass die beiden es überhaupt wahrnahmen. Adrian war halb krank vor Aufregung, doch er musste es tun, er musste ihr reinen Wein einschenken.

»Sibyl«, sagte er zögerlich.

»Sie haben Sibyl zu mir gesagt«, murmelte die Lady kaum hörbar.

»Sie haben doch nichts dagegen, oder?«

»Aber nein. Alle nennen mich so.«

Es folgte eine kurze Verlegenheitspause.

»Sibyl«, setzte er erneut an. »Ich habe Ihre Geschichte Laura gezeigt. Ich hoffe, Sie nehmen mir das nicht übel.«

Sibyl sah ihn mit großen entsetzten Augen an.

»Sonst hat sie noch keiner gesehen«, versicherte er ihr. »Aber ich wollte ihre Meinung hören. Sie hat ein sicheres Urteilsvermögen, ich gebe ihr öfter etwas zu lesen für mich. Und sie mag Sie so sehr, dass ich dachte, sie würde die Geschichte gerne lesen, weil Sie sie geschrieben haben.«

»Und? Ist sie gut?«, hauchte Sibyl bange.

»Das ist nicht so leicht zu beantworten. Es ist nicht einfach, die Arbeit eines Anfängers richtig einzuschätzen, und ich maße mir nicht an, hier als Kritiker aufzutreten«, sagte Adrian in einem dürftigen Versuch, die Sache unbekümmert anzugehen. »Ich bin nur ein Verleger, eine Gelddruckmaschine. Laura wäre viel besser geeignet, mit Ihnen darüber zu sprechen als ich«, schloss er seine Rede feige. Seine Stimme versickerte im Schweigen, als schämte er sich für solche erbärmlichen Ausreden. Er starrte zu Boden und stach mit einem Zweig Löcher in das Mooskissen, auf dem sie saßen.

»Mr. Coates«, sagte ein feines Stimmchen. »Würden Sie mir bitte eins verraten? Ist die Geschichte nun gut oder schlecht?«

Adrian stierte noch unverwandter auf seine Schuhspitzen als vorher.

»Bitte«, wiederholte das Stimmchen.

Adrian mühte sich verzweifelt, die Kiefer- und Kehlkopflähmung, die ihn befallen hatte, zu überwinden, und sagte nahezu tonlos: »Die Geschichte ist schlecht. Ich würde meine Seele hergeben, wenn ich lügen könnte, aber ich kann nicht.«

»Ist sie wirklich so schlimm?«, fragte das Stimmchen. Mittlerweile war Sibyl den Tränen gefährlich nahe. »Ich meine, hoffnungslos schlimm?«

Adrian nickte, sprachlos vor Kummer.

»Sie raten mir also, das Schreiben aufzugeben«, fragte das Stimmchen beharrlich weiter.

Mit dem Gefühl, sein Glück auf immer zu verwirken, sah Adrian zu ihr auf und sagte: »Sie sind das liebreizendste Mädchen auf der Welt, Sibyl, aber Sie dürfen nie wieder etwas schreiben. Es reicht, wenn Sie einfach nur am Leben bleiben.«

»Oh, Gott sei Dank.« Sibyl schluchzte laut auf, und Adrian zog sie ungestüm an die Brust, sie weinte sich an seinem exquisiten Sommeranzug und der zart gepunkteten Krawatte die Augen aus, und er rieb sein Gesicht an ihrer Stirn und gab die wirrsten, törichsten und zärtlichsten Dinge von sich, die ihm einfielen.

»Und jetzt sind wir verlobt«, sagte er und gewann damit, wenigstens teilweise, seinen Verstand zurück.

»Ach Adrian, wie schön!«, sagte Sibyl, ohne die leisesten Anstalten, sich aufzurichten.

»Mein Schatz, bist du ganz sicher, dass dir das mit dem Buch auch nichts ausmacht?«

»Oh, Adrian«, sagte sie zu dem mittleren Knopf an seiner Weste. »Ich war noch nie so glücklich in meinem Leben. Alles Daddys Schuld. Er wollte, dass ich mich literarisch betätige, also habe ich es versucht, aber es gelingt mir nicht. Ich wusste, dass die Geschichte geschmacklos ist, aber du wolltest sie sehen, und ich wollte dir unbedingt gefallen, und dann dachte ich, dass du mich jetzt verachtest, und alles wäre furchtbar.«

»Mein armer teurer gequälter Engel«, sagte ihr liebestrunkener Bewunderer. »Nie wieder sollst du eine Zeile schreiben«, sagte er. »Ich verbiete es dir sogar.«

Sibyl lachte laut und setzte sich auf.

»Du erwartest also nicht von mir, dass ich mich literarisch betätige?«, fragte sie misstrauisch.

»Ich würde dich sonst gar nicht heiraten. Du sollst niemals etwas tun, was du nicht willst. Wir werden auf dem Land leben und Hunde züchten«, sagte er und ergänzte, als ihm Lauras Warnung einfiel, »und ich fahre jeden Tag in die Stadt.«

»Also nicht in London leben?«, sagte Sibyl ein wenig wehmutsvoll.

»Möchtest du?«

»Oh, Adrian, wahnsinnig gern. Ins Theater gehen. Und wir haben nur zwei Hunde. Die Welpen könnte ich jederzeit verkaufen.«

Dies führte zwangsläufig zu einer neuerlichen seelenwärmenden Umarmung. Es war genau wie Laura vorhergesagt hatte, Frühling und Vögel und Blumen und mittendrin eine junge Liebe. Die Vögel sangen alle nur ein einziges Lied, wie schlau und erfolgreich Adrian war und wie reizend und bezaubernd Sibyl, und so hätte es ewig weitergehen können, wenn nicht im selben Moment zum Tee gerufen worden wäre.

»Du lieber Schreck, Adrian, es ist halb fünf. Ich habe riesigen Hunger«, sagte Sibyl.

»Ich auch, mein Engel. Beim Lunch habe ich keinen Bissen runterbekommen.«

»Oh, Adrian, ich auch nicht.«

So ein sagenhafter Zufall, und wonnetrunken schauten sie sich in die Augen.

Der Rückweg war gar nicht so einfach, Arm in Arm auf einem Trampelpfad, der eigentlich nur für eine Person gedacht war, doch mit angemessener Verspätung bewerkstelligten sie auch das und standen schließlich vor Lauras Tür. Laura saß mit den Teeutensilien im Salon, und mit einem Blick erfasste sie, was vorgefallen war.

»Ich bin ja so froh«, seufzte sie und hielt beide in einer herzlichen Umarmung umfasst, so dass ihre Köpfe beinahe zusammenstießen. »Ich kann euch gar nicht sagen, wie sehr ich mich freue. Danke, danke. Eine gute Tat ist, wie sich zu betrinken. Und das Buch?«

»Oh, Mrs. Morland«, sagte Sibyl. »Adrian meint, es sei geschmacklos. Ich soll nie wieder zu schreiben versuchen. Ist das nicht großartig? Oh, Adrian, du bist wunderbar!«

Worauf Laura, die einige Torturen und Ängste ausgestanden und mit Sibyls Einstellung in der Sache nicht im Mindesten gerechnet hatte, hilflos zu lachen begann, während Adrian voller Stolz erklärte, die Welt wäre ein besserer Ort, wenn sich mehr Frauen, die wüssten, dass sie nicht schreiben können, an Sibyl ein Beispiel nähmen.

Adrian und Sibyl hatten das Gefühl, gleichsam in einem herrlichen Kaleidoskop zu leben. Stoker, die hereingekommen war, um das Teegeschirr abzuräumen, wurde von ihrer Herrin über die glückliche Fügung in Kenntnis gesetzt.

»Junges Blut«, sagte sie. »Hoffen wir, dass alles gut geht. Ich komme gerne zur Hochzeit. Wann soll die sein?«

»Wann, Adrian?«, fragte Sibyl.

»Wann du willst, mein Schatz. Wir müssen es nur deinem Vater beibringen.«

Stoker schmunzelte nachsichtig über die Verliebten, nahm das Tablett und verließ den Raum mit der zu ihrer Zeit beliebten Melodie von »Da stand ich vorm Altar und wartete« auf den Lippen.

Dr. Ford und Anne Todd trafen ein und freuten sich ebenfalls über die Verlobung. Dr. Ford elektrisierte alle mit der Bemerkung, er dürfe wohl ein altes Junggesellenrecht für sich in Anspruch nehmen und die Braut küssen.

»Sie haben mich doch schon immer geküsst, Dr. Ford, seit ich klein war«, sagte Sibyl.

»Macht nichts«, sagte Dr. Ford. »Das ist eben Sitte, habe ich recht, Mrs. Morland?«

Als Repräsentantin der Literatur bestätigte Laura seine Aussage.

In diesem Moment kamen Tony und Master Wesendonck aus Stoke Dry zurück.

»Tony«, sagte seine Mutter, »Mr. Coates und Sibyl heiraten. Ist das nicht schön?«

»Ja«, lautete Tonys knappe Antwort. »Dürfen Donki und ich nach London zur Modelleisenbahn-Ausstellung fahren, Mutter? Donki hat eben eine Postüberweisung von seinem Onkel bekommen. Wir können also die Fahrkarte selbst bezahlen. Bitte, Mutter.«

»Pass auf, Tony«, sagte Adrian. »Montagmorgen bringe ich euch mit dem Auto in die Stadt, dann habt ihr den ganzen Tag für die Ausstellung.« An Laura gewandt fuhr er fort: »Für die Rückfahrt setze ich sie dann in den Zug um zehn vor fünf nach Rising. Einverstanden?«

»Oh, Sir!«, riefen Tony und Master Wesendonck wie aus einem Mund und liefen vor Freude rot an.

Dann schlurften sie, sich heftig balgend, ein Knäuel aus Armen und Beinen, in den Garten und ließen sich dort bewundernd über Adrians Großzügigkeit und Scharfsinn aus.

»Da wir anscheinend alle ein bisschen überdreht sind«, sagte Laura, »sollen sie von mir aus fahren, ich verbringe den Tag im Bett. Ich kann es gebrauchen. Adrian, Sie bringen Sibyl jetzt besser nach Hause. Sie hat gerade eine Grippe überstanden und darf sich nicht zu sehr anstrengen. Und wenn sie Sie bittet, zum Abendessen zu bleiben – gerne. Oder zum Frühstück morgen zu kommen und den Tag bei ihr zu verbringen – von mir aus. Schreiben Sie beide nur unbedingt Sibyls Vater mit der Sonntagspost.«

»Selbstverständlich«, willigte Sibyl ein. »Soll ich Miss Grey auch sagen, dass wir verlobt sind?«

Niemand antwortete.

»Sie hat sich schrecklich nett um mich gekümmert, als ich krank war«, sagte die weichherzige Sibyl. »Hat mich die ganze Zeit gepflegt und war auch sonst sehr lieb zu mir. Dabei ging es ihr selbst gar nicht gut. Als Sie mit Daddy im Theater waren, hat sie sich schon nachmittags ins Bett gelegt, ist aber am nächsten Tag wieder aufgestanden, um nach mir zu schauen.«

»Wie haben Sie mich doch gleich George gegenüber genannt, Adrian?«, fragte Laura. »Das Gleiche gilt für Sibyl. Närrischer geht es nimmer.«

Adrian besaß genug Anstand, dumm aus der Wäsche zu gucken, ohne dass sein Stolz auf die Einfalt seiner zukünftigen Frau nachließ.

»Ja, sagen Sie es ihr ruhig«, riet Laura ihr. »Sonst findet sie es auf anderem Weg heraus, und das wäre schlimmer.«

»Sie wird sich freuen«, sagte Anne Todd unerwartet und mit Nachdruck. »Das sagt Ihnen jemand, der es weiß.«

»Dann ist ja gut«, sagte Laura. »Wenn Sie wollen, können Sie nächstes Wochenende wiederkommen, Adrian, falls es Ihnen nichts ausmacht, in Tonys Zimmer zu schlafen. Amy Birkett ist dann nämlich auch hier. Sollte jedoch George Knox Sie als akzeptierten Freier nach Low Rising einladen, nur zu. Nehmen Sie keine Rücksicht auf mich. Und jetzt gehen Sie bitte, alle. Ich möchte Anne allein sprechen.«

Nachdem Dr. Fox und die Verlobten gegangen waren, bat Laura ihre Sekretärin nach oben und zeigte ihr das anonyme Schreiben aus dem Briefkasten und brachte ihr auch die Umstände seines Auffindens näher. Anne war ratlos und neugierig, ganz so, wie Laura es erwartet hatte. Auch ihr kam als Erstes der Drachen in den Sinn, doch nach Sibyls Aussage hatte Miss Grey ein perfektes Alibi. Und das mit Adrian konnte sie unmöglich wissen.

»Würden Sie mir den Brief überlassen?«, sagte Anne. »Ich würde gerne Detektivin spielen. Ich habe den Verdacht, dass wir auf dem Holzweg sind, was Mr. Coates angeht. Aber jetzt muss ich zurück zu meiner Mutter.«

»Ich fahre Sie hin. Sie sehen todmüde aus. Sagen Sie, geht es Ihrer Mutter schlechter?«

Anne kniff die Lippen zusammen und nickte. »Es tut mir leid«, sagte sie. »Ich hinke mit der Arbeit für Sie hinterher. Aber bis Montag habe ich das nächste Kapitel sauber abgetippt.«

Bei ihrer Rückkehr sah Laura Sibyls Manuskript auf dem Tisch liegen. Sie rief in Low Rising an, Miss Grey hob ab, und sie bat sie, Sibyl auszurichten, sie habe ein Päckchen vergessen. Miss Grey brauchte einige Zeit und gab, als sie wieder an den Apparat kam, zu verstehen, sie habe im Garten nach ihr suchen müssen, und Mrs. Morland möge das Päckchen ruhig vernichten. »Und dass Sibyl sich verlobt ist doch wunderbar!«, freute sich Miss Grey, anscheinend aufrichtig. »So ein schönes Paar, eine wahre Augenweide.«

»Ja. Ich freue mich auch. Vielen Dank. Auf Wiederhören«, sagte Laura, der Miss Greys Verzückung nicht sonderlich gefiel.

Die Kleiderfrage für den Montagsausflug der beiden Jungen verlangte jetzt ihre ganze Aufmerksamkeit, und nachdem sie zwei tragbare Anzüge sowie die dazugehörige Leibwäsche herausgelegt und dabei gleich entschieden hatte, was sie vor dem nächsten Schuljahr noch für Tony kaufen musste, war es Zeit fürs Abendessen. Anschließend widmete sie sich Sibyls Geschichte ein letztes Mal, warf den Packen Papier danach ins Feuer und hatte beim Anblick des verrußenden Kamingitters genug Muße, um über die von Max Beerbohm so eindringlich beschriebenen Schwierigkeiten zu sinnieren, die gewöhnliche Henker bei der öffentlichen Verbrennung eines Buches geplagt haben mussten. Um Mitternacht wurde sie von einem leisen

Klopfen an der Schlafzimmertür geweckt, und Adrians Gesicht erschien im Spalt.

»Ich hoffe, ich störe nicht, Laura«, sagte er besorgt, »aber ich bin praktisch ein verheirateter Mann. Ich finde es daher nur anständig, Ihnen zu sagen, dass ich wieder da bin und dass Sibyl einfach himmlisch ist. Und Sie sind ein Engel.«

»Schon gut. Schließen Sie bitte leise die Tür, und gehen Sie unverzüglich ins Bett.«

Mit einigem Genuss nahm sie die Lektüre ihres Buches über *Blut, Folter und Krankheit* wieder auf.

14

George Knox trifft auf seinesgleichen

Montagnachmittag ging Anne Todd zu Fuß nach Low Rising. In den Stallungen traf sie Sibyl und Miss Grey, die ihre Zuchthunde wuschen und bürsteten. Sie setzte sich auf den Rand einer Schubkarre und schaute ihnen bei der Arbeit zu. Miss Grey, die im Umgang mit Hunden immer aufblühte, sah zufrieden und vergnügt aus und war wegen Sibyls Hochzeit vor Aufregung ganz aus dem Häuschen.

»Haben Sie zufällig Mr. Knox' Telegramm zur Hand, Sibyl?«, fragte sie.

Sibyl kramte in der Tasche ihrer viel zu weiten Schürze und zog ein Blatt Papier hervor.

»Daddy hat ein ganz liebes Telegramm geschickt«, sagte sie. »Hier, lesen Sie, Miss Todd.«

Anne Todd entfaltete den Brief und las:

> Glückwunsch Liebste Sibyl und Glückwunsch dem Mann deiner Wahl Wie könnte ich da nein sagen aber wenn meine Einwilligung nötig ist dann gebe ich sie von ganzem Herzen Ankunft heute Nachmittag lade Coates zum Lunch ein soll am Wochenende kommen meine Segenswünsche mein Kind dein dich liebender Vater George Knox

Anne Todd gab Sibyl das Telegramm zurück. »Ich entnehme daraus, dass Ihr Vater einverstanden ist.«

»Daddy ist es egal, wie teuer ein Telegramm ist«, sagte Sibyl, »solange es volle Schillingbeträge sind und keine Restsummen in Pence übrig bleiben. Deswegen hat er ›dein dich liebender Vater George Knox‹ reingeschrieben, damit es eine glatte Summe ist. Andernfalls hätte er nur mit, ›Grüße, Daddy‹ oder so unterschrieben. Ist das nicht nett von ihm, Adrian übers Wochenende einzuladen?«

»Wann soll die Hochzeit sein?«, fragte Anne Todd.

»Wann immer Adrian will. Aber meine Großmutter möchte bei meiner Garderobe bestimmt ein Wörtchen mitreden.«

»Eine bessere Ratgeberin gibt es nicht«, warf Miss Grey ein. »Mrs. Knox ist genau die Richtige. Finden Sie nicht auch, Anne, dass Sibyl bei ihrer Großmutter wohnen sollte, wenn sie sich neu einkleidet?«

»Ein ausgezeichneter Plan«, sagte Anne Todd, fragte sich aber, was wohl hinter diesem Vorschlag steckte. »Sie könnte sich zwischendurch mit Mr. Coates treffen, und Sie und Mr. Knox könnten in Ruhe an dem neuen Buch weiterarbeiten.«

Miss Grey sah sie dankbar an.

Danach drehte sich das Gespräch hauptsächlich um Kleidung, was im Großen und Ganzen den Hunden, die deswegen nicht gar so hart gestriegelt wurden, zugutekam, bis Miss Grey in ihrer Aufregung über einen gewagten Dessous-Vorschlag seitens Miss Todds einen der Welpen beinahe ertränkt hätte. Dennoch nahmen die drei Damen ihren Tee in höchst einvernehmlicher Atmosphäre ein, und

Miss Grey schien überaus zufrieden mit der ganzen Angelegenheit.

»Wenn er den Zug um zehn nach drei genommen hat, müsste Ihr Vater jetzt schon da sein«, sagte sie zu Sibyl.

»Wahrscheinlich nimmt er den um zehn vor fünf«, sagte Sibyl, »weil Adrian mit diesem Zug Tony und seinen Freund nach Hause schicken will, was er Daddy bestimmt mitgeteilt hat, so dass die beiden Jungen unterwegs nicht allein sind. So ist Daddy eben. Ach, Miss Todd, wissen Sie schon? Mrs. Morland hat mir ein Hochzeitsgeschenk geschickt. Sie sagt zwar, es sei zur Verlobung, aber für mich ist es das erste Hochzeitsgeschenk. Kommen Sie mit nach oben, ich zeige es Ihnen.«

Anne Todd folgte Sibyl auf ihr Zimmer im ersten Stock. Bei Lauras Geschenk – offenbar in Gedenken an ihren Besuch bei Mrs. Knox – handelte es sich um ein Paar alte Strass-Ohrringe mit funkelnden Blättern und Blumen.

»Sind die nicht hübsch?«, sagte Sibyl. »Sie haben ihrer Großmutter gehört, und jetzt soll ich sie bekommen, weil ich wie eine Tochter für sie sei. Darf ich sie tragen, Miss Todd, oder muss ich bis zur Hochzeit warten?«

»Wenn es ein Verlobungsgeschenk ist, dürfen Sie sie sofort anlegen«, sagte Miss Todd ernst. »Aber jetzt muss ich wieder zu meiner Mutter, Sibyl. Ich freue mich, dass sich alles so gut gefügt hat.«

»Ich fühle mich wie im Himmel. Die Hunde bekommen morgen auf der Schau einen Preis, ich weiß es. Und vor Daddys Fenster ist ein neues Nest. Kommen Sie.«

Unmittelbar vor dem Fenster von George Knox' Arbeitszimmer, in den Zweigen einer knospenden Glyzinie, steckte ein Nest. Ein Vogel mit glasigen Augen hockte darin. Während Sibyl sich in ihrem bodenständigen, aber begrenzten Wortschatz weiter über ihre himmlischen Gefühle ausließ, spielte Anne Todd mit einigen Utensilien auf dem Schreibtisch. Sie nahm einen Gummistempel zur Hand und probierte ihn auf einem Löschblatt aus. Irgendetwas schien sie zu interessieren, und sie probierte ihn ein zweites Mal auf einem Bogen Briefpapier.

»Ich wusste gar nicht, dass Ihr Vater diese Datumsstempel benutzt«, sagte sie.

»Der gehört Miss Grey. Sie gebraucht ihn aber nicht oft, wollte ihn eigentlich sogar wegwerfen. Ich könnte ihr das nächste Mal einen neuen aus der Stadt mitbringen. Adrian und ich gehen vielleicht einkaufen.«

Sibyl schloss das Fenster, und Anne Todd steckte den Stempel und das Blatt Papier unbemerkt in ihre Tasche. Dann ging sie nach unten, verabschiedete sich und machte sich auf den Weg. Zu Hause saß die alte Mrs. Todd aufrecht im Bett und wartete darauf, unterhalten zu werden. Ihre Tochter half ihr bei einem Kreuzworträtsel, was den Verstand der alten Dame etwas überforderte. Während sie mit einem sehr langen Wort kämpften, das sich auch aus den bereits bekannten Buchstaben nicht erschloss, klingelte es an der Haustür. Wenig später kam Louisa die Treppe hinauf und meldete Mr. Knox. Anne bat Louisa, bei ihrer Mutter zu bleiben, ging nach unten und fand Mr. Knox im Salon.

»Wie nett«, sagte sie und gab ihm die Hand. »Möchten Sie eine Tasse Tee?«

»Danke, ich habe im Zug schon welchen getrunken. Coates, den als Schwiegersohn zu betrachten mir absurd erscheint – stellen Sie sich vor, Miss Todd, ich, als Schwiegervater, zum Glück nicht ganz so grotesk wie als Schwiegermutter, aber doch lachhaft nicht ohne Grund, obwohl, warum eigentlich? –, Coates also hatte mich gebeten, ein Auge auf Lauras Jungen und seinen Freund zu werfen. Die beiden haben unentwegt geredet wie ein Wasserfall. So was ist mir noch nicht untergekommen. Schließlich musste ich sie in den Speisewagen scheuchen, um ihnen das Maul zu stopfen. Schmutzig und mit Konfitüre bekleckert, sind wir hier angekommen. Bei dem Gedanken, meiner Tochter, nun einem Mann versprochen, gegenüberzutreten, befällt mich unerklärliche Befangenheit. Auch das lachhaft, werden Sie sagen, vielleicht – aber ein paar Minuten mit Ihnen, Sie in Ihrer ruhigen, nüchternen Art, und ich bin gegen die überzogene geistige Verwirrung gefeit.«

»Ihre leichte Erschöpfung kann ich nachvollziehen, Tony und sein Freund sind kleine Plagegeister«, sagte Anne Todd mitfühlend. »Aber um Sibyl würde ich mir keine Sorgen machen. Sie ist ganz und gar nicht die versprochene Braut – sie ist das liebe, anhängliche, einfältige Ding, das sie immer war.«

George Knox sah sich nervös um.

»Und wie geht es Miss Grey?«, fragte er.

»Sehr gut. Sie ist bester Laune und freut sich unbändig über die Verlobung.«

»Was soll ich bloß mit ihr machen?«, klagte George Knox. »Ich könnte Laura fragen, würde aber dort unweigerlich wieder mit Tony zusammenstoßen, und dazu reicht meine Kraft im Moment nicht. Ich bin noch nie einer solchen Quasselstrippe begegnet.«

»Kann es sein, dass Sie auch ein wenig beschämt sind, weil Sie auf ihresgleichen getroffen sind?«, sagte Anne sanft.

George Knox starrte sie an, und ein helles Licht schien über ihm aufzuflackern.

»Sie haben recht, Miss Todd, absolut recht. Ich rede zu viel. Sie und Laura sind die einzigen Menschen, die den Mut aufbringen, ja, die Güte haben, mir das zu sagen. Ich langweile die Leute, ich bin eine Plage für die Menschheit, meine hemmungslose Schwatzhaftigkeit ist die reinste Pest. Was soll ich machen, ich habe es im Blut. Wir Südländer drücken uns über das Reden aus. Aber ich gestehe, in Tony habe ich meinen Meister gefunden. Noch nie« – bei der Erinnerung wurde er plötzlich wieder ganz menschlich – »in meinem ganzen Leben hatte ich eine so fürchterliche Zugfahrt. Wenn es um ein echtes Gespräch gegangen wäre, Geben und Nehmen, hätte ich mithalten können, mit Schwierigkeiten vielleicht, aber es wäre gegangen. Vor Tony jedoch war ich wie ein Kind, ein Taubstummer – nur leider nicht taub. Was ich über das englische Eisenbahnsystem bisher nicht wusste, jetzt weiß ich es. Ärgerlich nur, meine liebe Miss Todd, dass ich den starken Verdacht habe, ein großer Teil der Informationen, mit denen er mich überschüttet hat, könnte falsch sein. Mir fehlen nur die Mittel, es zu beweisen. Und dann diese wahnsinnige Anstrengung des Zuhörens, während der Zug dahinrast. Wenn Tony mal Luft holte – obwohl es fast den Anschein hat, als würde sein Redefluss durch das Ein- und Ausatmen in keiner Weise gebremst –, dann sprang sofort sein grässlicher Freund ein und ließ sich über Elektrizität aus. Was bedeutet mir Elektrizität, Miss Todd? Dankbar akzeptiere ich ihre Vorzüge, obwohl ich in Low Rising noch keinen elektrischen Strom habe legen lassen und es auch nicht plane, solange nicht ausreichend Leute meinen, es könnte sich lohnen, denn das hieße, die Elektrizität würde von einer Maschine erzeugt, die ich nicht bedienen kann und die der Gärtner unweigerlich vernachlässigen oder durch seine Unfähigkeit ruinieren würde, und dann stünden wir da, schlimmer als zuvor. In anderen Häusern, in der Untergrundbahn und überhaupt im alltäglichen Gebrauch – eine hohle Phrase, die ich heute Nachmittag schon allzu oft gehört habe, und die in meiner eigenen Rede anzuwenden ich anscheinend verdammt bin –, bei Staubsaugern zum Beispiel und anderen Dingen, zu zahlreich um sie aufzuzählen, akzeptiere ich ihre Vorzüge dankbar, aber für mich, für mich ist das alles ein Buch mit sieben Siegeln. Mr. Ohm, Mr. Volt und Mr. Ampere dagegen, drei Personen, die vermutlich einmal gelebt haben, und da es sich um Menschen aus Fleisch und Blut handelt, wäre es sicher korrekter, sie Herr Ohm, Signor Volta und M Ampère zu nennen, diesen jedenfalls überlasse ich die Aufgabe zu verstehen, wie Elektrizität funktioniert, obwohl, nach dem, was ich in unserer unzuverlässigen Presse lese, niemand, Miss Todd – kein einziger Mensch – bisher begreift, was da vor sich geht, auch wenn wir sie uns zu Nutze machen. Alles befindet sich noch in der empirischen Phase. Ich als Literat bewundere lieber aus Unwissenheit. Und dann kommt dieser kleine kindliche Teufel«, erregte sich Mr. Knox mit erneut aufflammender Wut, »und erklärt mir das alles laut brüllend in einem ratternden Zug. Ich gebe auf. Meine Zeit ist abgelaufen. Was Neues soll beginnen. Ich schweige vor Tony und seinem Freund, schweige kleinlaut.«

Er versank ostentativ in Apathie.

»Viele Worte, um die Wahrheit zu sagen«, bemerkte Miss Todd nicht zu Unrecht.

»Ja, ja«, stöhnte der glücklose George Knox. »Ein erneuter Tadel, sanft zwar, aber berechtigt. Meine fatale Gabe des Redens ist Grund für all meinen Kummer. Verbraucht und erschöpft kam ich her, suchte kostbare Ruhe in Ihrer nüchternen Art, Ihrem kühlen, ausgeglichenen Verstand. Und was mache ich? Ich strapaziere Ihre unendliche Geduld. Ich sauge Sie aus. Ich bürde Ihnen all meine Lasten auf. Ab jetzt schweige ich. Bei meinem nächsten Besuch, Miss Todd, das heißt, sollten Sie mir gestatten, je wieder einen Fuß über Ihre Schwelle zu setzen, werde ich mich der friedlichen, heiteren Atmosphäre in Ihrem Haus anpassen. Sie müssen mir beibringen, richtig zuzuhören. Mich dazu zwingen. Es wird mir guttun, mich zu vergessen.«

»Aber ganz und gar nicht«, sagte Anne Todd.

Diese unverbindliche Bemerkung ermutigte George Knox, sich ausführlich über den Wert der Stille zu verbreiten. Anne Todd, die seiner neuen Leidenschaft nicht gleich einen Dämpfer verpassen wollte, strickte schweigend weiter, während seine Satzperioden über sie hinwegdröhnten. Sie hielt sich gerne in George Knox' Nähe auf, sogar sehr gerne. Es war gar nicht nötig zuzuhören, und unter dem Deckmantel seines Monologs konnte sie ihren Gedanken nachhängen. Eigentlich war er ein sehr freundlicher, großherziger Mensch, keineswegs dazu verpflichtet, zwei kleine Jungen auf einer Zugfahrt zu begleiten und ihnen Tee im

Speisewagen zu spendieren. Obwohl er viel redete, erwartete er kein offenes Ohr oder gar, dass man sich über das Gesagte eine eigene Meinung bildete. Und wenn echte Güte gefragt war, konnte man sich gefahrlos an George Knox wenden. Wer sonst, Laura und Dr. Ford selbstverständlich ausgenommen, würde sich schon nach einer ermüdenden Zugfahrt die Mühe machen, einer, wie sie sich selbst bezeichnete, langweiligen Jungfer einen Besuch abzustatten, um sie aufzumuntern. Dass es nur um der Ruhe und des Friedens willen geschah, wie von ihm behauptet, glaubte Anne nicht und sollte sich ausnahmsweise irren. Sie dachte, es geschähe aus reiner Menschenfreundlichkeit. Und während er noch redete und redete und sie über ihn nachdachte, im Geist dabei weit entfernt von der anwesenden Person, kam Dr. Ford herein und erklärte, er habe vergeblich geklingelt und erlaube sich einzutreten.

»Sibyls Verlobung ist ja eine großartige Neuigkeit, Knox«, sagte er.

»Allerdings, allerdings. Coates ist ein prächtiger Kerl, und wenn ich allein zurückbleibe, ist das nur der Lauf der Dinge.«

Dr. Ford, scheinbar ohne Gespür für die feineren Gefühlsdifferenzierungen, ignorierte das Heischen um Mitleid und erkundigte sich vergnügt nach Miss Grey.

George Knox blickte schuldbewusst.

»Sie beide sollen wissen, wie unangenehm, ja peinlich mir die Situation ist. Miss Grey in ihrem aufopferungsvollen Eifer überhört geflissentlich jede Andeutung, dass ich ihre Dienste jetzt gerne für beendet erklären möchte. Ich habe mich daher dazu veranlasst gesehen, hinter ihrem

Rücken gewisse Vorkehrungen zu treffen, und bei meinem letzten Aufenthalt in der Stadt meine alte Bekannte Miss Hocking aufgesucht. Sie hat sich sehr gefreut und würde Miss Grey liebend gerne übernehmen. Sie könnte schon heute in einer Woche anfangen.«

»Fabelhaft«, sagte Dr. Ford.

»Und jetzt trauen Sie sich nicht, es ihr beizubringen, nehme ich an«, sagte Anne Todd etwas besorgt.

George Knox blickte zutiefst unglücklich. »Nur ein Wort, und schon fließen Tränen. Diese Waffe Ihres Geschlechts, Miss Todd, setzt mich außer Gefecht. Ich muss mir ein Herz fassen, fürchte mich aber vor einer schlimmen Szene von Miss Grey. Ich hatte gehofft, dass sie vergangene Woche, als sie in der Stadt war, Miss Hocking aufsucht und gleich alles arrangiert, aber leider ist das nicht geschehen.«

»Sie war vergangene Woche nicht in der Stadt«, sagte Dr. Ford. »Sie hatte es vor, aber ich habe ihr gesagt, Sibyl brauche dringend ihre Pflege.«

Er sah verstohlen zu Anne Todd, die leicht errötete, aber ihre Zunge im Zaum hielt.

»Doch, doch«, beharrte George Knox, »sie ist gefahren. Ich war gestern in Rutland Gate, um einige Briefe abzuholen, und das Küchenmädchen, eine abscheuliche Person«, George schüttelte sich, »hat mir einen Hausschlüssel gegeben, den sie letzte Woche Donnerstag liegen lassen hat.«

»Aber das ist doch…«, setzten Anne Todd und Dr. Ford gleichzeitig an und riefen sich ebenfalls gleichzeitig zur Ordnung, was George Knox, ganz mit sich und seinen Problemen beschäftigt, zum Glück nicht auffiel.

»Es war gut, dass sie gefahren ist«, sagte er. »Ich brauchte speziell Informationen aus dem Lesesaal, aber natürlich hätte sie Sibyl nicht allein lassen dürfen – gegen Ihren ausdrücklichen Wunsch, Dr. Ford. Vermutlich hatten ihre Verpflichtungen als Sekretärin für sie Vorrang.«

»Und wo ist der Hausschlüssel jetzt?«, fragte Anne Todd arglos.

»Den habe ich. Mamma hat beschlossen, der Stadt bis zum Herbst den Rücken zu kehren. Der Haushalt wird vorübergehend stillgelegt. Das Küchenmädchen hat Gott sei Dank gekündigt. Sie will sich beruflich verbessern, so jedenfalls stellt sie es dar. Ein Ansinnen, das umzusetzen nicht allzu schwierig sein dürfte.«

»Dann wird Sibyl also nicht bei ihrer Großmutter wohnen, wenn sie ihre Aussteuer kauft.«

»Es sei denn, sie fährt nach Torquay, meine liebe Miss Todd, wo meine Mutter irrigerweise immer die Sommermonate verbringt. Kein geeigneter Ort für den Kleiderkauf. Diese Hochzeit bringt einfach alles durcheinander. Für einen alten *célibataire*, besser gesagt, einen Witwer wie mich, sind Hochzeitsvorbereitungen der reine Schrecken. Rüschen, Brusttücher, Petticoats, Gäste und so weiter. Würde es sich um die Garderobe von Queen Elizabeth handeln – mit der vertraut zu machen ich mir, sobald die Feierlichkeiten vorüber sind, zum Ziel gesetzt habe –, hätte ich etwas beisteuern können, aber der modernen Welt stehe ich hilflos gegenüber, hilflos.«

George Knox wirkte in diesem Moment tatsächlich beängstigend hilflos.

»Ich nehme an, dass Mrs. Knox zu diesem Zweck zurück in die Stadt fahren wird, und wenn sie in einem Hotel absteigen muss«, sagte Miss Todd freundlich. »Sie möchte Sibyl doch bestimmt helfen. Es tut mir sehr leid, Mr. Knox, aber jetzt muss ich Sie leider hinauskomplimentieren. Dr. Ford möchte nach meiner Mutter schauen.«

»Entschuldigung. Entschuldigung«, rief George Knox untröstlich. »Ich habe mich gar nicht nach Ihrer Mutter erkundigt. Bitte, liebe Miss Todd, schreiben Sie diese Nachlässigkeit der verheerenden Wirkung meiner Unterhaltung mit Tony zu und nicht einem eventuellen Bedürfnis nach Mitleid. Können Sie mir das je verzeihen?«

Während Dr. Ford nach oben zu Mrs. Todd huschte, brachte Anne George Knox zur Tür, wobei er sich so übermäßig für seine mangelnde Aufmerksamkeit entschuldigte, dass er gar nicht mehr dazu kam zu fragen, wie alt Mrs. Todd eigentlich war. Anne Todd hörte geduldig zu, wie er sich immer tiefer in seine Wortgebäude verstieg, und ihr fiel auf, dass er heute unerklärlich nervös war und nicht um des Redens willen redete, sondern um Zeit zu gewinnen. Als es ihr schließlich doch gelang, auch mal zu Wort zu kommen, teilte sie ihm mit, dass Dr. Ford überhaupt nicht zufrieden mit dem Zustand ihrer Mutter sei.

»Er sagt, er könne für nichts garantieren, Mr. Knox. So ist das halt.«

Sie fand Trost in der großen Person neben ihr und in der echten Sorge, die sich auf George Knox' Gesicht abzeichnete.

»Liebe Miss Todd«, sagte er und sah zu ihr herab. »Es tut mir unendlich leid. Wenn ich Ihnen irgendwie helfen kann, vielleicht eine Krankenschwester gebraucht wird und

Sie mir die Gunst erwiesen, die große Gunst, mich darum kümmern zu dürfen, wenn ich Ihnen einen Teil der Last abnehmen kann, wenn es irgendetwas gibt, ein Stück Obst, eine Blume, eine Marmelade, die Vorlieben von Kranken sind mir dank meiner dummerweise robusten Gesundheit fremd, doch meine arme Frau, wie ich mich jetzt erinnere, brachte gelegentlich ihren Wunsch nach einer Blume zum Ausdruck – dann erweisen Sie mir die Freude, und teilen Sie es mir mit.«

Anne Todd, erschöpft von vielen Ängsten und Nachtwachen, immer von Armut bedroht, doch nicht entmutigt, legte beide Hände auf den Ärmel seines Mantels und sah zu George Knox auf.

»Vielen herzlichen Dank«, sagte sie. »Ich würde es Ihnen mitteilen, ganz bestimmt, aber da gibt es nichts. Meine Mutter ist schon zufrieden, wenn sie keine Schmerzen hat. Und Dr. Ford ist die Güte in Person. Alle hier sind das.«

»Ford ist ein feiner Kerl«, sagte George Knox, »aber ich möchte nicht, dass er alles für Sie macht. Da bin ich ganz selbstsüchtig. Gibt es tatsächlich nichts?«

Anne Todd schüttelte den Kopf. George Knox spürte das Gewicht ihrer Hände auf seinem Arm, als suchte sie stumm Unterstützung.

»Falls Sie doch mal auf das Cottage zurückgreifen möchten«, sagte er schüchtern, »jederzeit, Anne. Ruhe, Tapetenwechsel. Und ich brauche Hilfe bei Queen Elizabeths Garderobe.«

War ihm der Vorname nur herausgerutscht? Ihr Mund bebte, aber sie zwang sich zu einem Lächeln. »So weit ist es noch nicht, Mr. Knox.«

George Knox verließ das Haus, und Anne Todd kehrte zurück in den Salon, wo Dr. Ford sie mit einem beruhigenden ärztlichen Befund über die alte Mrs. Todd erwartete. Als er ein Rezept ausstellte, fragte er Anne nach dem Datum.

»Dabei fällt mir ein…«, sagte Anne Todd, zog eine Schublade auf und entnahm ihr einen Brief und einen Gummistempel. »Was ich jetzt vorhabe, Dr. Ford, ist ziemlich schändlich, aber das kümmert mich nicht, auch wenn ich Sie in eine unangenehme Sache mit hineinziehen muss.«

»Schießen Sie los«, forderte Dr. Ford sie ungerührt auf.

»Als Mrs. Morland vergangene Woche in der Stadt war, für eine Theateraufführung, zu der Mr. Knox sie eingeladen hatte, fand sie abends bei ihrer Rückkehr einen anonymen Brief vor, der sie schrecklich verstört hat. Sie dachte, da wolle sie jemand vor Mr. Coates warnen, aber ich glaube, es geht eher um Mr. Knox. Hier, schauen Sie mal.«

Dr. Ford warf alle Bedenken über Bord und las sich das Dokument durch.

»Ekelhaft«, bemerkte er. »Wie kommt sie darauf, dass Coates gemeint ist?«

»Sie hatte in letzter Zeit häufiger geschäftlich mit ihm zu tun«, sagte Anne Todd, die sich nicht aus der Ruhe bringen ließ, »und irgendein Idiot könnte auf die Idee gekommen sein, da sei mehr im Spiel. Coates ist um einiges jünger als Mrs. Morland.«

»Und warum glauben Sie, der Brief richte sich gegen Knox?«, fragte Dr. Ford, der auf die Sache mit Adrian nicht weiter einging.

Miss Todd entnahm daraufhin einer anderen Schublade

ein Stempelkissen, feuchtete den Tagesstempel damit an und drückte ihn auf ein Blatt Papier. Dr. Ford sah aufmerksam zu.

»Ja, Madame Poirot«, sagte er. »Dieses Datum und das auf dem anonymen Brief stammen einwandfrei von demselben Stempel, beide Abdrücke weisen denselben Defekt auf. Und was sagt uns das?«

»Was uns das sagt, Dr. Watson?«, fragte die heimliche Detektivin. »Dieser Stempel gehört Miss Grey. Den habe ich in Low Rising gefunden. Sibyl sagt, Miss Grey habe ihn wegen der schadhaften Stelle wegwerfen wollen. Und das eingestellte Datum ist dasselbe wie auf dem Brief, also wurde er seitdem nicht benutzt. Jetzt frage ich Sie: Ist Miss Grey nicht hinter Mr. Knox her, seit sie nach Rising gekommen ist? Und ist Mr. Knox nicht ein guter alter Freund von Mrs. Morland? Würde der Hausdrachen also nicht gerne Zwietracht zwischen den beiden säen?«

»Mein Gott, Anne, Sie könnten recht haben«, sagte Dr. Ford bewundernd. »Ganz schön skrupellos von Ihnen. So einer würde ich niemals einen Heiratsantrag machen.«

Anne Todd überging die Beleidigung und fuhr mit heiserer Stimme im verschwörerischen Tonfall fort: »Sie haben gehört, was Mr. Knox über den Hausschlüssel von Rutland Gate gesagt hat. Ich glaube, wir haben die Schuldige gefunden, Dr. Ford. Sibyl behauptet, Miss Grey habe am besagten Dienstag, als Mrs. Morland und Mr. Knox in die Stadt fuhren, den ganzen Tag im Bett verbracht. Ich dagegen glaube, dass sie ihre Zimmertür abgeschlossen hat, mit dem Zug um halb sechs in die Stadt gefahren ist, sich mit dem Schlüssel Zugang zu Rutland Gate verschafft hat, wo sie ein bekanntes Gesicht ist, dort ist sie dann bis Einbruch der Dunkelheit geblieben, hat den vorformulierten Brief in Mrs. Morlands Briefkasten geworfen und den Spätzug zurück nach Low Rising genommen. Die Hunde hier kennen sie, sie würden nicht bellen, und was Annie und die Köchin betrifft, könnte neben ihnen eine Bombe hochgehen, sie würden nichts merken, sie schlafen wie ein Stein, wenn sie einmal im Bett liegen. Und da lag am nächsten Morgen wohlbehalten auch unsere Miss Grey. Was sagen Sie zu meiner Theorie?«

»Sie überraschen mich, Anne.«

»Was sagen Sie denn nun?«

»Klingt alles sehr schlüssig, aber es reicht nicht, um sie aufzuknüpfen.«

»Niemand spricht von aufknüpfen, James. Aber man könnte ihr doch einen Schrecken einjagen.«

»Sie haben mich noch nie James genannt«, sagte Dr. Ford, der augenblicklich jedes Interesse an dem schändlichen Verhalten von Miss Grey verloren hatte. »Soll das heißen, dass Sie einlenken?«

»Kein bisschen. Das war nur die Aufregung. Und nachdem, was Sie eben über Heiratsanträge gesagt haben, die Sie nicht machen, ziehe ich es auch wieder zurück.«

»Ich habe mir eh keine großen Hoffnungen gemacht«, sagte Dr. Ford und stand auf. »Wie wollen Sie nun weiter vorgehen?«

»Erst mal den Trumpf in der Hand halten«, sagte Anne Todd.

In diesem Moment betrat unerwartet Laura, in Begleitung von Tony und Master Wesendonck, das Zimmer und entschuldigte sich ebenfalls, dass sie einfach so hereinplatzten.

»Oh, Miss Todd, oh, Sir«, rief Tony, bevor einer der Anwesenden etwas sagen konnte. »Wissen Sie schon? Mr. Knox hat uns in der ersten Klasse mitgenommen!«

Er ließ die Kunde sacken, damit sein Publikum gebührend staunen konnte.

»Ich und Donki hatten jeder einen Platz für sich, und ich habe Mr. Knox viele nützliche Sachen über die Eisenbahn erzählt, und wir haben Tee getrunken im Speisewagen, und Donki hatte sechs Stücke Kuchen und ich fünf und ein ganzes Glas Marmelade, diese kleinen, und Donki hat sechs Zuckerwürfel in seinen Tee getan und ich sieben, und der Kellner hat etwas Tee auf das Tischtuch verschüttet, weil der Zug so gerumpelt hat, und dabei ist auch was in die Zuckerdose gekommen, und ich und Donki haben alle Würfel gegessen, die feucht geworden sind. Mr. Knox weiß nicht, was eine Tenderlok ist, Dr. Ford!«

»Ich auch nicht«, sagte Dr. Ford.

»Oh, Sir!«, riefen die beiden Jungen vorwurfsvoll.

»Tony«, unterbrach Anne Todd, »macht bitte nicht solchen Krach, Mrs. Todd geht es nicht gut. Aber ihr dürft euch vom Tisch im Esszimmer jeder einen Apfel nehmen und ihn draußen essen.«

»Geht schon mal nach Hause, es gibt gleich Abendessen«, fügte Laura noch hinzu. »Es dauert nicht lange.«

Tony und Master Wesendonck zogen sich zurück, ihre Hochachtung vor Dr. Ford hatte erheblich gelitten.

»Ich hatte den Eindruck, dass Sie mir etwas mitteilen wollten«, sagte Laura und sah von Anne Todd zu Dr. Ford,

»deswegen habe ich die Jungen weggeschickt. Was Spannendes?«

Anne wusste genau, was Laura meinte.

»Sehr spannend«, sagte sie. »Ich musste Dr. Ford ins Vertrauen ziehen, Mrs. Morland. Sie haben hoffentlich nichts dagegen.«

Abwechselnd, in Form von Strophe und Gegenstrophe, berichteten die beiden von Annes detektivischer Arbeit und breiteten die Beweise vor ihr aus. Die arme Laura war so aufgebracht und verwirrt, dass Anne sich beinahe wünschte, sie hätte nicht damit angefangen.

»Wie kann man nur so niederträchtig sein«, sagte Laura bedrückt und strich sich mit heftiger Geste die Haare aus der fiebrigen Stirn. »Und noch zu glauben, ausgerechnet George Knox wolle mich heiraten. Sie muss verrückt sein. George darf davon nichts erfahren. Er würde das niemals verschmerzen. Für einen Riesen wie er ist er recht feinfühlig. Sie müssen mir versprechen, ihm nichts zu verraten, meine Lieben. Ihnen kann ich vertrauen, Anne. Was ist mit Ihnen, Dr. Ford? Schwören Sie auf Hippokrates oder wer immer für Sie zuständig ist?«

»Ich leiste jeden Schwur der britischen Ärztevereinigung«, antwortete Dr. Ford. »Aber im Ernst, Mrs. Morland, Anne hätte mir das nicht sagen dürfen, eigentlich auch nicht tun dürfen, was sie getan hat, aber da es nun mal geschehen ist, bleibt es ein Berufsgeheimnis, solange Sie wünschen.«

»Und vernichten Sie bitte diesen schrecklichen Brief und den Gummistempel«, sagte Laura fahrig. »Ich hätte Ihnen das Schriftstück niemals überlassen dürfen, Anne. Wenn

Sie nur nicht das Gummi verbrennen, das stinkt immer so. Werfen Sie den Stempel in den Mülleimer, und Schwamm über die Sache.«

»Ich würde ihn gerne so lange behalten, bis der Drachen wirklich ausgeflogen ist«, sagte Anne Todd mit fester Stimme.

»Also gut. Sie wissen am besten, was zu tun ist, Sie sind ein kluger Mensch. Dennoch ist mir das alles sehr unangenehm, und es kränkt mich. Bitte, kommen Sie beide doch am Samstag zum Tee. Vater und Tochter Knox sind da, und Adrian wird bei ihnen übernachten.«

»Und der Drachen?«, fragte Anne Todd.

»Ach ja, die auch. Es würde nichts nützen, Miss Grey auszuschließen, sie würde sich sowieso selbst einladen. Amy Birkett will mich besuchen. Sie kommt am Freitag. Es wird also eine richtig große Runde. Auf Wiedersehen, auf Wiedersehen, es nimmt mich doch sehr mit.«

»Hätte ich sie einweihen sollen?«, fragte Anne Todd, als Laura gegangen war.

»Ich weiß nicht. Eigentlich ist es egal. Aber ich möchte Sie warnen, Anne. Wenn Sie sich weiter als Amateurdetektivin aufführen, bringen Sie sich noch in die Bredouille. Als Nächstes nehmen Sie beim Tee die Fingerabdrücke der Gäste. Sollte der Drachen Sie wegen Diebstahls des Gummistempels anzeigen, werde ich mich vor Gericht nicht für Sie verwenden.«

»Ich bin die Königin der Detektive«, entgegnete Anne im Brustton der Überzeugung. »Aber jetzt muss ich zu meiner Mutter, sonst kündigt mir meine Louisa noch. Auf Wiedersehen, Dr. Ford.«

»Nicht James?«

»Nein. Nicht James.«

»Na gut. Ich mache das Rezept fertig und schicke es Ihnen. Gute Nacht.«

15

Das Ende eines Drachens

Sibyls Verlobung war das beherrschende Thema an den darauffolgenden Tagen. Unter Lauras Anleitung schaltete George Knox eine Anzeige in der *Times*. Die alte Mrs. Knox schrieb aus Torquay, sie sähe keine Veranlassung, zur Hochzeit nach Low Rising zu kommen, da es dort keine funktionierende Kanalisation, ja nicht einmal elektrisches Licht gebe, aber sie wünschte Sibyl alles Liebe, schickte ihr einen Scheck über fünfhundert Pfund und wies ihren Bankier an, Sibyl ihren gesamten Schmuck zur Verfügung zu stellen. Laura versprach, sobald für Tony die Schule wieder angefangen hatte, mit ihr in die Stadt zu fahren und beim Kleiderkauf behilflich zu sein. George Knox freute sich wie ein Kind, Sibyl beim Auspacken der allmählich eintrudelnden Hochzeitsgeschenke helfen zu dürfen, verlegte die Glückwunschkarten, während eine gut gelaunte Miss Grey sie wiederfand und Adressenlisten für die Danksagungen tippte. Außerdem begann George Knox, zugunsten der zu erwartenden Enkelkinder ausgeklügelte Anbauten an Low Rising zu planen, was Sibyl, die eher an die Gesellschaft von Hunden gewöhnt war, erstaunlich gelassen hinnahm. Adrian und Sibyl schrieben sich täglich und blockierten die örtlichen Telefonleitungen mit Ferngesprächen. Johns and Fairfield schickten eine Prachtausgabe der Werke ihres Vaters, deren einzelne Bände wie Mausefallen zuschnappten, sobald man sie aufschlug, und die man unmöglich lesen konnte, ohne die Buchdeckel nach hinten zu spannen und den Buchrücken zu brechen. Nicht weiter tragisch, gestand Sibyl freimütig, sie lese die Bücher ihres lieben Daddys sowieso nie. George Knox dagegen bekam einen Tobsuchtsanfall, da er vermutlich nie erfahren würde, ob die Kosten für diese Vorzugsausgabe von seinen Tantiemen abgezogen worden waren oder nicht. Tony schloss sich, nachdem er Master Wesendonck verabschiedet hatte, für zwei Tage in sein Zimmer ein und schrieb eine Hochzeitsrede in einem fehlergespickten Latein, unter Verwendung des griechischen Alphabets. Anschließend trug er sie Stoker, Mrs. Mallow, Mr. Brown, dem Automechaniker, Sid Brown, dem Eisenbahner, Mr. Knox' Köchin, Mr. Knox' Annie und der Mutter von Mr. Knox' Annie laut vor. Seine Kritiker waren allgemein der Auffassung, er sei ein wahrer Gentleman. Nur die junge Flo, die zufällig der Lesung beiwohnte, fiel mit der Bemerkung, er sei ein aufgewecktes Kerlchen, etwas aus der Rolle und wurde von den Älteren schroff zurechtgewiesen.

Die Hochzeit sollte Anfang Juni stattfinden. Stoker entdeckte einen bis dahin unbekannten volkstümlichen Zweizeiler:

> Heirat im Juni
> Kinder viel und rasch wie nie

Als der passionierte Antiquar Lord Stoke über Umwege von diesem interessanten Fund erfuhr, wollte er sich umgehend nach High Rising begeben, um dort in der Küche Tee mit Stoker zu trinken, natürlich in der Hoffnung, auch die übrigen Zweizeiler aufzuspüren. Stoker allerdings, obwohl durchaus entspannt im Umgang mit seiner Lordschaft, zeigte deutlich Zurückhaltung, weitere Verse hervorzuzaubern. Ihre Unlust erklärte sich möglicherweise mit dem primitiven Charakter der zwei Zeilen, die zu wiederholen Lord Stoke sich später herabließ.

Heirat im August
Das Erste nicht von dir,
doch Vater sein du musst

Danach schweifte Lord Stoke etwas ab und versuchte, gemeinsame Vorfahren mit Stoker zu finden, von der er ganz bezaubert war, doch da seine Familie seit fünfhundert Jahren denselben Namen trug und auf Castle Rising residierte, Stokers Vater dagegen, der aus Plaistow stammte, was dort wie »Plaster« ausgesprochen wurde, eigentlich MacHenry hieß und den Namen Stoker auf Grund seiner Tätigkeit als Kohleschipper für das Gaswerk angenommen hatte, führte die Suche nicht weit.

Wir schweifen ab.

Am Freitag reiste, sehr zur Freude von Tony, der seit der Abreise von Master Wesendonck sein Publikum schmerzlich vermisste, Amy Birkett an. Nach dem Abendessen eröffnete Laura ihrer Freundin die Geschichte mit dem anonymen Brief, doch ehe sie richtig angefangen hatte, kam

Anne Todd herein und fragte sie nach einer fehlenden Manuskriptseite. Laura benötigte einige Minuten, um sie zu finden, und als sie zurück in den Salon kam, hockten die beiden Frauen verschwörerisch zusammen.

»Ich habe ihr die Geschichte mit dem Drachen erzählt«, erklärte Anne Todd mit einem seltsamen Blick.

»Was hältst du davon, Amy?«, fragte Laura. »Hier ist die Seite, Anne – sie lag im *Das Grausen ohne Nase*, wahrscheinlich habe ich sie als Lesezeichen benutzt.«

»Sehr kurios«, sagte Amy, ebenfalls mit einer seltsamen Miene.

»Noch etwas, Anne«, sagte Laura. »Lassen Sie nach Seite zweihundertdrei bitte etwas Platz frei. Ich möchte eine Episode über Kokainschmuggel einbauen, weiß aber noch nicht, worin das Kokain geschmuggelt werden soll.«

»Wie wäre es mit Seidenballen?«, sagte Amy. »Madame Koska – ich nehme an, es geht um sie – kauft die Seidenstoffe wahrscheinlich im Ausland. Ihre Feinde besorgen sich nun Holzrollen – ich meine die langen Nudelhölzer, auf die Stoffballen meistens gewickelt sind –, höhlen sie aus und schmuggeln darin Kokain, um so Madame Koska zu schaden.«

»Gute Idee«, sagte Laura. »Aber wie sollen die Handlanger ihrer Feinde an diese Holzrollen herankommen? Dazu müssten sie einen Spitzel in Madame Koskas Lager einschleusen. Du hast keine Ahnung, wie schwierig das wird«, sagte Laura und blickte ernsthaft besorgt.

Das Gespräch über Kokainschmuggel dauerte eine geraume Zeit und blieb ohne greifbares Ergebnis, bis Anne schließlich sagte, sie müsse jetzt gehen. Danach unterhielten sich Laura und Amy über die Schule, und der Drachen war vergessen. Erst als Laura im Bett lag und ihr beim Umschlagen einer Seite in *Das Grausen ohne Nase* die abendliche Unterhaltung einfiel, war ihr plötzlich auch die merkwürdige Stimmung zwischen Anne Todd und Amy Birkett wieder präsent. Es wirkte so, als hätten die beiden ein Geheimnis miteinander geteilt. Aber das kam ihr so unwahrscheinlich vor, dass sie den Gedanken gleich wieder verwarf und mit dem Kapitel fortfuhr, in dem, mit einer künstlichen Nase getarnt, in der Garage der Heldin das Grausen erschien.

Lauras Teegesellschaft am Tag darauf konnte pünktlich anfangen. Amy war noch auf ihrem Zimmer, als die Gruppe aus Low Rising eintraf. Adrian brachte Sibyl mit und hatte unterwegs Anne Todd aufgelesen. Von allein wäre er nicht darauf gekommen, doch als Sibyl ihm den Vorschlag machte, fühlte er sich von ihrem anmutigen Wesen so überwältigt, dass er sofort einwilligte. Als Nächster kam Dr. Ford, kurz darauf auch George Knox und Miss Grey, die sich gemeinsam zu Fuß auf den Weg nach High Rising gemacht hatten. Es herrschte allgemeine Freude und Begeisterung. Laura umarmte die meisten der Ankommenden, eine zerstreute Willkommensgeste, doch dafür war Laura bekannt, und es überraschte niemanden.

»Warum sollten wir uns nicht küssen dürfen?«, fragte George Knox und lieferte die Antwort gleich nach. »Küsse waren in vielen Epochen eine anerkannte Form der Ehrbezeugung. Bei den primitiven Völkern reibt man die Nasen aneinander, eine abstoßende Geste, aber Primitive sind generell abstoßend, extrem abstoßend, und je weniger wir über ihr Verhalten wissen, umso besser. Wenn Primitive, die immerhin genauso lange auf der Erde sind wie wir, sich noch immer gegenseitig die Zähne einschlagen und ein Leben in Schmutz und Ignoranz führen und jämmerliche Angst vor Naturphänomenen haben, dann kann ich nur sagen: Nutzt eure Zeit besser. Allein die Hochzeitsriten des Arunta-Stammes, einer abscheulichen Gruppe australischer Aborigines, rechtfertigen eine Ausrottung durch Rum, Missionare oder andere vernichtende Elemente. Wenn ich Ihnen sage, dass …«

Die Gesellschaft entschied einstimmig, dass George Knox lieber schweigen sollte. Dr. Ford und Miss Todd fingen an, sich über die Hundeschau zu unterhalten, Adrian studierte seinen Namen auf den Buchrücken von Lauras Romanen, während Laura und Miss Grey sich über Sibyls Hochzeitsgeschenke austauschten.

»Das schönste Geschenk von allen hat heute Morgen Lord Stoke geschickt«, ließ sich Miss Grey vernehmen, als die Unterhaltung wieder allgemeiner wurde.

»Was ist es denn?«, fragte Laura.

»Ein ganz wunderschönes Stück aus bestem Altsilber, eine Art Schale, sehr aufwändig ziseliert und in eine alte Spitzenborte eingewickelt, echte Mechlin, sieht aus, als wäre sie aus Papier.«

»Die Borte soll mein Hochzeitskleid zieren«, sagte Sibyl, »und Adrian und ich legen Obst in die Silberschale, ja, mein Schatz?«

»Natürlich, mein Schatz«, sagte Adrian. »Was für ein köstlicher Anblick, wenn du dir einen Pfirsich daraus nimmst.«

»Eigentlich esse ich Pfirsiche gar nicht so gern, mein Schatz.«

»Dann eben irgendetwas anderes, mein Schatz.«

»Mein Schatz, mein Schatz, immer nur mein Schatz«, zitierte Laura.

»Wein aus Goldbechern, Obst von Silberschalen«, bemerkte George Knox salbungsvoll. Seiner Ansicht nach hatte er sich schon viel zu lange zurückgehalten. »Höchst passend für Jugend und Liebe. Wenn ich daran denke, dass ich in sechs, sieben Wochen allein dastehen werde! Aber ich kann mich schon beschäftigen«, redete er sich Mut zu. »Bücher, Arbeit, die tägliche Runde, gelegentlich ein Gast, das wird meine leeren Tage ausfüllen.«

»Ich werde wohl nicht mehr lange bei Mr. Knox bleiben können«, sagte Miss Grey.

Alle spitzten die Ohren.

»Sie wollen uns also verlassen?«, fragte Dr. Ford neugierig.

Miss Grey lächelte affektiert. »Na ja«, sagte sie vertraulich, jedoch mit erschreckender Deutlichkeit zu Dr. Ford, »wenn Sibyl verheiratet ist, ist meine Position dort ein bisschen schwierig, oder?«

Dr. Ford stellte sich dumm. »Wieso?«, fragte er.

»Es wäre etwas heikel für mich«, fuhr sie mit gesenkter Stimme fort, hielt aber ihr Publikum noch immer in Atem, »so allein mit Mr. Knox. Nicht, dass es mir etwas ausmachen würde, aber man weiß doch, wie die Leute reden, und ich bin ganz ohne Freunde.«

Der Raum verstummte vollends, und der arme George Knox lief vor Verlegenheit tiefrot an. Adrian und Sibyl waren bereits durch die Terrassentür nach draußen in den sonnigen Garten entwischt. Doch noch ehe einer der Anwesenden sich so weit gefangen hatte, um etwas erwidern zu können, ging die Tür auf. Amy Birkett, gefolgt von Tony, trat ein, sah sich im Raum um, und ihr Blick fiel auf Miss Grey.

»Una! Sie hier?« Mit ausgestreckter Hand lief Amy Birkett auf sie zu. »So eine Überraschung.«

»Ich wusste gar nicht, dass du Miss Grey kennst«, sagte Laura.

»Aber ja doch. Tony auch.«

»Natürlich kennt er sie«, sagte Laura völlig verdutzt. »Sie ist seit Weihnachten bei uns. Darf ich dir unsere Gäste vorstellen?«, fügte sie hinzu und schaute sich im Raum um. Dr. Ford und George Knox waren ebenfalls durch die Tür verschwunden.

Miss Grey, ihre Selbstsicherheit wie weggeblasen, starrte Amy Birkett kreidebleich an.

»Um Himmels willen, Miss Grey, was haben Sie denn?«, fragte Laura. »Ist Ihnen nicht gut?«

Miss Grey rannte mit einem geradezu animalischen Wutgeheul durch die Tür nach draußen, die Einfahrt entlang, und entschwand außer Sicht.

»Wir haben immer gesagt, dass sie ein launischer Geist ist«, bemerkte Tony im Ton eines leidenschaftslosen Beobachters des Verhaltens Erwachsener, quasi von einer höheren Warte aus.

»Was redet ihr da?«, sagte Laura.

»Wir reden über Una Grey«, sagte Amy Birkett. »Bills alte Sekretärin.«

»Ach! Ist das die, von der du mir kurz vor Weihnachten schon mal erzählt hast? Die, die verrückt geworden ist, und die du wegschicken musstest?«

»Genau die«, sagte Amy munter. »Nicht gerade verrückt, bloß neurotisch.«

»Warum hast du mir das nicht gesagt, Amy? Und du Tony, warum hast du mir nicht gesagt, dass du Miss Grey kennst?«

»Habe ich doch, Mutter. Wir finden, dass sie ein launischer Geist ist, so habe ich es dir gesagt.«

»Ich dachte, mit ›wir‹ wären du und Stoker gemeint.«

»Ach, die alte Stokes hält sie sowieso für verrückt, aber das haben die Jungen in der Schule schon immer gesagt. Du hättest Miss Grey sehen sollen, wenn sie ihre Anfälle hatte.«

»Dann muss ich wohl auch verrückt sein«, sagte Laura. »Geh zu Stoker, Tony, und richte ihr aus, sie möchte den Tee servieren. Wir können jetzt alle eine Tasse vertragen. Es ist ja auch schon vier Uhr.«

Tony ging, um Stoker Bescheid zu sagen und ihr beim Kuchenschneiden zu helfen und, vielleicht, ein Stück zu naschen. Für einen Moment erfüllte ihn der häufig wiederkehrende Eindruck, dass Erwachsene unvernünftige Wesen waren. Selbstverständlich kannte er Miss Grey, nur sie hatte ihn nicht gekannt, unter all den vielen kleinen Jungen. Bei Erwachsenen überraschte ihn gar nichts mehr. Miss Grey war an seiner Schule gewesen, die Sekretärin von dem alten Birky. Na und? Dann war Miss Grey in Low Rising die Sekretärin von Mr. Knox. Na und? Das eine war so gut wie das andere. Irgendwo mussten Erwachsene ja schließlich wohnen. Ob in der Schule oder in Low Rising, für Tony war es einerlei. Es zählte nur, dass sie nicht ganz bei Trost war, ein launischer Geist eben. Aber sie liebte Hunde, das sprach für sie. Er verbannte sie aus seinen Gedanken, wo sie sowieso keine vorherrschende Stellung eingenommen hatte, und bedachte Stoker zum wiederholten Mal mit seiner lateinischen Hochzeitsrede für Sibyl.

Laura war hin- und hergerissen zwischen ihrer Sorge um Miss Grey und dem Wunsch nach einer Erklärung seitens Amy.

»Wo ist sie denn bloß hin?«, fragte sie. »Sollen wir nicht lieber nach ihr suchen? Nicht, dass sie noch ins Wasser geht oder sich vor einen Zug wirft.«

»Niemals«, erwiderte Amy bestimmt. »Du bist viel zu weichherzig, Laura.«

»Warum hast du mir nicht gesagt, dass du sie kennst, Amy?«

»Ich wusste ja bis gestern selbst nicht, dass sie für Mr. Knox arbeitet. Du hast mir nur von seiner schwierigen Sekretärin erzählt, und die gibt es wie Sand am Meer. Als ich neulich hier war, fuhr sie gerade nach London, wenn du dich erinnerst. Deswegen sind wir uns nicht begegnet.«

»Amy«, sagte Laura vorwurfsvoll, »ich habe dir gesagt, dass sie Miss Grey heißt. Du hast mich im Anschluss an die Boxkämpfe danach gefragt.«

»Das stimmt, meine Liebe. Aber Grey ist ein weit verbreiteter Name, und ich wollte dich nicht unnötig beunruhigen. Erst seit gestern Abend, als Miss Todd mir von dem anonymen Brief erzählt hat, bin ich schlauer. Wir hatten unendlichen Ärger mit ihr an der Schule. Sie hatte es sich in den Kopf gesetzt, Bill zu bewundern. Sie sagte, sie würde den Boden unter seinen Füßen anbeten. Solche Sachen. Nervenaufreibend, sage ich dir. Dann fing sie an, mir anonyme Briefe zu schreiben, ich würde Bill vernachlässigen und schlecht behandeln. Aber sie war ungeschickt, und ich wusste gleich, dass sie dahintersteckte. Deswegen blieb uns nichts anderes übrig, als sie wieder nach Hause zu ihrer Mutter zu schicken. Sie kam mit guten Empfehlungsschreiben zu uns, die hat sie Mr. Knox wohl auch vorgelegt.«

»Amy! Sie hat keine Mutter mehr. Das macht es George ja gerade so schwer. Wo soll sie hin, wenn er sie wegschickt?«

»Unsinn, meine Liebe. Ihre Mutter ist quicklebendig, sie wohnt im County Cork und würde sich freuen, ihre Tochter wieder bei sich zu haben, aber das arme Mädchen verliebt sich lieber in seine Arbeitgeber.«

Stokers Auftritt mit den Teeutensilien setzte diesen verstörenden Enthüllungen vorübergehend ein Ende. Adrian und Sibyl, einfältig in ihrer Glückseligkeit, gesellten sich wieder zu ihnen, zusammen mit George Knox, gefolgt kurz darauf von Dr. Ford, der Anne beiseitenahm, um ihr etwas mitzuteilen.

»Waren Sie im Wald spazieren, Adrian?«, sagte Laura zerstreut, um Konversation zu machen.

Adrian stierte sie ausdruckslos an, lächelte charmant und sagte ja, er glaube, ja.

»Nein, mein Schatz. Wir sind den Feldweg entlanggegangen«, sagte Sibyl.

»Ach ja, richtig, mein Schatz.«

»Adrian Coates!«, herrschte Laura ihren Verleger an, so

dass er beinahe vom Stuhl aufgesprungen wäre. »Wenn Sie nicht auf der Stelle aufhören, wie ein Mondkalb zu glotzen, und Ihrer wichtigsten Autorin wieder etwas mehr Aufmerksamkeit schenken, löse ich meinen Vertrag wegen Unzurechnungsfähigkeit der Gegenseite auf und wechsele zu Johns and Fairfield.«

»Er kann nichts dafür, Mrs. Morland«, sagte Sibyl. »Er ist bis über beide Ohren verliebt. Habe ich recht, Adrian? Das macht ihn ein bisschen einfältig.«

»Diese Wirkung bei ihm ist bekannt«, sagte Laura; eine zweischneidige Bemerkung, worauf Adrian, dem sofort der Silvesterabend wieder einfiel, sich an seinem Tee verschluckte. Im Schutz dieses Malheurs hielt Anne Todd der Gastgeberin ihre Tasse zum Nachschenken hin und flüsterte ihr zu, Dr. Ford habe Miss Grey auf eigenen Wunsch zurück nach Low Rising gebracht. Laura schlug vor, gleich nach dem Tee hinüberzufahren und zu schauen, was los sei. Rasch wurde ein Komplott geschmiedet, mit dem Ergebnis, dass Adrian und Sibyl zur Auskundschaftung in den Wald geschickt wurden, während sich Dr. Ford bereit erklärte, solange George Knox zu beschäftigen. Danach machten sich Laura, Amy und Anne auf den Weg nach Low Rising; Laura verlangte nur, dass Amy sich ans Steuer setzte, sie selbst sei unfähig, sich zu konzentrieren. Unterwegs trieb sie ihre beiden Begleiterinnen förmlich in den Wahnsinn, indem sie abwechselnd ihrer Fantasie freien Lauf ließ, was Miss Grey wohl zugestoßen sein könnte, und dann wieder Amy anflehte, umzukehren und nicht alles noch schlimmer zu machen. Amy und Anne, anscheinend nur von einem einzigen Gedanken beseelt, schenkten ihren Bitten keine

Beachtung, und nach wenigen Minuten erreichten sie Low Rising. Eine verängstigte Annie öffnete ihnen die Tür und antwortete auf Anne Todds Nachfrage, Miss Grey sei oben auf ihrem Zimmer und packe wahrscheinlich ihre Sachen, denn sie habe sie gebeten, ihren großen Koffer aus der Abstellkammer zu holen.

»Vielleicht hat sie sich die Pulsadern aufgeschnitten«, sagte Laura aufgeregt.

»Sei nicht albern, Laura«, sagte Amy. »Man bittet nicht um einen Koffer, um sich darin die Pulsadern aufzuschneiden. Trotzdem, wir gehen besser hoch und sehen nach.«

Noch während sie das sagte, flog oben eine Tür auf, und Miss Grey trat mit verheulten Augen auf den Flur.

»Sie sind wohl hergekommen, um mich auszulachen?«, sagte sie hoch erzürnt. »Sie können über mich lachen, so viel Sie wollen. Ich gehe. Sie haben mich von Anfang an gehasst, Mrs. Morland, und Sie auch, Mrs. Birkett. Nachdem Sie mich so beleidigt haben, bleibe ich keine Sekunde länger hier. Sie brauchen nicht zu dritt anzurücken, um mich rauszuwerfen. Ich gehe freiwillig, selbst wenn Sie mich auf Knien anflehen würden zu bleiben.«

»Ich hasse Sie nicht«, erwiderte Laura. »So etwas dürfen Sie nicht sagen. Bitte kommen Sie herunter, und lassen Sie uns alles erklären. Mrs. Birkett wusste nicht, dass Sie in Low Rising sind. Sie hat nur gesagt, sie sei überrascht, Sie hier zu sehen, das ist nun wirklich keine Beleidigung. Sie hat es bestimmt nicht so gemeint, was, Amy?«

Amy sah Laura beschwörend an. Miss Grey kam argwöhnisch die Treppe herunter und ging in den Salon, gefolgt von den drei Besucherinnen. Anne Todd schloss vorsorglich die Tür, mit der Bemerkung, man könne nicht sicher sein, ob Annie nicht vom Küchenflur aus lausche.

»Und?«, schmollte Miss Grey. »Was wollen Sie mir sagen? Sie haben nichts gegen mich in der Hand.«

»Nur Ihren Brief an Mrs. Morland und den Gummistempel, den Sie dafür gebraucht haben«, sagte Anne Todd. »Wenn Sie beides sehen wollen, bitte, ich habe sie mitgebracht.«

»Gar nichts will ich sehen.« Trotzig und nervös blickte Miss Grey von einem zum anderen. »Sie können sich wer weiß was für Lügen ausdenken.«

»Wenn Sie sie nicht sehen wollen, gut. Ich kann sie auch Mr. Knox zeigen«, sagte Anne Todd. »Sie können gerne dabei sein und bei der Gelegenheit Dr. Knox nach dem Hausschlüssel fragen, den Sie in Rutland Gate gelassen haben. Das Küchenmädchen hat ihn gefunden und gesagt, Sie hätten ihn liegen lassen.«

»Anne«, bat Laura. »Seien Sie nicht so grausam. Miss Grey hat sich nichts dabei gedacht. Es war sicher nur ein Scherz.«

»Sei still, Laura«, sagte Amy. »Wenn du noch einmal dazwischenfunkst, vergesse ich mich. Miss Todd, würden Sie bitte den Anruf tätigen, wie wir es besprochen haben?«

Anne Todd drückte Lauras Hand und verließ den Raum.

»Seien Sie vernünftig, Una«, sagte Amy. »Sie wissen genau, was letztes Jahr in meinem Haus geschehen ist. Anscheinend hat sich hier mehr oder weniger das Gleiche abgespielt. Es geht mich nichts an, was Sie in den Häusern anderer Leute tun und lassen, aber bei anonymen Briefen hört der Spaß auf. Davor muss Mrs. Morland geschützt werden. Wenn Sie packen, gut so. Das Beste, was Sie tun können. Miss Todd ruft gerade Miss Hocking an und fragt, ob Sie sofort bei ihr anfangen können. Wenn Sie jetzt gehen, braucht Mr. Knox nichts davon zu erfahren. Wir denken uns eine Entschuldigung aus.«

Miss Greys Gesicht fiel in sich zusammen. Tränenüberströmt sank sie vor Laura auf die Knie, was diese in große Verlegenheit brachte.

»Mrs. Morland«, jammerte sie, »schicken Sie mich nicht fort. Ich muss Mr. Knox noch einmal sehen. Die Finger habe ich mir für ihn wundgetippt. Alles auf mich genommen für ihn. Ich wusste, dass Sie mich hassen, Sibyl hat mich gehasst und auch Dr. Ford. Und Sie haben Mr. Coates dazu gebracht, sich über mich lustig zu machen. Sie konnten Mr. Knox besuchen, als ich weg war, und ihn gegen mich aufbringen. Aber wer hat ihn gepflegt, als er krank war? Wer hat ihm bei seinem Buch geholfen? Nicht einer wollte sich mit mir befreunden. Miss Todd hat so getan als ob, dabei war sie genauso niederträchtig wie der Rest, hat gelogen und mir was vorgemacht. Sie wäre selbst froh gewesen, wenn sie Mr. Knox abgekriegt hätte. Und Sie auch, Mrs. Morland, obwohl Sie immer so vornehm tun. Sie sind Witwe. Fahren mit ihm nach London, angeblich, um sich ein Theaterstück anzusehen, in Wahrheit war es ein Trick, um ihn in Ihre Wohnung zu locken. Ich habe Sie beide gesehen.«

»Dann waren Sie das also, der mich an dem Abend im Flur angerempelt hat«, sagte Laura zurückweichend.

»Es war Schicksal, und ich wünschte, ich hätte Sie damals abgeknallt«, brachte Miss Grey wütend zwischen ihren hemmungslosen Schluchzern hervor.

Laura versuchte, ihre natürliche Aversion, ja Angst zu überwinden. »Sie armes Kind«, sagte sie, »Sie sind ja verrückt. Mr. Knox war nie im Leben hinter mir her. Jedenfalls nicht so, wie Sie denken. Wir kennen uns seit vielen Jahren.«

»Verrückt? Es sind Sie und Ihresgleichen, die versuchen, mich ins Irrenhaus zu bringen«, sagte Miss Grey händeringend, während sie noch immer auf dem Boden kniete.

»Das ist doch schrecklich, Amy«, sagte Laura eindringlich. »Das geht zu weit. Lass das arme Mädchen laufen. Sie kann bei mir wohnen, wenn sie keine Bleibe hat.«

»Halt den Mund!«, erwiderte Amy.

»Lieber falle ich auf der Stelle tot um«, brach es aus Miss Grey hervor. »Ich verlasse dies Haus erst, wenn ich Mr. Knox gesehen habe, und wenn er gehört hat, wie Sie mich behandeln. Ich schäme mich nicht dafür, dass ich ihn gernehabe. Ich bete den Boden unter seinen Füßen an.«

»Hoffentlich denselben Boden, auf dem mein Mann geht«, gab Amy Birkett kühl zurück. »Das würde Ihnen viel Ärger ersparen. Mr. Birkett holt mich morgen ab, dann kann Mr. Knox die Wahrheit aus seinem Mund erfahren.«

Miss Grey erhob sich, kreidebleich, zitternd und stumm.

»Oh, Amy, das kannst du nicht machen«, beschwor Laura ihre Freundin. Anne kam zurück und nickte Amy zu.

»Doch, kann ich wohl«, sagte Amy Birkett. »Was ist nun, Una? Gehen Sie freiwillig, oder sollen wir Mr. Knox alles sagen?«

»Ich gehe«, sagte Miss Grey. »Lebe ich eben wieder auf der Straße. Das wollen Sie doch, Sie Ungeheuer.«

»Sie müssen nicht, wenn Sie nicht wollen«, sagte Amy. »Miss Todd hat eben Miss Hocking angerufen. Eigentlich sollten Sie erst Montag kommen, aber heute passt es ihr auch. Sie könnten noch den Zug um halb sechs erwischen. Ich bringe Sie mit Mrs. Morlands Auto zum Bahnhof. Mr. Knox richten wir aus, Miss Hocking würde Sie dringend brauchen. Er wird Ihnen einen Scheck mit Ihrem restlichen Gehalt zukommen lassen, und wenn Sie bis Montag Geld brauchen, schießen wir etwas zu.«

»Nehmen Sie das hier, Miss Grey«, sagte Laura und drückte ihr alles Geld aus ihrem Portemonnaie in die Hand. »Es sind zwei Pfund, zehn Schilling, nicht sehr viel, aber für den Fall, dass Sie es brauchen. Bitte.«

»Lieber verhungere ich, als Ihr dreckiges Geld zu nehmen«, sagte Miss Grey verächtlich. »Zum Glück verfüge ich über eigene Mittel.«

»Es reicht jetzt«, sagte Amy. »Sie und Miss Todd holen das Gepäck, ich lasse schon mal den Wagen an. Annie brauchen wir nicht mehr hereinzubitten.«

Wortlos drehte sich Miss Grey um und folgte Anne Todd die Treppe hinauf. Nicht lange, und sie kehrten mit Koffern und einer Schreibmaschine zurück. Anne, auf ihre seltsame Art, als wäre nichts gewesen, ging wieder freundschaftlich mit Miss Grey um, die ihr einen lauen Abschiedskuss gab, Lauras Hand jedoch ausschlug.

»Sie brauchen wegen uns nicht zurückzukommen«, sagte Anne Todd zu Amy. »Wir gehen zu Fuß. Auf Wiedersehen, Una.«

Miss Grey stieg wortlos ein, der Wagen fuhr los.

»Und wir zwei beiden genehmigen uns jetzt einen

Whisky«, sagte Anne Todd. »Wenn ich nur wüsste, wo Mr. Knox ihn aufbewahrt.« Sie fand schließlich alles auf dem Sideboard und schenkte ein.

Laura war fassungslos. »Anne, was haben wir nur getan?! Sie ist doch noch ein Kind. Anonyme Briefe schreiben, das macht sie aus Jux und Dollerei, mehr nicht. Ich weiß nicht, wie sie darauf kommt, dass ich sie hasse. Ich kann sie nicht ausstehen, und sie hat hier viel Unruhe gestiftet. Aber als sie auf dem Boden kniete und heulte – ein schrecklicher Anblick. Das hätten wir nicht mit ansehen dürfen.«

»Sie hätte es nicht so weit kommen lassen dürfen! Wenn Mrs. Birkett nicht gewesen wäre, hätte Miss Grey Sie rumgekriegt. Und Sie bieten ihr auch noch an, bei Ihnen zu wohnen, bis Mr. Knox sie heiratet. Machen Sie sich keine Sorgen, Mrs. Morland. Trinken Sie Ihren Whisky, und es wird Ihnen besser gehen. Miss Grey ist in ein paar Tagen wieder obenauf. Sie gehört zu den Frauen, die immer verliebt sein müssen – jeder Arzt kann ein Lied davon singen. Sie wird sich wohlfühlen bei Miss Hocking, ihre Arbeit als Sekretärin kompetent ausführen, viele nette junge Männer kennenlernen und voraussichtlich einen von ihnen heiraten. In ein paar Monaten hat sie zu ihrer alten Freundlichkeit zurückgefunden, und die Tobsuchtsanfälle sind vergessen.«

»Aber Anne, ich komme mir wie eine Mörderin vor.«

»Sie wären zu einer geworden, wenn Miss Grey länger geblieben wäre. Beinahe hätte sie Mr. Knox heute Nachmittag dazu genötigt, sich zu binden. Vor lauter Angst, unhöflich zu erscheinen, hätte er ihr auf der Stelle ein Angebot gemacht, wenn Mrs. Birkett nicht hereingekommen wäre und Miss Grey erkannt hätte.«

»Haben Sie und Amy das eingefädelt, Anne?«

Anne Todd zeigte sich anständigerweise leicht beschämt.

»Abends zuvor, während Sie oben waren, haben wir uns lange darüber unterhalten«, sagte Anne Todd, ohne auf Einzelheiten einzugehen. »Kommen Sie, lassen Sie uns gehen. Ich muss zurück zu meiner Mutter. Laden Sie sich doch die Knox' zum Essen ein. Es würde Sie auf andere Gedanken bringen. Natürlich nur, falls Sie genug zu essen im Haus haben.«

»Ach, irgendwas wird Stoker schon zurechtzaubern. Wollen Sie nicht auch kommen, Anne?«

»Nein. Ich habe meine Mutter heute schon zu lange vernachlässigt. Und Dr. Ford schaut nach dem Abendessen noch mal vorbei.«

Auf dem Weg nach High Rising entwarf Laura laut einen Plan für einen neuen Roman: Erfolgreicher Modeschöpfer mittleren Alters (George Knox) fällt einem Vamp zum Opfer (Miss Grey), die ihn durch List und Tücke dazu bringt, ihr vorab seine Frühjahrs-Kollektion zu zeigen, in der Absicht, sie billig zu kopieren und als ihre eigene auszugeben. Die treue Sekretärin des Modeschöpfers (Anne Todd) spioniert ihr jedoch nach und findet heraus, dass der Vamp kokainsüchtig ist und ihren Bedarf vom Kontinent bezieht, in doppelbödigen, an den Modeschöpfer adressierten Schachteln mit Textilbesätzen. Wie sie den Vamp um Mitternacht im Lager in flagranti erwischt, als sie gerade dabei ist, das Kokain aus den Schachteln in ihre Tasche umzupacken – das sollte den Höhepunkt des Romans bilden. Zum Schluss heiratet der Modeschöpfer seine Sekretärin.

Anne Todd enthielt sich eines ausführlichen Kommentars, beäugte Laura zwischendurch nur ein paarmal misstrauisch von der Seite, als vermutete sie eine versteckte Bedeutung. Laura jedoch bemerkte ihre Geistesabwesenheit nicht, und vor Annes Haustür trennten sie sich.

16

Das letzte Wort

Als Laura nach Hause kam, traf sie im Salon auf Amy und George Knox.

»Ich erzähle Mr. Knox gerade«, sagte Amy unverfroren, »dass man plötzlich nach Miss Grey verlangt habe. Zum Glück konnte ich sie noch zum Bahnhof bringen. Miss Hocking hatte sie angerufen und gebeten, doch sofort zu kommen, sie sei knapp an Personal.«

»Aber ich dachte…«, fing George Knox an.

»Und weil sie Miss Hocking praktisch versprochen hatte, sie Montag aufzusuchen«, unterbrach Laura ihn, »…Du hast Anne ja gesagt, dass Miss Hocking sie unbedingt haben wollte – meinte sie, du würdest ihr wohl verzeihen, wenn sie sich nicht erst noch verabschiedet. Aber natürlich werdet ihr euch irgendwann wiedersehen.«

»Ich verstehe nicht, warum sie…«

»Sie hätte dich und Sibyl niemals im Stich gelassen, George«, fuhr Laura fort. »Sie wusste aber, dass Sibyl Dienstag mit mir in die Stadt fährt, um Kleider zu kaufen, und dass du im Augenblick viel zu beschäftigt bist, um an dem Buch zu arbeiten. Deswegen ist sie einfach so gegangen.«

»Ich bin perplex«, sagte George Knox, »füge mich aber in mein Schicksal.«

Die beiden Damen konnten sich nicht halten vor Lachen, und er wusste nicht, warum. Laura bat ihn, doch zum Abendessen zu bleiben, was er gerne annahm. Sie ging in die Küche, um mit Stoker die Mahlzeit zu besprechen, und stieß im Esszimmer auf Adrian und Sibyl, die eng umschlungen nebeneinandersaßen.

»Wir haben uns hierher verzogen, weil es zu kalt im Garten ist, und wir wollten Daddy und Mrs. Birkett im Salon nicht stören«, sagte Sibyl. »Wir gehen heute Abend in Stoke Dry ins Kino, Mrs. Morland. Wollen Sie nicht mitkommen?«

»Nein, danke, Sibyl. Das ist lieb von Ihnen, aber ich bin ziemlich müde. Ihr Vater bleibt zum Abendessen, warum bleiben Sie nicht auch gleich, dann können wir etwas früher essen.«

»Was ist mit Miss Grey?«

Laura ließ sich auf einen Stuhl fallen. »Hört zu, Kinder«, sagte sie effektvoll, schmälerte die Wirkung jedoch, indem sie ihren Hut abnahm und sich mit den Fingern durchs Haar kämmte, bis es in alle Richtungen abstand. »Sie haben gehört, wie furchtbar sich Miss Grey heute Nachmittag aufgeführt hat, nachdem Sie beide sich feigerweise nach draußen abgesetzt hatten. Ich kann es Ihnen ruhig sagen: Ich hatte den Eindruck, als wollte sie Ihren Vater dazu zwingen, sich vor allen anderen zu ihr zu bekennen. Als Sie dann weg waren, hat sie vollständig die Beherrschung verloren und ist zurück nach Low Rising gegangen, hat ihre Sachen gepackt und ist in die Stadt gefahren. Für immer. Es gehört noch mehr zu der Geschichte, aber das braucht ein junges närrisches Pärchen, das nur an sich denkt, nicht zu interessieren. Und jetzt muss ich unbedingt mit Stoker sprechen.«

Sie verschwand in die Küche und ließ ihre Zuhörer, einigermaßen zufriedengestellt, wieder allein.

Ihrer Köchin richtete sie nur aus, Miss Grey sei in die Stadt gefahren, und die anderen Gäste würden zum Abendessen bleiben. Stoker platzte schier vor Neugier und nahm sich fest vor, Mr. Knox' Annie bei nächster Gelegenheit auszufragen, bewies aber rein äußerlich stoischen Gleichmut. Laura war maßlos enttäuscht. Das Thema Essen stand jedoch im Vordergrund, und so entschieden sie sich für die Zubereitung eines leichten, frühen Abendimbisses, der alle zufriedenstellen würde. Das Tischgespräch bestand im Wesentlichen aus endlosen Variationen des Spiels, wer mit wem in wessen Wagen fahren sollte. Schließlich einigte man sich darauf, dass Adrian mit seinem Wagen Amy, Sibyl und Tony nach Stoke Dry bringen sollte, während George Knox einen ruhigen Abend mit Laura verbringen würde. Er wolle nachher lieber zu Fuß nach Hause gehen, sagte er, und nicht auf die Rückkehr der Kino-Gruppe warten.

Als die anderen aufgebrochen waren, ließen sich Laura und George, die sich plötzlich wie alte Herrschaften vorkamen, im Salon nieder. Es gab diverse, mit Sibyls Hochzeit verbundene Dinge, für die George Lauras Rat brauchte, nachdem seine Mutter sich als unpässlich erwiesen hatte.

»In gewisser Hinsicht ist es besser so«, sagte Laura. »Deine Mutter hätte sich nur unnötig eingemischt. Es ist gut, dass die beiden bald heiraten. Verlobungen sind für alle Beteiligten immer eine Strapaze. Danach kannst du dich wieder in Ruhe deiner Queen Elizabeth widmen. Vermutlich wirst du später auch eine neue Sekretärin brauchen. Apropos: Könntest du wohl Miss Greys Post nachsenden, oder Annie darum bitten, wenn es dir lästig ist. Miss Grey hatte noch keine Gelegenheit, anderen ihre neuen Adresse mitzuteilen.«

»Da gibt es nicht viel nachzusenden. Sie hatte keine nennenswerten Verwandten oder Freunde.«

»Ihre Mutter immerhin.«

»Da irrst du dich, meine liebe Laura. Sie hat keine Mutter mehr.«

»Oh doch, George. Die Mutter lebt in Irland.«

George Knox war so perplex, dass ihm die Worte fehlten, was Laura die Gelegenheit gab, ihm von Amys Erfahrungen mit Miss Grey zu berichten, ohne dabei der launischen jungen Frau zu nahe zu treten. Den anonymen Brief erwähnte sie nicht. Der sollte in einem privaten Kämmerchen verschlossen bleiben, ebenso wie Adrians Heiratsantrag und einige andere Indiskretionen ihrer Freunde und Feinde, die selbst im Scherz gegen sie zu verwenden ihr niemals in den Sinn käme.

»Es wird mir schwerfallen, mit Queen Elizabeth wieder in meinen alten Trott zurückzukehren«, klagte George. »Miss Grey war eine bewundernswerte Sekretärin, und ihre patente Art wird mir fehlen. Leider nur ist sie eine äußerst anstrengende Person. Vielleicht lasse ich die Queen erst mal fallen und widme mich anderen Dingen. Ich habe vor, einen Roman zu schreiben.«

»Das höre ich zum ersten Mal, George. Und worüber?«

»Das Thema, meine liebe Laura, ist Nebensache.«

»Unsinn, George. Über irgendein Thema musst du schreiben.«

»Ich habe mir in jüngster Zeit viele Gedanken über den ungewöhnlichen Erfolg der modernen Literatur gemacht. Für mich gliedert sie sich in zwei Gruppen, man könnte sogar sagen in drei, wenn man die Thriller mit einschließt, nach denen du geradezu süchtig bist, Laura. Aber die lasse ich mal beiseite, sie sind eine Gattung für sich, *sui generis*, wenn ich so sagen darf und falls die Mehrzahl grammatisch stimmt. Ich sage also, zwei Gruppen. Die erste und bei weitem größte ist, offen gesagt, und ich hoffe, der Gebrauch des Wortes ist keine Beleidigung für dein Ohr, aber mir fällt kein passenderer Ausdruck ein – obszön.«

»Keine Sorge, George. Ich habe das Wort auch schon mal in den Mund genommen.«

»Obszönität«, wiederholte George Knox, ohne die Unterbrechung weiter zu beachten, »ist mir fremd. Ich kann nur vulgär sein, im privaten Gespräch, so wie jeder andere Mensch auch, wenn ich mich darauf einlasse. Aber beim Schreiben finde ich die Vorstellung abstoßend, es entspricht mir nicht. Von dieser Form der Literatur bin ich also ausgeschlossen. Was bleibt?«

Er wartete so lange, bis Laura schließlich müde antwortete: »Harmlose saubere Literatur, George, so wie meine.«

»Du machst dich über mich lustig, Laura. Dein Weg ist nicht der meine. Du erhebst Mittelmaß zum Genie. Ich will nicht unhöflich erscheinen, aber im Moment finde ich keine anderen Worte, um das auszudrücken, was ich sagen will. Du hast dir in der Halle des Ruhmes eine Nische erkämpft, Laura, die vielleicht nicht mal so beständig ist wie Messing, oder besser gesagt Bronze, aber von gefälliger Form und solidem Handwerk. Doch ich möchte nicht über dich sprechen. Du bist sehr bescheiden, was deine eigene Arbeit betrifft, und ich respektiere deine Haltung. Ich spreche über mich. Wo war ich stehengeblieben? Ach so, ja. Ich bin zu dem Schluss gekommen, dass, um Erfolg zu haben, ich nur für eine Form des populären Romans bestens geeignet bin.«

»Und die wäre, George? Historische Romane?«

»Wieder machst du dich über mich lustig, Laura. Allein schon der gegen mich erhobene Vorwurf, meine historischen Biografien seien in Wahrheit verkappte Romane. Nein, meine Liebe, ich spreche von wahnsinnig langweiligen Romanen.«

»Langweilige Romane? Warum denn das, George? Die kann doch jeder Mensch schreiben.«

»Nein, Laura, eben nicht. Man braucht die Kraft der Versenkung, die nur wenige Menschen besitzen. Mit dem Verfassen langweiliger Romane, Laura, tödlich langweiliger Romane, erwirbt man sich einen ungeheuren Ruf. Ich habe mir schon einen ausgedacht. Eine Handlung im eigentlichen Sinn gibt es nicht, es ist eine gewöhnliche Intrige zwischen einem unglücklich verheirateten Mann und einer äußerst charmanten Frau, ebenfalls unglücklich verheiratet. Trivial, banal, wirst du sagen.«

Da Laura nichts dergleichen sagte, ihn nur weiterhin anstarrte, fuhr er fort: »Aber es wird sich, und das wird den Erfolg ausmachen, Laura, ein starker philosophischer Faden durch das Buch ziehen. Mein Held ist ein Student der Philosophie, ein glühender Anhänger von Spinoza, Kant, Platon, ein Transzendentalist, ein Quietist, was weiß ich. Das lässt sich ja heute alles dank der rasant steigenden Anzahl billiger Büchlein über Philosophie bequem nachschlagen. Diese Machwerke werden von Männern mit berühmten Namen herausgebracht, die sich nicht zu schade sind, das moderne Getue um Bildung zu bedienen, was unterm Strich nur ein Plan ist, die Leute vom selbständigen Denken abzuhalten. Und jetzt pass auf, Laura. Was interessiert den Romanleser wirklich? Verführung. Ich habe Skrupel, das Wort vor dir in den Mund zu nehmen, aber Kunst kennt keine Grenzen. Noch einmal: Verführung. Zu Tausenden werden sie mein Buch lesen, und jede Leserin oder, in vergleichsweise wenigen Fällen, jeder Leser wird sich fragen: Findet eine Verführung statt? Ich darf dir sagen, Laura, ja, es wird eine stattfinden. Doch auf sehr philosophische Weise: Die Leser haben das Gefühl, ihren Verstand mittels philosophischer Lektüre zu schärfen, eine Lektüre, die, in Reinform genossen, so langweilig und schwer verständlich ist, wie die Dummköpfe zu recht vermuten, doch in meinem Fall durch das Lockmittel Sex an Attraktivität gewinnt. Drücke ich mich klar genug aus, Laura?«

»Mein lieber George. Wovon redest du überhaupt?«

George Knox packte tiefe Verzweiflung.

»Vielleicht hast du recht, Laura. Vielleicht ist die Idee zu weit hergeholt. Trotzdem könnte ein Bestseller drinstecken. Aber Queen Elizabeth, trotz anderer verlockenderer, nicht so steiniger Pfade, zerrt noch immer an meinen Nerven. Ich muss das Buch abschließen, vorher kann ich an nichts anderes denken. Wenn ich nur Miss Todd dazu bewegen könnte, für mich zu arbeiten. Glaubst du, sie wäre dazu bereit, Laura?«

»Das weiß ich nicht. Ich missgönne sie dir nicht, aber du weißt, wie stur sie sein kann. Und im Moment ist sie durch ihre Mutter leider sehr gebunden und könnte einer dauerhaften Beschäftigung gar nicht nachgehen. Für mich arbeitet sie nur bei Bedarf, wenn man so will, aber dir würde das nicht reichen.«

»Ich werde sie nochmal fragen. Wenn Mrs. Todd das warme Wetter bekommt, kann Anne sich vielleicht öfter frei machen. Ich möchte das Gefühl haben, ich könnte ihr helfen, mit Geld. Sie ist sehr couragiert, Laura.«

Nachdem George geendet hatte, waren Stimmen im Eingang zu vernehmen. Die Tür öffnete sich, und Stoker meldete Miss Todd. Anne, blass und mit seltsamer Miene, betrat den Raum, zog wortlos den Mantel aus, legte den Hut ab. George Knox stand auf und half ihr.

»Was ist los, Anne?«, fragte Laura, und ihre Gedanken gingen sogleich zu Miss Grey.

»Ich musste zu Ihnen.« Anne brachte die Worte nur mit Mühe hervor. »Ich wusste nicht, dass Mr. Knox hier ist. Mutter ist gestorben.«

»Oh, Anne, meine Liebe. Wenn ich das gewusst hätte, wäre ich sofort bei Ihnen gewesen. Sie armes Ding. Wie ist es passiert?«

Laura machte einen Schritt auf sie zu, doch Anne Todd wehrte sie ab.

»Fassen Sie mich nicht an«, sagte sie. »Ich kann Mitleid im Moment nicht ertragen. Es ist passiert, als Dr. Ford bei ihr war. Ich war auch da. Es ging sehr schnell, es war furchtbar, und jetzt ist es vorbei. Mrs. Mallow ist bei ihr. Ich bin in der Dunkelheit hergekommen, weil ich es nicht ausgehalten habe. Ich gehe gleich wieder.«

Ihr blasses, angespanntes Gesicht war schmerzverzerrt, so dass Laura, nachdem ihre Zuneigung so brüsk abgewiesen worden war, nicht wusste, was sie tun sollte. Sie sah hilfesuchend zu George Knox, doch dessen Blick galt allein der wie erstarrten Gestalt Anne Todds.

»Anne«, sagte er und breitete die Arme aus.

Anne wandte sich ihm zu, fiel an seine Brust und gab sich mit solcher Leidenschaft ihren stummen Tränen hin, dass sie am ganzen Leib zitterte.

»Wir können sie nicht in diesem Zustand lassen«, sagte George Knox mit Autorität in der Stimme. »Sag Stoker, sie möchte sofort Tee bringen, und wenn du Brandy im Haus hast, dann hol welchen.«

Laura rannte nach oben, kam mit einer Taschenflasche wieder, die sie George Knox in die Hand drückte, und ging in die Küche. In der Diele stieß sie mit Dr. Ford zusammen.

Er packte sie am Arm. »Ist Anne hier?«, fragte er.

»Im Salon, mit George.«

»Gott sei Dank. Ich wusste nicht, wo sie war.«

»Kommen Sie ins Esszimmer. Sie hat sich vorerst beruhigt.«

Laura läutete kräftig die Esszimmerglocke. »Machen Sie uns bitte sofort einen Tee«, sagte sie, als Stokers Gesicht erschien. »Miss Todd ist hier. Ihre Mutter ist gestorben, und sie selbst ist sehr krank.« Und an Dr. Ford gewandt: »Was ist passiert, Dr. Ford? Anne sagt, Sie seien dabei gewesen.«

»Die alte Dame ist ganz plötzlich gestorben, vor einer

Stunde ungefähr. Anne wusste, dass es jederzeit so weit sein könnte. Ich war zum Glück da, und ich habe Mrs. Mallow kommen lassen, damit sie die Nacht über bleibt. Louisa ist keine große Hilfe. Anne war sehr tapfer. Dann habe ich mit Mrs. Mallow gesprochen, und als ich zurückkam, war Anne weg. Louisa hat sie weggehen sehen, wie ein Geist hätte sie ausgeschaut. Die Todds haben kein Telefon, ich bin einfach nur auf gut Glück hergekommen, weil ich mir gedacht habe, dass sie vielleicht bei Ihnen ist. Ich hatte große Angst, dass sie sich etwas antut. Sie hat sich immer ungeheuer unter Kontrolle, obwohl sie seit Monaten nervlich extrem belastet ist. Ich bin froh, dass sie bei Ihnen ist. Ich schaue besser nochmal nach ihr, bevor ich wieder gehe.«

»Sie bleibt heute Nacht hier«, sagte Laura. »Sie kann in Tonys Zimmer schlafen, es liegt neben meinem. Oh, danke, Stoker, warten Sie, ich nehme Ihnen das Tablett ab. Mrs. Mallow ist bei den Todds und kümmert sich um alles, Miss Todd bleibt heute Abend bei uns. Richten Sie bitte Tonys Zimmer für sie her.«

Nachdem sie Stoker dieses Zuckerbrot hingeworfen hatte und Stokers Augen bei der Aussicht auf einen Plausch mit Mrs. Mallow am nächsten Morgen leuchteten, trug Laura das Tablett in den Salon. Anne schmiegte sich auf dem Sofa an George Knox und schluchzte herzerweichend. Im Zimmer roch es nach Brandy.

»Ist ja gut«, sagte George und drückte Anne fester an sich. »Gut, dass Sie da sind, Ford. Anne ist völlig… Ich weiß nicht was, mir fehlen die Worte. Ich habe ihr den ganzen Rest Brandy eingeflößt.«

»Das Beste, was Sie tun konnten«, sagte Dr. Ford, setzte sich neben Anne und nahm ihre schlaffe Hand. »War die Taschenflasche voll, Mrs. Morland?«

»Ja. Ich hatte sie gerade erst aufgefüllt, weil ich sie immer mitnehme, wenn ich nach London fahre.«

»Dann dürfte sie wohl mittlerweile sturzbetrunken sein. Vielleicht ganz gut so. Wenn Sie sie ins Bett bringen, Mrs. Morland, dann gebe ich ihr noch etwas zur Beruhigung. Morgen ist sie dann ganz wiederhergestellt, oder wenigstens teilweise.«

»Könnten wir sie zwischen uns nehmen?«, sagte Laura. »Das Bett ist schon gemacht.«

George Knox stellte sich hin und hob Anne auf, als wäre es nichts. Sie leistete keinen Widerstand und legte den Kopf an seine tröstende Schulter. Sprachlos vor Bewunderung ging Laura voran, die Treppe hinauf, Dr. Ford bildete die Nachhut. Stoker hatte gerade das Bett frisch bezogen, als sie das Zimmer betraten, und genoss den exquisiten Anblick eines starken Mannes, der die bewusstlose Heldin auf den Armen trägt, als wäre sie Marlene. George Knox streifte mit den Lippen über Annes feuchtes Gesicht und setzte sie auf einen Stuhl.

»Falls Sie mich brauchen, ich bin unten«, sagte er.

Mit Stokers Hilfe wurde Anne in Tonys Bett gelegt, und Laura gab ihr noch eine Wärmflasche. Dr. Ford meinte, sie werde sich bald erholen, und ging nach unten. Stoker sollte Krankenwache halten, und sie genoss in vollen Zügen jeden stürmischen Moment dieser unvorhergesehenen Liebesaffäre. Laura zog sie in den Türdurchgang.

»Oh, Stoker«, flüsterte sie. »Miss Grey ist weg, für immer. Es gab einen fürchterlichen Streit. Sie werden schon noch alles erfahren.«

Stokers vielsagende Miene, als Laura ihr gehetzt und im Flüsterton die nachmittägliche Katastrophe in groben Zügen skizzierte, damit ihre Köchin die Gerüchte in den beiden Risings in die richtigen Bahnen lenken konnte, war eine eindrucksvolle Würdigung der Neuigkeit. Laura warf einen letzten Blick ins Zimmer, Anne schlief tief und fest.

Dr. Ford und George Knox nahmen derweil im Salon aus großen Tassen ihren Tee ein.

»Wird Anne wieder gesund?«, fragte George.

»Sie ist so stark wie ein Pferd, aber kein Pferd, nicht mal ein Muli hätte ausgehalten, was sie durchgemacht hat. Ich bewundere die Frau über alle Maßen, Knox. Ich habe sie häufig genug besucht: immer alles im Griff, freundlich, verliert nie die Nerven, niemals ungeduldig, gönnt sich nichts, immer bereit, sich für ihren Moloch von Mutter aufzuopfern. Mrs. Todd tut es nicht mehr weh, wenn ich ehrlich sage, was ich denke, und Anne kann uns nicht hören.«

»Was wird jetzt aus ihr?«

»Meine Frau, wenn sie auf mich hören würde. Ich habe sie mehr als einmal gefragt. Erst vergangene Woche wieder, aber sie will nicht. Ich glaube, Sie sind mein Rivale, Mr. Knox. Viel Glück. Nur eins: Wenn Sie sie schlagen, tue ich Arsen in Ihre Zahnpasta.«

»Wie meinen Sie das?«, fragte George Knox und stellte seine Tasse klappernd ab.

»So wie ich es gesagt habe. Und ich sage es kein zweites Mal. Dieses ganze vornehme Getue halte ich nicht aus.

Wenn ich gebraucht werde, kann man mich anrufen, jederzeit. Und richten Sie Mrs. Morland aus, ich wünsche ihr eine gute Nacht.«

Dr. Ford klopfte George Knox auf die Schulter und verließ den Raum. Beinahe umgehend war sein knatternder Zweisitzer in der Einfahrt zu hören, und als Laura in den Salon zurückkehrte, war George Knox allein.

»Was für ein Tag!«, sagte Laura, ziemlich aufgelöst. »Schenk mir eine Tasse Tee ein, George. Anne schläft. Wo ist Dr. Ford?«

»Er ist gegangen. Du sollst ihn anrufen, wenn irgendwas ist. Ich kann alle Vorkehrungen treffen für Anne, wenn sie will. Ich meine, was die Beerdigung und so betrifft.«

»Das ist sehr lieb von dir, George. Was soll nur aus dem armen Kind werden? Sie hat kaum Geld. Wenn sie über den Tod der Mutter hinweg ist, kann sie ja auch für dich arbeiten.«

»Ich möchte lieber nicht, dass sie für mich arbeitet«, sagte George Knox und gab sich unnachgiebig.

»Warum denn nicht, George? Gerade noch hast du gesagt, du hättest sie gern.«

»Da war ich der Wahrheit wohl näher, als ich ahnte. Aber als Sekretärin wäre sie nicht von großem Nutzen. Selbst Miss Grey hat erkannt, dass eine attraktive Sekretärin nicht mit einem einsamen Mann unter einem Dach leben kann.«

»Wie enttäuschend. Ich hatte so gehofft, dass du helfen würdest. Sie kann ja trotzdem tageweise zu dir kommen.«

»Das würde ich nicht aushalten, weder tage- noch wochen- noch monatsweise.«

»Was ist denn los, George? Ich dachte, du magst Anne.«

George Knox setzte seine Tasse an und trank seinen restlichen Tee in einem Schluck.

»Meine liebe Laura«, fing er an, »es drängt sich mir ein Ausdruck auf: göttlicher Narr. Wie du weißt, bin ich kein Mann des Wortes, eher der Feder statt der Zunge, kein Frauenheld, Taten sind mir lieber als große Worte, insofern fällt es mir ohnehin schwer zu sprechen, wie mir der Schnabel gewachsen ist, doch wenn ich tatsächlich so gründlich versagt haben sollte, mich dir in irgendeiner Weise verständlich zu machen, muss meine Zunge wohl noch schwerer sein als gefürchtet – ich meine, befürchtet. Und warum muss ich bloß immer wie ein Gebetbuch reden – ich weiß es auch nicht«, sagte George Knox aufrichtig irritiert. »Du, Laura, mit deinem weiblichen Takt, deinem kristallklaren Verstand, deiner raschen Auffassungsgabe, wärest, dachte ich wenigstens, irrtümlich, wie mir nun scheint, auf gleicher Wellenlänge wie ich, wir übten Gedankenübertragung, in gegenseitigem Einverständnis. Dass du mich enttäuschen kannst, ist schier unfasslich, so unfasslich, dass ich mich genötigt sehe, nach dem Grund zu suchen, und wie gewöhnlich finde ich ihn bei mir. Dein Tag war lang und anstrengend, du hast die Marotten meiner störrischen ehemaligen Sekretärin und ihre hochnotpeinlichen Auslassungen ertragen müssen, hast ihr dennoch den Abschied versüßt, ich möchte nicht wissen, wie, und wähne mich auf der sicheren Seite, nicht weiter danach zu fragen; du hast, großartige Gastgeberin, die du bist, für den unerwarteten Besuch ein ausgezeichnetes kleines Mahl zubereitet; du hast einem alten Freund – ich spreche von mir, meine liebe Laura – Ratschläge für die Hochzeit seiner Tochter gegeben; du hast unserer Anne in ihrem Kummer wie ein Engel mit Trost und Verständnis beigestanden; und ich Grobian wundere mich, dass du meinen stockenden Ausführungen nicht folgen kannst. Eigentlich hätte ich mich wundern müssen sollen, ich meine, eigentlich hätte ich mich wundern sollen müssen, also…«, sagte George Knox nachdenklich, »…merkwürdig klingen diese Redewendungen, fast wie zwei Ortsnamen, Müssensollen und Sollenmüssen, was einem nachdrücklich als ein Anzeichen für die Dekadenz der Sprache erscheinen könnte, wären sie nicht einfach nur reine Affektiertheit… Also, was ich sagen wollte: Eigentlich sollte ich mich wundern, dass du mir überhaupt so geduldig zuhörst.«

»Ich höre dir nicht zu«, sagte Laura knapp.

»Ist noch etwas Brandy da?«

»Nein.«

»Deine Geduld«, fuhr George Knox fort, ohne das Intermezzo zu beachten, »ist unübertrefflich, selbst wenn sie sitzt auf einer Gruft, dem Grame lächelnd, doch hab Nachsicht mit mir, Laura, ich will dir erklären, was ich dir längst hätte erklären sollen. Wenn ich gesagt habe, ich wünschte Anne nicht als meine Sekretärin, dann will ich damit nicht sagen, dass ich sie mir auch in keiner anderen Funktion wünsche. Im Gegenteil wollte ich damit betonen, dass ich den ausdrücklichen Wunsch habe, sie in einer anderen Funktion denn als Sekretärin zu sehen. Habe ich mich klar genug ausgedrückt?«

»Wenn dein Roman so ist, wie du sprichst, will kein Mensch ihn lesen«, sagte Laura verärgert. »Du machst mich wahnsinnig, George. Sag, was du sagen willst, und damit hat es sich. Wenn du Anne nicht willst, gut, du musst nicht. Es gibt genug Arbeit für sie. Ich weiß, dass Lord Stoke sie mit Kusshand nehmen würde, für drei bis vier Tage Arbeit die Woche auf Castle Rising.«

»Hör auf mit diesem Lord Stoke!«, rief George Knox. »Siehst du nicht, Laura, dass mein Verstand, mein ganzes Wesen, mein ganzes Wollen nur auf eins versessen ist? Was wohl?«

»Frag mich nicht, George. Ich weiß es nicht, und es ist mir egal. Ich schaue jetzt nach Anne.«

»Nein!«, donnerte George Knox. »Ich mache das. Begreifst du jetzt?«

Laura sah ihn verdutzt an.

»Willst du das wirklich?«

»Ja.«

»Um Himmels willen«, sagte Laura.

Sie und George sahen sich an, Georges Gesicht wurde allmählich immer betretener, mit einem Stich ins Tiefrote.

»Das freut mich ungemein«, sagte Laura und zwirbelte ihr Haar zu einem unvorteilhaften Knoten. »Du meine Güte, George. Du bist ja doch nicht so einfältig, wie ich dachte. Weiß Anne es schon?«

»Ich glaube nicht. Ich verlasse mich darauf, dass dein weibliches Taktgefühl, dein tiefes Verständnis mich bei dieser heiklen Angelegenheit begleitet. Deine Hand wird mich führen.«

»Nein, George. Diese Arbeit werde ich dir nicht abnehmen. Das musst du selbst erledigen. Du warst schon mal verheiratet und weißt, wie man einer Frau einen Antrag macht. Es wäre anständig, bis nach der Beerdigung zu warten, aber dann verschwende keine Zeit. Oh, Gott sei Dank, George«, rief Laura und wischte sich die Augen, »ich bin überzeugt, dass du immer gut zu ihr sein wirst, und sie braucht alle Güte dieser Welt. Alles Gute, George. Ich sage es keinem weiter, bis ich dein Plazet habe.«

Von draußen war der Lärm der zurückkehrenden Nachtschwärmer zu hören, und Laura eilte zur Haustür, scheuchte sie alle in den Salon und sagte ihnen, dass Mrs. Todds gestorben sei.

»Oh, wie schrecklich, Mrs. Morland«, sagte Sibyl. »Stellt euch vor, es wäre Adrian gewesen. Oh, Adrian, du stirbst doch nicht, oder?«

»Nein, niemals.«

»Kommt der Sarg auf einem Salonwagen?«, fragte Tony mit funkelnden Augen. »Ich habe noch nie einen Leichenwagen gesehen, Mutter. Kommt Mrs. Todds Sarg auf einen Leichenwagen? Kann ich den sehen?«

Amy Birkett nahm Tony an die Hand.

»Tony und ich verziehen uns mal ins Bett. Damit ist dir bestimmt am besten gedient, Laura.«

»Danke, meine Liebe«, sagte Laura und küsste sie. »Du bist eine große Hilfe. Tony schläft heute auf dem Sofa in meinem Zimmer. Du musst auch nicht mehr in die Badewanne, Tony, aber wasch dich gründlich. Und mach keinen Krach, sonst bringe ich dich um.«

Mrs. Birkett zog Tony hinter sich her, die Treppe hinauf.

»Können wir irgendwas für Sie tun, Laura?«, fragte Adrian.

»Am besten auch gehen, Adrian, und vergessen Sie Ihre einfältige Braut und Ihren höchst anstrengenden Schwiegervater nicht. Es war ein schrecklicher Tag. Ich liebe euch alle. Aber jetzt geht bitte. Wir können morgen miteinander telefonieren.«

»Gute Nacht, Mrs. Morland«, sagte Sibyl. »Richten Sie Miss Todd mein Beileid aus.«

»Gute Nacht, Laura«, sagte Adrian. »Wir waren sehr egoistisch, und Sie waren ein Engel. Immer noch das einsame Herz?«

»Ja.«

»Ich dachte, vielleicht ...«

»Nicht denken, Adrian. Gute Nacht.«

»Gute Nacht, Laura, mein Liebe«, sagte George Knox. »Sagen Sie mir Bescheid, wie es Anne geht. Ich komme morgen vorbei.«

»Jetzt gehen Sie doch bitte endlich!«, sagte Laura und scheuchte sie aus dem Haus. Scheinwerfer leuchteten auf, Hände winkten, und Laura war wieder allein.

»Sie können ins Bett gehen, Stoker«, sagte Laura, die noch einen letzten Blick in Annes Zimmer warf. »Miss Todd geht es so weit gut, und wenn sie wach wird, höre ich es schon.«

»Sie wird wohl nicht mehr lange auf dieser Welt weilen«, unkte Stoker genüsslich. »Gerade die Unverwüstlichen gehen oft zu früh von uns. Jetzt, wo die alte Dame tot ist, wird Miss Todd keinen Gefallen mehr am Leben finden. Wenn sie doch wenigstens eine Katze hätte oder so ein Turteltäubchen.«

Laura sagte gute Nacht und ging in ihr Zimmer. Tony, sauber geschrubbt, lag mit wachen Augen auf dem Sofa und freute sich auf einen angenehmen Plausch.

»Jetzt schlaf endlich, Tony. Ich bin müde«, sagte seine Mutter und verschwand im Badezimmer. Während sie sich in der Wanne entspannte, dachte sie noch einmal voller Verwunderung an die Ereignisse des Tages, und sie war dankbar für ihre guten Freunde: Ohne Amy und Anne hätte sie den Drachen niemals entlarvt. Arme Miss Grey, doch um sie wollte sie sich jetzt nicht mehr kümmern. Ohne George und Dr. Ford wäre sie mit Anne in ihrem Kummer niemals fertiggeworden. George bedeutete Zukunft für Anne, und obwohl sie kaum wusste, was Anne für George empfand, glaubte sie fest, dass sie nach den Unbilden des Lebens gerne in den Hafen der Ehe einlaufen würde. Die gute Amy, sie war die Hauptleidtragende des Drachens, morgen würde sie ihr alles erzählen, fast alles. Der liebe George, der jetzt nicht mehr befürchten musste, nach Sibyls Hochzeit alleine zu bleiben. Wie schön, dass man ihn in Zukunft in Low Rising mit Anne zusammen antreffen würde. Schließlich Adrian und Sibyl, eigentlich keine große Hilfe, aber die beiden waren jung und glücklich, und ihr Anblick allein bewirkte Gutes. Erst jetzt stellte sie mit Schrecken fest, dass sie ja nun eine neue Sekretärin brauchte, doch dieser Gedanke war schnell verdrängt, lieber freute sie sich über Annes Glück, vom dem diese noch nichts ahnte. Leise ging sie zurück in ihr Zimmer, knipste die Nachttischlampe an und schickte sich an, die Anspannungen des Tages mit einem neuen Buch zu vergessen: *Wer näht ihm das Totenhemd?*

Gerade versank sie in ein köstliches Koma, da vernahm sie eine Stimme. »Mutter?«

»Schlaf ein.«

»Mutter, bitte!«

»Was ist denn?«

»Mutter, ich und Donki waren doch mit Mr. Coates in der Modelleisenbahn-Ausstellung. Wir haben da auch ein Modell der Salisbury-Kurve gesehen, wo der Unfall passiert ist. Mutter, kann ich die Kurve mit Sand bei uns im Garten nachbauen, bevor die Schule wieder anfängt? Ich könnte den Unfall schön nachstellen. Mutter, bitte …«